Yann Bécu

Yann Bécu est né en Bretagne, dans une famille qui aime la mer et dévore les romans. Son grand-père, ancien marin, lui apprend qu'on peut prendre un livre comme on prend le large… Rien de tel pour donner à n'importe quel enfant le goût du voyage ! *Les Bras de Morphée* (Éditions HSN, 2019 ; Pocket, 2021), son premier roman, lui a permis une entrée remarquée dans la littérature d'imaginaire. Il est suivi en 2021 par *L'Effet coccinelle* (Éditions HSN).
Yann Bécu vit maintenant en République tchèque, où il enseigne au lycée français de Prague.

L'EFFET COCCINELLE

ÉGALEMENT CHEZ POCKET

LES BRAS DE MORPHÉE

L'EFFET COCCINELLE

IMAGINAIRE
Collection dirigée par Charlotte Volper
YANN
BÉCU
L'EFFET
COCCINELLE
HSN
LES ÉDITIONS DE
L'HOMME SANS NOM

ISBN : 978-2-266-32411-3
Dépôt légal : juin 2022

PIÈCE_1

GENDARMERIE NATIONALE	
Nature des faits : Vol de véhicule	

DATE DE SAISIE : 13/12/2029 HEURE DE SAISIE : 9 h 35
DATE DES FAITS : 12/12/2029 HEURE DES FAITS : 20 h – 6 h
SECTEUR : Brest, zone périurbaine (Kermabon)

Immatriculation du véhicule : *2516QS29* *(antérieure à 2009, voir fichier FNI).*

Loïc Hénaff, laitier livreur de lait, a garé hier soir soir sa camionnette devant la clinique LAROCHE. Anniversaire d'un ami infirmier, M. Hénaff a dormis sur place. La camionnette est introuvable ce matin.

À noter : Gueule de bois du plaignant, ses souvenirs sont imprécis. Il a put se garer plus loin dans une rue prépendiculaire.

SUITES DONNÉES : Enquête ☐ SERVICE ⇨

LE RÉDACTEUR : **Gendarme adjoint de 2e classe, Jean-Philippe Jaouen**

VISA DU CHEF DE POSTE

— Chaud devant ! Pardon, pardon… Sophie ! Je viens d'imprimer, tu jettes un œil ?

— Désolée, Jaouen, il faut que je file. J'ai un abus de confiance à 11 heures et deux braquages à midi…

— Mais y en a pour une minute !

— Une minute alors… Fais voir… Ouh là ! C'est quoi, cette police de caractère ?

— *Courier New* ! J'aime bien, ça rappelle les machines à écrire.

— La structure de ton rapport n'est pas très orthodoxe non plus… On a des modèles officiels, t'es au courant ?

— Allez, Sophie, dis-moi juste s'il manque un truc…

— Le contact du plaignant, déjà.

— Zut. Quoi d'autre ?

— Minute, je lis… Oui… Oui… « Laitier livreur de lait », sûr ?

— J'enlève « laitier » ?

— Par exemple. Et tu as mis deux fois « soir ». Pour le reste… Un peu sec, quand même.

— Un peu sec ?

— Un peu plat, si tu préfères.

— Alors je retravaille le style ? Le vocabulaire ?

— Oublie.

— Parce que je peux enjoliver, hein !

— Non. Enlève juste le « s » à « dormi », le « t » à « pu »… Et « pendiculaire » c'est pas un mot, Jaouen, tu sais ?

— Ben…

— Fais-moi confiance. « Pendiculaire », c'est pas un mot.

— D'accord.

— … Donc « prépendiculaire » encore moins.

— Quoi ?

— Ici, regarde : « plus loin dans une rue *prépendiculaire* »… Ça veut rien dire.

— Rien ?

— Que dalle.

— … Je mets « en biais », à la place ?

— Si ça te chante… Il faut vraiment que j'y aille, là.

— Alors je corrige, j'imprime, et je dépose ça sur le bureau du chef ?

— Non, tu corriges, tu imprimes et tu déchires. C'est Pivert qui s'occupe des véhicules volés.

SESSION 1

L'AMOUR DU MÉTIER

PB79702497-01CD

Saint-Valentin 2030, frisquette et pluvieuse. Une lune blafarde berce Ézanville. Son reflet dans la flaque, à deux pas, frémit sous mille gouttelettes glacées. Les derniers couples ont regagné leurs pénates depuis un moment déjà… Dîner fin, mots d'amour au creux de l'oreille, lente dérive vers la couette. Bien au chaud, les veinards. À droite, à gauche, plus une seule loupiote aux fenêtres.

Tout dort.

Sauf nous trois, qui patientons.

— Puisque je te dis que tu ronfles, chuchote Mitraillette en tapotant le volant.

J'étire mes jambes sur la banquette arrière.

— Je l'ai pas choisi, ce corps…

— N'empêche, c'est pénible.

— Il y en a d'autres qui ronflent, souffle Eyaël.

Mitraillette arrête de tapoter le volant.

— Comment ça, « y en a d'autres » ?

— Raphaël n'est pas le seul.

— Moi, je ronfle ? s'offusque Mitraillette. Tu m'entends ronfler, là ?

— Ben là t'es réveillé, comment veux-tu ?...

— Ouais, en résumé t'as aucune preuve...

Imaginons qu'à cet instant précis vous remontiez la rue Giscard. Votre rue. Mettons que vous soyez du genre lève-tôt, ou insomniaque, peu importe : vous croiseriez forcément notre camionnette à l'arrêt. Une épave pareille dans un quartier aussi chic ? Allons donc... En approchant, vous plisseriez les yeux pour lire sur le capot ce slogan bleu délavé : LE LAIT C'EST LA VIE.

Vous jetteriez un œil curieux à travers les vitres. L'état des sièges, les tenues dépareillées, ces bobines maussades à l'avant puis cette silhouette avachie sur la banquette arrière, tous ces indices vous mettraient la puce à l'oreille. Dix mètres plus loin vous consulteriez votre montre : 4 h 25, quel laitier livre si tôt ? Et trois employés dans une même camionnette, vraiment ? Vous vous retourneriez pour inspecter notre plaque d'immatriculation sans âge : 29, de mieux en mieux... C'est l'ancien code du Finistère, ça, qu'est-ce qu'ils foutent en région parisienne ? Ou bien s'agit-il d'un véhicule d'occasion ? Peu probable : jamais ce déchet ne passerait le moindre contrôle, ni technique ni sanitaire... D'ailleurs ils les stockent où, leurs bidons de lait ? Vous n'en avez aperçu aucun derrière les deux types... À présent certain, certaine qu'un mauvais coup se prépare, vous presseriez encore le pas tout en marmottant, pour ne pas l'oublier : « 2516 QS 29, 2516 QS 29, 2516 QS 29... » Enfin, vous vous arrêteriez au coin de la rue, là où le grand saule offre un abri discret. Et vous sortiriez le téléphone.

Bravo, Sherlock. Joli sens du détail, travail déductif impeccable, rien à dire. Vous auriez raison sur toute la ligne. Ou presque… Car on serait forcés de l'interrompre, votre petit appel à la police. Pas ce matin. Trop d'enjeux. La suite, en pointillés ? Une portière qui grince dans votre dos, des pas précipités sur le pavé humide, un coup de pelle, une bâche, un coffre, et d'ici deux ou trois jours une sale odeur au fond d'un bois : vous. Adieu, Sherlock. Dégueulasses, sans pitié, voilà ce que nous sommes devenus.

Toute cette histoire avait pourtant débuté comme un véritable conte de fées…

Qui sommes-nous ? D'où venons-nous ? Où allons-nous ? En voici, de bonnes questions, et ça tombe à pic : je peux répondre aux deux premières. Pour la troisième il faudrait voir mes chefs. Moi, je vais raconter ce que je sais, sans filtres, sans mensonges. Je vais même faire ça dans l'ordre… Vu l'ampleur du bordel tout récent sur Terre, ça ne sera pas du luxe.

Qui sommes-nous, tous les trois ?

Du menu frctin. Trois agents aux ordres d'une entité archipuissante : la Ruche. Elle porte bien son nom, celle-là. La Ruche, c'est un engin spatial de classe M taillé pour le labeur et la cohue. Des kilomètres d'escaliers, de galeries, de coursives, un gigantesque labyrinthe qui bourdonne à toute heure. À son bord, cinquante mille employés répartis dans quatre Divisions, huit Sections, seize Départements, ce qui donne pas loin de soixante-dix Services au total. Notre Département à nous trois occupe le dernier échelon de la hiérarchie. Pour tomber sur notre Service, il faut longer le bassin des eaux usées, prendre le petit escalier rouillé de la cale, puis descendre encore d'un niveau en se bouchant les narines. Tout en bas, je vous dis. Les ordres venus d'en haut nous pleuvent donc constamment sur le coin du museau. Petits boulots ou corvées rythment notre quotidien. On s'en acquitte au mieux, parole, sans jamais récolter ni bravos ni mercis. Les étages supérieurs cachent d'ailleurs mal leur mépris à notre égard. Normal, on met les mains dans le cambouis chaque fois qu'on descend sur le terrain. Trop sales, nous autres… On n'est tout simplement pas fréquentables. Notre surnom : les « Boueux ». Ça vous donne une idée de notre réputation, en interne. Le désamour total.

D'où venons-nous ?

D'une boule couverte d'océans émeraude, dotée de quinze continents, douze lunes, et grosse comme votre Jupiter : la Maison-Mère. Question distance, dur à dire, il faudrait aligner ici tant de zéros… Disons que notre Ruche vient de loin. Loin dans l'espace, loin dans le temps. Vous pourriez nous appeler « bâtisseurs », « ingénieurs » ou « horlogers », mais « manouches » ou « gitans » ça conviendrait tout aussi bien ; on passe quand même des millénaires à sillonner les galaxies. Dès qu'on repère un caillou à peu près potable, on campe un petit moment en orbite géostationnaire. Le service Bio analyse le sol, le climat, déballe ses tubes à essai, ses plaquettes ADN, puis fabrique du vivant. Il insuffle une forme de vie. *Jamais la même*, surtout ! Notre charte officielle exige des créations uniques…

Nouveau chantier, nouveau schéma, c'est la fameuse *clause d'originalité*.

Sur les premiers cailloux, quel pied ! J'ai vraiment ressenti l'amour du métier. Les autres Boueux, pareil. Qu'est-ce qu'on était fiers d'appartenir à la Ruche ! Nos créations avaient de la gueule, je vous jure... Les rares descentes, on les faisait en sifflotant, pour admirer le travail et prendre des notes. Chaque chantier était bouclé en un siècle à peine, aucune retouche nécessaire. On contemplait, béats, ces formes de vie lumineuses, singulières, d'une grâce physique et morale à vous couper le souffle. C'est une époque où j'ai beaucoup peint.

Entre deux projets, je me souviens qu'on piaffait d'impatience.

Ça n'a pas duré. Cette fichue clause d'originalité a vite tari notre source d'idées géniales. Qu'à cela ne tienne, il nous restait les bonnes, non ? Vrai, il nous restait les bonnes... Un bon paquet, même ! Elles ont servi pour les vingt chantiers suivants. Rien de magistral, mais pas de quoi rougir non plus. Du travail honnête. La Ruche a maintenu ce cap tant qu'elle a pu. Une fois à court de bonnes idées, il a fallu se résoudre à puiser dans les médiocres. Caillou après caillou, le Service des Boueux s'est alors coltiné des formes de vie chaque fois plus lourdingues que les précédentes, déjà pas finaudes. Planète après planète, on a tenu bon... Et quand la source d'idées médiocres s'est asséchée à son tour, on s'est rabattus sur les pourries. Le moral des troupes a commencé à s'effriter à ce moment-là. Premiers burnouts parmi les collègues Boueux, premières dépressions nerveuses. Ces temps-ci, notre Ruche racle sans vergogne les fonds de tiroirs. Les créatures des trois chantiers récents en sont de parfaits exemples. Moches, moches et moches… Sur le plan intellectuel comme sur le plan physique, veuillez me croire. Ou vous regarder dans un miroir.

Forcément, l'enthousiasme de nos brillants débuts se perd. On se laisse aller.

Où allons-nous ?

Les paris restent ouverts… Un simple Boueux n'a pas accès à ce genre d'infos. Je devine que notre Ruche va droit devant, vers d'autres étoiles, d'autres cailloux, d'autres chantiers. Combien encore ? Aucune idée.

Voilà pour les grandes lignes de notre métaphysique de poche. Tout le reste, c'est boulot boulot.

Quand on débarque sur un nouveau caillou, la routine s'articule en trois phases.

Phase une, Recherche & Développement : le Service des Créatifs ouvre la danse. Ils font remonter une poignée d'idées, quatre ou cinq formes de vie compatibles avec l'écosystème, le tout assorti de schémas, de recommandations. Là-dedans, la Direction en retient une seule, sans trop se préoccuper de sa faisabilité. C'est souvent l'idée la plus chiante. Le Service Bio prend alors le relais : mise au point des graines vitales, ensemencement accéléré, insertion de fossiles divers et vieillissement artificiel des roches, attente.

Vient ensuite la phase deux, Maintenance : place au Département Ressources *humaines* (l'adjectif varie selon les planètes). Trois Services interviennent alors, celui des Scribes, celui des Vigiles, et celui des Boueux – le nôtre. Les Scribes griffonnent une feuille de route, les Vigiles photocopient et distribuent, nous autres on obéit. Bref, on est « missionnés » pour descendre sur le terrain. Dans le métier de Boueux, ça s'appelle « enfiler une peau » ou « infiltrer une coquille » : on prend le contrôle de tel ou tel autre corps pour une durée limitée. Furtifs et pleins de tact, du moins en théorie. On est censés *influencer* discrètement les créatures alentour, leur donner çà et là de légers coups de pouce. Très légers, sans quoi ce serait tricher. Il faut qu'à terme elles bricolent de leur propre chef une société pacifique : « Un monde en paix, voulu par les créatures. »

C'est *le* critère pour qu'un projet soit bouclé. La vérité ? Un bon gros foutage de gueule, surtout sur nos derniers chantiers. Les humains, par exemple, par nature portés sur les crasses en tous genres : comment bosser avec ça ? Comment viser le triple A ou même un score de paix juste honorable ? Tout simplement impossible sans intervenir à tout-va. Alors oubliés, nos discrets « coups de pouce » pour guider les Hommes ; c'est coups de coude, coups de boule, coups de pelle. Et bâches, et sales odeurs au fond des bois. La Direction doit se douter que le Département Ressources Humaines fait pas mal de hors-piste, ces derniers temps. Esprit d'entreprise oblige, elle choisit de regarder ailleurs. Notre échec, ce serait le sien.

Ce qui nous mène à la phase trois, Évaluation. Ça se tient sur l'immense esplanade de la Ruche. Tous les Services déboulent en rangs serrés. Pilotes, architectes, mécanos, juristes, cuistots, secrétaires, chimistes, paysagistes, il y a un de ces mondes ! Même les Boueux sont conviés, c'est dire – d'habitude on nous oublie. Les Directeurs descendent en fanfare de leurs quartiers huppés, suivis d'un larbin du Service des Chiffres. Ils avancent au bord de la tribune pour annoncer tant de pour cent de paix. Hourras, tonnerres d'applaudissements. Les voilà partis dans un laïus qu'on connaît par cœur, ponctué de toasts à l'hydromel. « À notre succès ! », on trinque. « C'était pas gagné ! », on trinque. Vient le sournois « Y a eu des maladresses ! » et sa pluie de regards entendus vers le fond de l'esplanade, en direction des Boueux. Nous, on baisse les yeux. On baisse les yeux mais on trinque quand même, pas tous les jours qu'on peut siroter de l'hydromel. Ils en rajoutent une couche : « Certains ont douté ! », on trinque, « Il a parfois fallu serrer la vis ! », on trinque encore sans trop prêter attention aux quolibets des Vigiles – je vous en recauserai plus tard, de ces enflures. Vers le centième toast, on a le droit à « Vouloir, c'est pouvoir ! », ou « Devoir, c'est pouvoir ! », ou « Pouvoir devoir, c'est… vouloir ! », selon l'état d'ébriété, mais à ce stade tout le monde s'en fout. Fin du cirque, nos Directeurs rejoignent leur tour d'ivoire. Chancelants, hagards. On sait qu'on ne les reverra plus avant un sacré bout de temps.

Mission accomplie, on plie bagage.

Or notre chantier actuel, votre Terre, traîne en longueur. Il s'enlise dans la phase deux, plus délicate qu'on pensait. Alors cette épineuse session de Maintenance… eh bien on la mène comme on peut. Sur le papier : Boueux et humains, main dans la main ! Ben voyons. Dans les faits c'est surtout main dans la gueule, voire main au calbut si ça vous motive à filer droit. On ose tout.

Fatalement, ces petits extras nous interdisent l'incognito absolu. Lors des descentes on laisse sur vous des impressions, des traces. On crée le malaise. Un léger faux pas suffit souvent à nous trahir – une émotion trop ou pas assez contenue, une remarque insolite, un geste déplacé, des fringues inappropriées... Alors nos regards se croisent et vous devinez vaguement le Boueux sous la peau d'emprunt. Un long frisson vous électrise l'échine. Vous sentez que *quelque chose* ne tourne pas rond. La plupart du temps vous décarrez vite fait, tant mieux. Pour vous, pour nous... Mais il arrive aussi que notre étrangeté vous séduise, allez comprendre, qu'elle vous saisisse comme un coup de foudre... C'est alors parti pour un énième jeu de cache-cache où on a un mal de chien à vous fausser compagnie ! Opiniâtres, fascinés, vous nous filez le train jour et nuit pour inventer des histoires à dormir debout dès qu'on s'est éclipsés... D'où ces nombreuses légendes à notre sujet, au fil des siècles. Sur le projet *Planète Bleue*, notre Service a connu mille noms très musicaux : djinns, kamis, esprits, shijins, puis encore une ribambelle d'entités plus ou moins mineures, plus ou moins majeures. La liste est quasi infinie. Et tiens, puisque c'est l'heure des confidences : de tous les textes sacrés qui nous mentionnent, la Bible reste de loin mon préféré. Les faits historiques y sont tordus comme c'est pas permis, j'admets ; nos portraits y tiennent du délire, vrai. N'empêche. Il y a dans ces pages-là un lointain respect pour les Boueux, et ça, c'est assez rare pour être noté. On kiffe. Le coup des « ailes », par exemple, ou celui de notre « éclat »...

J'ignore où vous êtes allés pêcher des idées pareilles, mais elles sont bien jolies. Tendres, presque suaves. Les jours de cafard, elles m'aident même à tenir le coup. Je trouve un coin tranquille, je ferme les yeux. Va pour les ailes, je me dis chaque fois, va pour la lumière – la rêverie m'embarque et j'oublie notre laideur à tous pendant vingt, trente minutes.

Rarement plus.

Ce matin, me voici donc rue Giscard, avachi sur la banquette arrière d'une camionnette volée. La tôle gémit sous les crépitements de la pluie. Je m'éveille en sursaut, les ressorts grincent. L'air est glacial. Devant, les collègues s'engueulent à voix basse. Des traits de buée jaillissent de leurs lèvres gercées, se mêlent en pelotes vaporeuses, s'estompent. Il est question, je crois, de la dernière tasse de café que l'un d'eux aurait sifflée en douce. Je m'incline entre les sièges :

— Quelle heure est-il ?

— 5 h 10. T'inquiète, on te préviendra.

Ils retournent à leurs chamailleries tandis que je défroisse un Kleenex. Nos trois bouilles enrhumées sont tordues, rougeaudes. J'essaie de piquer un autre roupillon sur la banquette arrière. Ça ne vient pas – mal au dos, trop faim, trop froid, trop incommodé par l'odeur rancie de cette vieille couverture qui gratte.

Vous voyez, rien de glorieux. Ni ailes ni éclat. Quant à la saloperie qu'on s'apprête à commettre, elle devrait vous convaincre pour de bon : non, décidément, nous ne sommes pas des anges.

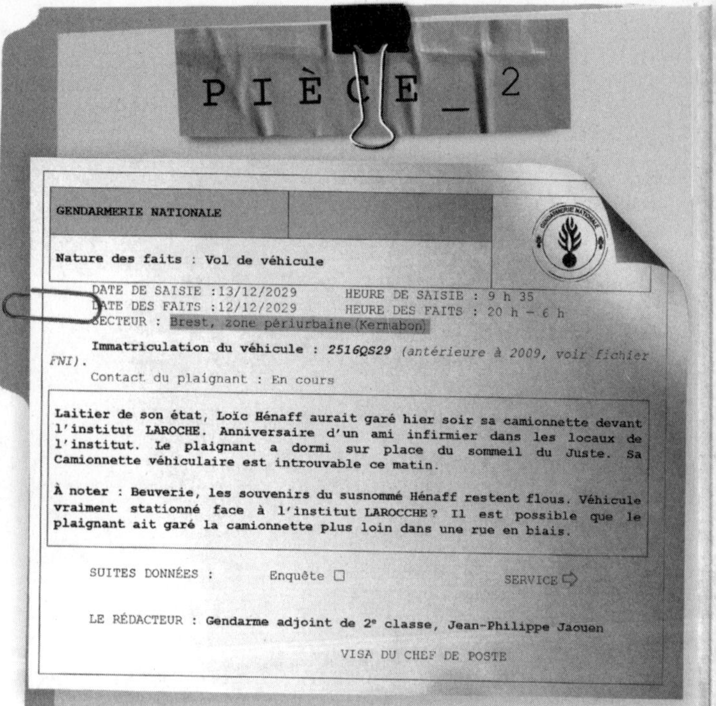

PIÈCE_2

GENDARMERIE NATIONALE

Nature des faits : Vol de véhicule

DATE DE SAISIE :13/12/2029 HEURE DE SAISIE : 9 h 35
DATE DES FAITS :12/12/2029 HEURE DES FAITS : 20 h - 6 h
SECTEUR : Brest, zone périurbaine (Kermabon)

Immatriculation du véhicule : *2516QS29* *(antérieure à 2009, voir fichier FNI)*.

Contact du plaignant : En cours

Laitier de son état, Loïc Hénaff aurait garé hier soir sa camionnette devant l'institut LAROCHE. Anniversaire d'un ami infirmier dans les locaux de l'institut. Le plaignant a dormi sur place du sommeil du Juste. Sa Camionnette véhiculaire est introuvable ce matin.

À noter : Beuverie, les souvenirs du susnommé Hénaff restent flous. Véhicule vraiment stationné face à l'institut LAROCCHE ? Il est possible que le plaignant ait garé la camionnette plus loin dans une rue en biais.

SUITES DONNÉES : Enquête ☐ SERVICE ⇨

LE RÉDACTEUR : **Gendarme adjoint de 2e classe, Jean-Philippe Jaouen**

VISA DU CHEF DE POSTE

— Entrez !

— Brigadier adjoint Jaouen, mon colonel ! Besoin d'une petite signature…

— Très bien, montrez-moi ça… Que… C'est quoi, cette police de caractère ? Et… vous l'avez pêché où, ce modèle de rapport ?

— Initiative personnelle, mon colonel !

— Voyons un peu… Loïc Hénaff… Bla-bla… Institut Laroche… bla-bla… Camionnette… véhiculaire ? Sommeil du juste ? Rue… en *biais* ? Dites, Jaouen… Votre initiative personnelle, là, elle est passée par le brigadier Moreau ?

— Qui ça ?

— Moreau, les couettes, votre supérieure directe.

— Sophie ? Oh oui, mon colonel, elle a lu !

— Et elle a validé ?

— Pas cette version, mais j'ai pensé…

— Jaouen, votre oncle est ministre, je sais. Vous venez d'arriver dans la caserne, je comprends. Ce n'est quand même pas une raison pour court-circuiter la hiérarchie, hein ?

— Pas de signature, alors ?

— Négatif.

— Il faudrait que j'approfondisse les recherches préliminaires ?

— Concentrez-vous plutôt sur la logistique, mon petit Jaouen : cartouches d'encre, photocopies, cafés… Prenez un peu le temps d'observer comment les autres gendarmes travaillent.

— Et si j'enquête sur mon temps libre ?

— Non plus, ici on respecte les plates-bandes des collègues… Or tout ce qui fait vroum vroum, c'est l'adjudant Pivert.

— Je pourrais au moins lui soumettre l'affaire ?

— Il est pas commode, Pivert, attention… Devriez en rester à vos quiz et à vos mots fléch…

— Merci, mon colonel ! Je referme en sortant ?

— Sans faire claquer, Jaouen, sans faire cla… quer.

SESSION 2
OPÉRATION BORDEL DE DIEU

PB79702497-02CD

Crachotements soudains de l'autoradio, je m'éveille en sursaut. Nuit noire, la pluie drue continue de tambouriner sur notre carlingue… Ça caille toujours autant. Je cherche à tâtons ma couverture.

— Vous dites quelle heure, là ?

— T'as posé la question y a cinq minutes, grogne Mitraillette.

— Et il était quelle heure ?

— L'heure d'arrêter de faire chier toutes les cinq minutes.

Je remonte la couverture jusqu'au menton.

— Sympa, le réveil…

— T'as une montre, non ?

— Pas d'éclairage.

Il tapote le cadran de l'horloge, sous le volant :

— Alors t'as qu'à te pencher.

— Pas éclairé non plus, ton tableau de bord.

— Si, un peu.

— Du tout.

— Si, par la lune.

J'étouffe un bâillement.

— Ouais, faut vraiment avoir le nez dessus…

— Faut juste pas être aveugle.

— T'es de mauvaise foi, Mitraillette… On n'y voit rien et puis c'est tout.

— Moi, je suis de mauvaise foi ?

— Oui, toi.

— Parce que monsieur a la flemme de se pencher ?

— Arrêtez, tous les deux…, soupire Eyaël en se baissant vers le cadran. Voilà, il est… 5 h 25.

Je colle ma joue contre la vitre arrière.

— C'est long…

— Laisse-toi bercer par la musique, suggère Eyaël.

— On intervient vers 7 heures ?

Il acquiesce :

— Normalement.

Nuit, pluie, contrebasse soporifique à la radio. Les gouttelettes de pluie se fraient un chemin flemmard jusqu'aux joints usés. J'en récupère une vingtaine sur la pulpe de l'index. On reste là, taiseux. Interminable, cette planque. Je finis par lever le nez.

— Eh, Mitraillette ?

— Quoi ?

— Tu dis quelle heure, là ?

Ça remet un peu d'ambiance.

J'ai dû m'assoupir un moment. Le soleil se lève à peine, 7 h 20 à ma montre. L'habitacle sent la menthe et le tabac froid. La sueur aussi, forcément. L'autoradio diffuse Fréquence classique – il est bloqué là-dessus depuis début janvier. Malgré les complaintes de Mitraillette on n'a touché à rien, mieux vaut ça que les infos. Eyaël vient d'ailleurs de monter le volume : *Fantaisie pour viole de gambe*. C'est quelque chose, la viole de gambe, une vraie machine à pétrir l'âme. Aucun de nous trois ne connaissait avant de débarquer ici. Fréquence classique remet chaque matin le couvert entre 7 et 9 heures, alors on s'est formé l'oreille. Au fil des planques, c'est même sur nos peaux d'emprunt que l'archet s'est mis à jouer. Images, parfums, chacun ressent la viole de gambe à sa manière. Pour moi, elle est une brume qui vient, une pluie d'hiver sur la pierre froide. Et ça me dresse les poils. Magie du corps humain, je frissonne. Eyaël aussi frissonne. Seul Mitraillette a l'air de ne rien sentir – mains osseuses sur le volant, œil dur sur la rue. Faut dire que Mitraillette, en termes de sécheresse d'âme il se pose là. Jamais une confidence émue, jamais une larme. Une fois seulement j'ai vu ses yeux rougir : en 1917, à Verdun, sous la statue d'une pietà décapitée par un éclat d'obus. Il s'était essuyé l'œil d'un revers de manche. Peut-être de la tristesse, peut-être de la rage, difficile à dire. Rien de décisif dans sa larmichette. En tout cas, ça montre que d'un point de vue strictement mécanique il pourrait chialer, Mitraillette. Bon, ça ne sera pas pour aujourd'hui non plus. Il garde sa bouille austère tournée vers la porte du pavillon. Sévère, tassé. Tant pis pour lui. *Fantaisie pour viole de gambe*, voilà encore un beau voyage qu'il rate. Je me vautre sur la banquette arrière.

— Nom de Dieu, qu'est-ce que j'aime la viole…

— Pareil, murmure Eyaël. Rien qui me fasse autant vibrer.

— Idem, approuve Mitraillette.

À notre grand étonnement.

— Tu aimes la viole ? dis-je, suspicieux.

Nos regards se croisent dans le rétroviseur.

— Ben oui, ronchonne-t-il. Tu crois quoi, que je suis de bois ? J'adore ça, je te dis... Même si.... Non, oublie.

— Même si quoi ? demande Eyaël en baissant ses jumelles.

— Nan, rien. Oubliez.

Il a son petit air pincé, légèrement supérieur. Ça pourrait valoir le coup de creuser. D'instinct, j'insiste :

— Même si quoi, Mitraillette ?

Ses mains tatouées caressent le volant :

— Je veux pas donner l'impression de vous prendre de haut, hein...

— Comment ça ?

— Vous le savez comme moi... Parler toutes les langues c'est pas votre truc, à aucun de vous deux...

— Accouche, Mitraillette.

Il grimace.

— Bon, encore une fois c'est pas grand-chose, les gars, mais en français... Eh bien en français on dit *le* viol.

Un lourd silence, dix bonnes secondes. Trouver les mots. Rien ne vient. Mitraillette, il n'a pas volé son surnom. Son vrai nom, c'est Gabriel, mais ça fait une éternité que plus aucun Boueux ne l'appelle ainsi. Lui, il croit que c'est un hommage à sa maîtrise des armes à feu. La vérité est tout autre : 80 conneries à la minute. Question âneries, Mitraillette, c'est une cadence de tir à forcer le repli. Eyaël a déjà laissé tomber. Il est revenu à ses jumelles. Toujours aucun signe de notre cible. Mitraillette, hilare, tripote le rétroviseur :

— Fais pas cette tronche, Raphaël... *La* viol, *le* viol, l'important c'est qu'on se comprenne, non ?

— Si tu le dis.

Il nous considère un moment.

— Je vous choque ?

— Mais non.

— Mais si, je vois bien… On dirait deux bonnes sœurs…

— Voilà Landru, annonce Eyaël.

Nouveau coup d'essuie-glace. À cinquante mètres, un type en imper sort du pavillon blanc. On est vernis, pour cette mission. D'habitude il faut mener des recherches fastidieuses avant de pouvoir enfin mettre un visage sur un nom. Ça explique d'ailleurs nos détachements précoces, deux bons mois avant le jour J fixé par les Scribes. Parce qu'en débarquant sur Terre, hormis le nom et le prénom de la cible, on a juste une ville, une date et une fourchette horaire. Pour les détails on doit se débrouiller seuls, et c'est souvent un travail de dingue. En cas de cohue, le jour J, faudrait pas non plus se tromper de larron. Lors de la dernière mission, à Rome sous Aurélien, qu'est-ce qu'on a dû ramer avant d'identifier notre cible… Repérages, recoupements, filatures, discrètes enquêtes de voisinage…

Heureusement, cette mission au XXIe siècle nous a permis de souffler un peu. L'identification a même été un jeu d'enfant. Il a suffi d'entrer les mots « *Camille Landru – Ézanville* » sur Internet : près de cent photos de la cible ont recouvert l'écran. De face, de profil, en costard, en short, en maillot de bain, autant qu'on en voulait. Et situation maritale, adresse personnelle, trajets quotidiens, numéros de téléphone, tout ça en deux minutes. Incroyable, cet Internet… Même la GPU de la grande époque des purges soviétiques n'aurait osé fantasmer pareille mine d'or, à l'œil en plus. Il y avait aussi des vidéos par dizaines où Camille Landru racontait sa vie, ses péchés mignons, sa routine d'écriture et le pitch de son prochain thriller religieux, présenté comme une « vraie bombe ». On a ainsi appris tout ce qu'il fallait au sujet de notre petit romancier à la mode, presque sans lever le petit doigt.

Travail mâché, repérage fini. À Paris, on a souffert deux nuits sur les sièges inconfortables de la camionnette. Au matin du troisième jour, on récupérait enfin l'argent dans la cache indiquée par les Scribes, nos faux papiers à midi, et on s'installait au soir dans la meilleure suite d'un hôtel de luxe. Il ne restait plus qu'à se tourner les pouces en attendant le Jour J. Mitraillette a passé son temps devant l'écran géant du salon, à enquiller des séries romantiques tout en se gavant de chips au piment vert – on retrouvait des miettes partout sur le sofa. Eyaël partait faire de longues balades dont il ne revenait qu'à la nuit tombée. Moi, j'en ai profité pour lire. *Les Fleurs du mal*, d'abord, un vieux recueil chargé de brises marines. Quel voyage pour les sens, ça aussi !

Guidé par ton odeur vers de charmants climats,
Je vois un port rempli de voiles et de mâts
Encor tout fatigués par la vague marine,
Pendant que le parfum des verts tamariniers,
Qui circule dans l'air et m'enfle la narine,
Se mêle dans mon âme au chant des mariniers.

Les rimes faisaient claquer cent drisses aux mâts de navires marchands, chahutaient pêle-mêle parfums de safran, poivre noir et cannelle. Quand je tendais l'oreille ça palpitait en vrac de l'autre côté des pages, pour grossir et rouler puis cogner par vagues la pierre luisante d'un quai, en plein soleil. Sous mes yeux ébahis surgissaient les souvenirs d'une lointaine mission, une des toutes premières ici-bas : port d'Actium, marché de dix heures aux couleurs tapageuses, foule, étals d'olives, d'épices, au loin ce foulard agité… Maasikah m'avait vu… Ravissante, aérienne, plus proche à chaque instant… Elle était enfin là. Et sur le papier jauni mon index effleurait le grain de sa peau mate, brûlante.

Un diamant noir, ce Baudelaire. J'ai entrepris d'apprendre par cœur les trois recueils. Pas facile – d'autant que des bribes de dialogues à la con, venus du salon, filtraient constamment sous la porte de ma chambre :

Ashley... perdu le sommeil...
Malcolm... Je ne... cœur brisé...
... autre homme... votre vie, c'est cela ?... Brad ?...
Jamais... Brad est un ami... rien qu'un ami...
Ashley... à genoux... fiançailles !
Malcolm !... toujours... Vous seul !

Ça voulait dire que Mitraillette venait de pousser le volume pour suivre son épisode tout en allant pisser. J'entendais alors ses commentaires énervés :

« C'est ça, et le prof de tennis de la saison 2, tu le connais pas non plus ? »

« Tais-toi donc, Ashley, t'en veux juste à son héritage ! »

« Et l'amour dans tout ça ? Hein ? L'amour ? »

Chaque fois ponctués d'un bruit de chasse d'eau et du sempiternel :

« Chipie des bois, va ! »

Vers midi, j'allais m'affaler dans le sofa. Mitraillette me tendait son paquet de chips au piment, me faisait un topo rapide des épisodes manqués, puis je suivais avec lui les nouvelles intrigues d'Ashley. Fortiche, la donzelle, presque aussi calculatrice que nos Scribes : fiançailles clandestines aux Bahamas, faux suicide, captation d'héritage, changement d'identité et retour à Los Angeles en fin de saison 4, rupture avec Malcolm – qui nous a fait chialer comme des madeleines, j'avoue –, mariage en Floride, re-rupture, chantage affectif pour pousser Brad à quitter Paloma, somnifères glissés dans les tisanes, sextapes, procès à gogo, internements psychiatriques… Chaque épisode apportait son lot de coups fourrés. Quand j'avais ma dose, je retournais au par cœur sur les œuvres complètes de Baudelaire.

Ça a pris un bon mois. J'ai enchaîné avec *Les Rois d'ailleurs*, autre torgnole littéraire qui m'a scotché au mur tout un week-end, puis j'ai lu deux bouquins de notre cible, Camille Landru : *Secrets d'Église* et *Rouge cathédrale*, des thrillers religieux plutôt malins. À mon sens ils posent de bonnes questions, surtout le deuxième, mais je ne suis pas théologien.

Bon… Baudelaire, souvenirs d'Égypte, *Les Feux de l'amour* et chips au piment vert… De votre point de vue je digresse sans doute un chouia. Peut-être trop ? Pour ma défense, j'ai huit cent vingt-trois mille années dans les pattes. Croyez-moi, c'est un âge on l'on évite les lignes droites : déjà fait, déjà dit, une horreur. On n'est pas mieux, parfois, à musarder sur les chemins de traverse ? À prendre le temps, s'arrêter, même, se pencher, observer les détails ? Moi, je pense que si, alors attendez-vous à encore pas mal de décrochages dans le genre. Et puis il faut bien que j'explique un brin les choses, merde. Qui on est, d'où on vient… Allez, brisons là cette digression sur la digression – ce serait du vice – et revenons à notre rue Giscard. Saint-Valentin 2030, la pluie, la planque dans la camionnette, notre cible qui vient juste d'apparaître. Camille Landru. Vous y êtes ?

Parfait.

Eyaël me prête ses jumelles. Je dois confirmer à mon tour, c'est la règle. Landru s'est à présent tourné vers nous pour faire face au vent. Il secoue son grand parapluie qui refuse de s'ouvrir. Fluet, fine moustache, belle gueule, mèches brunes, lunettes cerclées : l'auteur de *Secrets d'Église* et du très bon *Rouge cathédrale*, aucun doute. Je rends les jumelles. Mitraillette me dit de me préparer.

Notre homme a enfin eu raison du parapluie capricieux. Il s'éloigne au trot vers sa Mercedes, garée là-bas au bout de la ruelle. Il y a une heure, on a mis cinq gros autocollants sur son pare-brise avant – ça fera de lui une cible idéale quand il s'affairera à les enlever. Immobile, bien à découvert, impossible à rater. Astuce gratuite, en plus : on s'est servi des pubs pour un lait en poudre trouvées dans la boîte à gant. Elles disent « Le lait, c'est la vie ».

— Pas ce matin, ricane Mitraillette. Ce matin, le lait c'est la mort…

Landru ne paie pas de mine. Lui, une menace ? Cette fragile silhouette qui trottine sous la pluie, sacoche en bandoulière… un danger ? De quoi faire trembler la Ruche ? Oui, et joliment. Si on laisse faire, on va même droit dans le mur. D'ici trois, quatre ans au plus selon les calculs du Service Prévisions, ce petit bout d'homme finira par publier ses travaux.

Sa Preuve de l'existence de Dieu.

Il s'agira de pages délirantes, truffées de raisonnements fautifs… Mais notre problème n'est pas là. Notre problème, c'est le point de vue rétréci des humains. Notre problème, c'est l'agencement de leur cerveau, avec quinze mille sous-réseaux neuronaux essentiels que le Service Bio n'a pas connectés au reste… Tout ça pour soumettre aux Directeurs un design cérébral « unique », donc conforme à la Charte. En gros, ils ont repris un vieux projet déjà pas folichon et ils l'ont resservi en *moins bien*. Moins logique, moins puissant, moins rapide, moins inventif. Ah ça ! Pour être unique il est unique, ce nouveau cerveau, bravo ! Résultat : aux yeux embués des humains, le texte de Camille Landru aura l'allure d'une preuve. On se retrouvera sur Terre avec neuf milliards d'andouilles soudain convaincues de l'existence d'un arrière-monde… Selon les Scribes, cela provoquera un inévitable naufrage en trois paliers. Palier un, Exaltation (*ocytocine et endorphines : tapes dans le dos, poignées de main*). Palier deux, Inquisition (*dopamine et endorphines : tapes dans le dos plus appuyées, beignes*). Palier trois, Dépression (*carences en sérotonine : suicides collectifs*). Le score de paix descendra sous la barre fatidique des 3 % et nous serons forcés d'abandonner le chantier.

Un cerveau unique en son genre… De la belle ouvrage, je vous dis.

Quand les Scribes ont vu se profiler « l'écueil Landru » à l'horizon 2033, panique à bord ! Prévenir la Direction ? Avouer de but en blanc qu'ils n'avaient pas anticipé la « preuve divine » ? Admettre que le chantier était foutu, conseiller de reprendre une galaxie plus loin le projet *Homo* ? La Lumière jaillie des Ténèbres, l'œuf primordial, les deux nudistes, la pomme et la limace dans l'arbre, la grande inondation, le zoo sur l'eau, la première vigne, la première cuite, le premier feu, tout ? Impensable ! Jamais les Dirlos n'accepteraient un tel fiasco, qui resterait comme une tache sur leurs CV rutilants… Carriéristes comme ils sont, ils nous la feraient payer. On ne compterait plus les conseils disciplinaires, les blâmes pour *négligence*. Et sans discernement, notre Département entier boirait la tasse. Scribes du Service Prévisions, Vigiles du Service Contrôle, Boueux du Service Maintenance, toutes les Ressources Humaines au mitard ! Presque trois mille âmes à pleurer leur mère dans les bas-fonds de la Cage, Dieu seul sait pour combien de temps. On se calme, « Dieu seul sait » c'est juste une expression.

Non, vraiment, il devait exister une autre solution… Quitte à gruger.

Même les Vigiles, d'ordinaire si prompts à nous balancer aux autorités, ont été d'accord là-dessus : le mieux, c'était de régler cette histoire en douce, entre nous. Mais voilà, comment ? Les Scribes ont alors eu une idée « mathématiquement jouissive », je les cite. À mon sens, en plus de sentir l'illégalité… elle puait la folie. Ils ont réuni l'ensemble du Département Ressources Humaines pour nous mettre au parfum. Ça s'est passé au huitième sous-sol de la Ruche, à huis clos. Leur astuce pour liquider en sous-main toute trace de preuve divine ? « Rien de plus simple », je les cite encore… Qu'on voyage dans le temps ! Concrètement, chaque humain ayant de près ou de loin contribué à l'élaboration de cette « preuve » serait détourné de ses travaux. Détourné ou liquidé, si nécessaire. 267 en tout. 267 cibles, partout dans le monde et de l'âge du fer à l'époque moderne. Quelques commandos de Boueux triés sur le volet s'y colleraient discrétos.

Ainsi naquit l'*Opération Bordel de Dieu.*

J'ai d'abord cru à un canular. Chaque Boueux a pensé la même chose. Voyager dans le temps était *théoriquement* possible, *théoriquement* proscrit par le Codex de la Maison-Mère, on savait tous ça… mais jusque-là c'était pour nous resté du vent, une sorte de musique rêveuse, un petit air sans paroles. Un peu comme si on nous avait interdit de marcher sur l'eau. D'accord, les gars, on fera au mieux. De là à imaginer qu'on était *vraiment* capables de voyager dans le temps… Eh bien si, et ça traînait même dans les dossiers secrets des Scribes depuis une paie.

Alors ils ont expliqué. Des maths, rien que des maths. On a vite été largués. La moindre de nos interventions bousculerait tout un tas d'algorithmes retors. Il a été question de « conséquences détachées », de « doublons événementiels » et de « causes rétroactives ». Nos missions seraient liées par mille liens ténus, tordus, parfois même brisés mais *malgré tout* intacts… L'ensemble formant un écheveau tellement complexe, tellement contre-intuitif que j'ai roupillé pendant une bonne partie du briefing. Je me suis réveillé au moment de la session questions-réponses. Où, quand, comment neutraliser nos 267 cibles, les Scribes avaient calculé au quart de poil chaque mission clandestine de l'opération Bordel de Dieu. Rien à craindre, ont-ils juré : à condition qu'on suive leurs instructions *à la lettre*, la haute hiérarchie n'y verrait que du feu. Cela dit, ont-ils prévenu dans la foulée, il y avait « un hic ». Kebehut, la déléguée du Service, l'a défié du regard.

— Un quoi ?

— Un hic, a dit le Scribe le plus proche. Une contrainte, si vous préférez, un léger pépin…

— J'avais compris, merci. Quel genre de « hic » ?

— Voilà… Pour qu'une opération de cette envergure reste secrète, nous devrons nous passer du soutien logistique habituellement fourni par le Service Bio.

Sans leurs caissons de transfert, s'est insurgée Kebehut, on descend comment ?

— Rien de plus simple… Vous utiliserez les vieux caissons remisés près de la cale !

— Ces antiquités ? s'est-elle étouffée.

Plusieurs Boueux du devant ont protesté. Leur grogne s'est répandue par vagues jusqu'au dernier rang. Le Scribe a levé haut ses deux paumes :

— Du calme, du calme ! Nous les avons retapés, ces caissons ! Ils peuvent assurer presque trente allers-retours Ruche-Terre, et autant de transferts Terre-Terre qu'on voudra… En toute sécurité !

Son voisin a mis un bémol.

— *Toute sécurité*, hein, pas *tout confort*… Nous pouvons grouper vos transferts par équipes de trois, mais ne vous attendez pas non plus à un service de luxe… Vos corps d'accueil ne seront pas forcément du haut de gamme.

— Et la zone d'arrivée risque d'être un chouia distante de la cible…, a averti un autre Scribe. Guère plus de cinq cents kilomètres, rassurez-vous…

— Il a bien dit cinq cents kilomètres ? s'est alarmé un Boueux du fond.

Notre grogne a viré au grabuge. Ce n'était plus du calcul « au quart de poil », ça ! C'était du calcul par touffes ! Nous n'étions pourtant pas au bout des mauvaises surprises…

— Attendez… Il y a un *deuxième* hic… Toujours lié au fait que le Service Bio doit rester hors du coup.

— Quoi encore ?

Dans leurs petits souliers, les Scribes. Après quelques secondes d'hésitation, l'un d'eux a fini par lâcher le morceau :

— Aucune description préalable des cibles… Ce sera *à vous* de mettre des visages sur les noms.

— C'est une blague ? a glapi Kebehut.

Une Scribe fluette venait de grimper sur sa chaise. Sa voix était douce, mais ferme :

— Voyez le bon côté des choses ! Nous vous mâchons déjà bien le travail, là… Chiffres, noms, statistiques, données historiques… Il suffira de chercher un peu, ce n'est pas la mer à boire ! D'ailleurs, vous serez déployés sur Terre bien avant le jour J…

— Deux bons mois ! a confirmé une voix derrière elle.

— Vous aurez donc largement le temps d'enquêter !

Nos murmures sont repartis de plus belle. Trois vieux Scribes ont tapé le sol de leurs bâtons tordus. Confiants, les anciens. Selon eux, aucune raison de s'inquiéter :

— Vos chefs d'équipe auront mémorisé toutes les infos nécessaires à l'identification ! Noms et prénoms des dix cibles, villes de résidence, activités probables le jour J, fourchettes horaires idéales, ainsi que la liste complète des Retouches pour chacune des dix interventions…

— Autre bonne nouvelle ! Vos chefs d'équipe auront également mémorisé l'emplacement de valises de billets ou de bijoux perdus, normalement découverts plus tard dans le flux historique.

— De très belles sommes à chaque mission, on vous le garantit ! Cela financera vos frais divers…

La Scribe fluette a prévenu :

— Attendez-vous quand même à d'infimes variables… Certains billets seront peut-être moisis, certains bijoux légèrement dévalués… Mais débrouillards comme vous êtes, vous aviserez !

Une avalanche de hics, en somme. Voilà, tout était dit. Les Scribes ont conclu leur petit numéro de charme.

— Facile, non ?

— Voire amusant !

— Transfert express, dix petites missions à travers les époques, puis retour ici !

— Une promenade !

— Prenez cela comme un jeu de piste !

— Une partie de cache-cache !

Tous se démenaient pour gonfler le moral des troupes. Nos interventions resteraient sous le radar, martelaient-ils, discrètes à souhait… Et si la rumeur de nos magouilles remontait *in fine* aux oreilles des chefs, ils seraient mis devant le fait accompli *avec un triple A servi sur un plateau d'argent*. Aucun d'eux n'aurait alors intérêt à remuer la boue ! Aussi vrai que notre échec pourrirait leur CV, notre réussite l'embellirait comme jamais ! Mener à bien un chantier pareil, c'est le genre d'exploit qui propulse vers les sommets une carrière de Dirlo… Les Scribes n'en démordaient pas : on jouait sur du velours ! Courage ! Sur le terrain, messieurs-dames ! Allez, vingt-sept équipes de trois, à peu près dix interventions chacune ! Des volontaires ? Les premiers Boueux à lever la main seraient nommés responsables de groupe !

Ça ne s'est pas bousculé au portillon. Seul Mitraillette est sorti des rangs avec les deux mains levées… Des sifflets ont jailli de partout, « lèche-bottes ! », « vendu ! », « fayot ! ». Lui, il nous a fait face en réclamant le silence.

— Mes chers collègues…

Les invectives ont redoublé, mais ça ne l'a pas démonté le moins du monde. Mitraillette est parti dans un vibrant discours sur la conscience professionnelle, le goût du risque et le sens du sacrifice… Tournures lyriques, trémolos, vibratos, effets de manche, il a tout donné. Un vrai tribun ! Les Vigiles l'ont quand même interrompu au bout de cinq minutes parce que personne n'écoutait vraiment. Et pour cause… La Terre, on en avait plein les bottes. À de rares exceptions près, une horreur. Nos descentes officielles sur cette planète de mabouls s'étaient presque toutes transformées en cauchemars… À Sodome, par exemple, Nakir et moi avions failli passer à la casserole. J'en garde aujourd'hui encore un souvenir vivace : trente furieux en voulaient à nos fesses, pile sous les fenêtres du roi Loth, notre hôte. Les négociations traînaient. Lui, magnanime, leur proposait plutôt des esclaves bien montés, son épouse, ses propres filles. Pas intéressés, les types. Ils préféraient « connaître » les deux étrangers. Sur le principe, nous n'avions rien contre, mais le temps pressait et je vous rappelle qu'ils étaient trente. Il avait donc fallu aveugler la foule à coups de pièces d'or jetées au hasard, par pleines brassées, puis se frayer un chemin en jouant des épaules. On avait escorté fissa la famille jusqu'aux portes de la ville, avec la mère qui chouinait, une des filles qui voulait plus partir, le père qui gueulait, une malle qui tombait, s'ouvrait… Je m'entends encore prévenir la mère, une fois dehors : surtout, qu'elle ne se retourne pas. Et qu'est-ce qu'elle fait, cette buse ? Elle se retourne ! Et elle reste comme pétrifiée devant la boule rougeâtre qui grossit à vue d'œil dans le ciel d'été. Sous le choc, la pauvrette, complètement prostrée – sans doute à cause de ça, des témoins imaginatifs ont par la suite évoqué sa « statue de sel ». J'essaie de la relever, Nakir cherche même à la prendre sur son dos, rien à faire. Elle se débat, griffe et feule. Tant pis, la mission consiste à mettre les trois autres à l'abri, alors on reprend notre course. J'ai oublié le nom de cet astéroïde géocroiseur repéré un an plus tôt par les radars de la Ruche, mais je vous promets que c'était une belle bête. La taille d'un bus, plus ou moins. Trois heures plus tard, le souffle de l'impact nous avait d'ailleurs bien secoués. On s'était tous les cinq relevés avec du sable plein la bouche, la toge fumante, mais sains et saufs. Et il avait fallu marcher encore. Quarante kilomètres de crapahut dans le désert brûlant avec Loth et ses filles, deux vierges folles qui n'attendaient qu'une chose : notre départ rapide, qu'elles puissent enfin se taper leur père au fond d'une caverne après l'avoir soûlé à mort. Genèse 19.1-29, si le cœur vous en dit.

Redescendre *volontairement* sur Terre ? Avec ces barjos ? Faire des heures sup' en dehors des missions de Maintenance officielles ? Et voyager dans le temps, alors que c'était formellement interdit par la Charte ? Non merci ! Au diable cette opération clandestine, on préférait encore jouer franc-jeu avec la Direction… Nous étions mille Boueux à éructer, cracher, glapir face à la petite centaine de Scribes assis.

— Dix missions de suite ?

— À dix époques différentes ?

— C'est une plaisanterie ?

— Moi, je préfère encore risquer la Cage !

Là-dessus moqueries, sifflets dans tous les sens. Un bon gros chahut. Les collègues se baissaient vite fait derrière une épaule après avoir poussé leur coup de gueule ou lancé une connerie.

— Vous n'avez qu'à déployer les Vigiles, pour une fois !

— Ça les changera des descentes-éclair !

— Les pieds dans la gadoue !

— En bas ils trouveront tout ce qu'ils aiment !

— Plein de formulaires à remplir !

— D'ordres à suivre !

— De pompes à cirer !

— Et pour une fois, pas juste en coup de vent ! Ils comprendront enfin ce que c'est, la vie dans un corps humain !

— Pendant dix fois deux mois !

— Faudra aussi qu'ils apprennent autre chose que l'étéocrétois, hein !

— Qu'ils disent « bonjour » dans des langues chantantes !

— Puis « merci » !

— Sans donner l'impression d'avoir envie de mordre !

On se marrait bien. Les Vigiles avaient beau sillonner la foule, impossible pour eux de repérer à temps celui ou celle qui venait de l'ouvrir. Ils en devenaient dingues. Rires et quolibets continuaient à fuser :

— Sinon, les Scribes, pouvez toujours descendre vous-mêmes !

— Bonne idée !

— Sur le terrain, les Scribes !

— Ouais, nous on reste ici et on prend des notes !

— Vu qu'on fait jamais comme il faut !

— Et puisqu'en théorie c'est tout bête, le taf d'un Boueux !

— Mille trucs à calculer, en bas, vous allez kiffer !

— Nombre d'ampoules aux pieds…

— Nombre de cicatrices, de bleus…

— De larmes…

— Et de gerbes à chaque incarnation !

Tellement bon de se défouler ainsi dans l'anonymat du groupe… De tout balancer au visage de nos supérieurs directs ! Les Scribes restaient pourtant silencieux, mains jointes. Paisibles, presque lointains. Il m'a même semblé que l'un d'entre eux somnolait. Avaient-ils anticipé notre grogne ? Prévu la moindre de nos insolences ? Savaient-ils déjà comment et quand se terminerait notre petite crise de nerfs ? À la seconde près ? Possible. Du coup, peut-être qu'ils s'emmerdaient. Les Vigiles, en revanche, ont perdu patience. Pas pour rien qu'on les appelle aussi les « brûlants », ceux-là, voire les « venimeux ». Ils ont poussé une gueulante à déchirer la carlingue. Fini les gamineries ! Au boulot ! S'ils devaient en asticoter deux-trois pour nous motiver tous, ils n'y voyaient aucun inconvénient ! À qui le tour ? Et un peu de respect pour les Scribes, bordel ! Qui parmi nous oserait répéter sa vanne à visage découvert, hein ? Qui voulait sa baffe dès maintenant ? Deux Vigiles, plus diplomates, ont tenté de vagues promesses. Une histoire de caisses d'hydromel certes poussiéreuses, mais offertes aux volontaires. On a tous fait la moue. Non plus. L'hydromel bouchonné rend aveugle une fois sur deux…

— Le seul avantage à devenir bigleux, ce serait de plus voir vos gueules !

— Et puis les bons points, les friandises, ça marche peut-être avec les gamins de dix mille ans… Nous autres, on a passé l'âge !

— Ouais ! Qu'est-ce que vous pouvez nous offrir de mieux, hein ? Rien !

J'ai cru encore reconnaître la voix de Kebehut. Rire général. Pas faux, ont convenu les deux Vigiles pris à partie… Alors ils sont revenus à ce qu'ils pouvaient nous offrir de *pire*. On a eu le droit à une enfilade de scénarios tous plus flippants les uns que les autres, à des menaces ciblées pleines de détails sordides. Graphique, leur topo. Ils étaient soudain persuasifs, preuve qu'on ne parle bien que de ce qu'on connaît à fond. Techniques de harcèlement, torture psychologique, châtiments corporels ou sanctions sadiques, ils ont développé une demi-heure avant de demander si on avait des questions. Pas de questions. Des volontaires, alors ? Quelques Boueux se sont dévoués, leurs potes ont suivi.

Le Scribe qui rêvassait a finalement rouvert les yeux :

— Pardon… (Il a fouillé dans ses papiers.) Alors… Distribution des missions…

Pour l'équipe de Mitraillette, ça a été plus délicat : aucun volontaire. Les menaces n'y faisaient rien. Il y a donc eu un tirage au sort et c'est tombé sur nos pommes, à Eyaël et à moi.

Voilà pourquoi je me retrouve en 2030 dans la banlieue nord de Paris, au fond d'une camionnette délabrée, à lorgner ce frêle humain qui s'éloigne au trot : Camille Landru, romancier à la mode, amateur de théologie, de go, de vin, de femmes, et cible numéro huit sur la liste de notre équipe. Je consulte ma montre : 7 h 30, les Scribes avaient vu juste. Mitraillette met le contact. Là-bas, Landru lève haut son parapluie. De son autre main, il fait balancer sa sacoche. Enjoué, le bonhomme, heureux de cette belle journée qui commence. Mitraillette s'enquille une dernière pastille à la menthe.

— Saloperie, va. Hypocrite de mes deux. Cent sesterces qu'avant de filer chez son éditeur, il compte faire un saut chez sa nouvelle conquête… (Il referme sèchement son blouson de cuir.) J'ai pas lu son dossier, à celle-là, mais c'est sans doute une fille-mère…

— Qu'est-ce que tu peux être vieux jeu, soupire Eyaël.

— D'autant que « sesterces », dis-je, c'était pour la dernière mission… La France de 2030, elle compte en euros.

— Époque de merde, assène Mitraillette en débrayant. Aucune morale, aucun code. Cagoule, les jeunes, bouchons d'oreilles.

La camionnette avance en douce dans la ruelle déserte. Je vérifie une dernière fois le chargeur du Ruger, son cran de sûreté, puis je visse le silencieux. Drôle de mot, « silencieux ». Trompeur, surtout… car malgré les munitions subsoniques il y aura du bruit. Pas moyen d'éviter la dilatation des gaz. Et cet espace semi-ouvert, de surcroît métallique, forme une foutue caisse de résonnance : 120 décibels démultipliés qui pourraient me laisser sourd comme un pot. Avouez que ce serait ballot… Ces corps, on est censés les rendre dans l'état où on les a trouvés en entrant. Je me coince donc deux boules jaunes au creux des esgourdes, j'enfile mes lunettes protectrices, ma cagoule. Et j'ouvre lentement la portière latérale.

On s'est arrêté dix secondes à peine. Je n'ai pas tremblé. Trois claquements secs, comme trois branches qui craquent dans le silence d'une forêt, un corps qui tombe. J'ai sauté de la camionnette. Un dernier coup pour être sûr, à bout touchant sur la nuque, puis j'ai ramassé la sacoche, sauté dans la camionnette. Je viens de refermer la portière latérale, Mitraillette accélère et on tourne à droite. Mes oreilles sifflent sous la cagoule, malgré les bouchons. Je retire tout ça. Mitraillette accélère encore. On est déjà loin. Une, deux, trois, sept gouttes de sang criblent ma manche gauche. Personne ne parle.

Notre camionnette a rejoint l'autoroute. J'ouvre la sacoche pour en sortir l'épais manuscrit. Un beau bébé, deux kilos à l'aise. Le titre figure en lettres inégales sur la page de garde : *Révélations*. Tiens donc, qui écrit encore à la main au XXIe siècle ? Je feuillette ça à la volée. Vingt et un chapitres au total, noircis d'une écriture nerveuse ; la plupart sont illustrés d'étranges gribouillis, schémas et symboles… Il y a même, là, en marge de la page 370, une flopée de croquis grivois. Des petits rongeurs y fricotent dans tous les sens… Des écureuils, on dirait… ou des souris ? Je saute à la dernière page. L'histoire s'achève sur un court dialogue. Je reviens au début. Voyons un peu ce qu'il raconte, ce roman… Mitraillette ajuste le rétroviseur, me lance une œillade noire.

— Eau de Javel, Raph…

— Je ne fais rien de mal !

— Notre fiche de mission dit « détruire », pas « lire »…

Mitraillette et la loi : tout un poème, obscur, contradictoire. Eyaël et moi on doit suivre les ordres à la lettre, sous peine d'engueulade ; lui pourtant ne se gêne pas pour prendre de sacrées libertés. Lors des sept dernières virées ici-bas, je l'ai vu enfreindre le code une bonne centaine de fois, facile.

— Le bidon est sous ton cul, insiste-t-il.

C'est lui le chef. Je dévisse le bouchon.

— Voilà, voilà…

Adieu, petits rongeurs des marges. Je verse là-dessus une généreuse dose de Javel concentrée, achetée en route pour deux euros dix. Trois euros les cinq litres, avis aux amateurs. Économique, efficace. Une excellente alternative au feu – qui m'a toujours fait flipper. Ah ! Si seulement on pouvait transbahuter des objets d'un siècle à l'autre… Je prendrais sans hésiter des bidons de Javel. Question paperasse à liquider, rien de tel. Ça pique un peu les yeux, cela dit, alors je referme vite la sacoche.

— C'est fait ?

— Presque.

J'emballe le tout dans un vieux sac poubelle.

D'ici vingt-quatre heures, il suffira de touiller un bon coup. Le manuscrit finira en bouillie blanchâtre. Je glisse sac et bidon sous la banquette, puis je me couvre les narines. Les collègues ont baissé leurs vitres pour aérer un peu. Ne plus penser à Landru, laisser souffler les dernières notes de viole… Disparaître dans leur sillage. Et le froid, la brume envahissent peu à peu l'habitacle. 7 h 45 à ma montre. Sur ma manche gauche, les gouttelettes de sang tracent des motifs changeants, mâchoire emportée par une balle, bouts de cervelle… « Du beau boulot », lâche enfin Mitraillette en remontant sa vitre. Propre. Il propose de célébrer ça au premier bordel venu. Je décline, j'ai une lessive à faire. Eyaël décline, son mec l'attend. Mitraillette dit qu'il ira seul. On sait pas vivre. On n'a pas le sens des priorités. D'ailleurs son mec, à Eyaël, qu'il s'y attache pas trop. C'est juste un humain. Mitraillette insiste aussi pour qu'on répare l'autoradio, parce que France Musique à tout bout de champ, c'est plus possible : encore deux semaines à tirer en 2030… On n'en a pas marre, de la musique de merde ? Lui, si. Il donne un autre coup d'essuie-glace. Vraiment marre, les gars, de cette pluie fine sur nos pierres froides.

Je me dis qu'à sa manière, Mitraillette sent les choses.

PIÈCE _ 3

— Encore cette histoire de camionnette volée ? Voyez avec Pivert, je me tue à vous le dire !

— Avec Pivert…

— Fond de la caserne, bâtiment F, vous le trouverez forcément quelque part au troisième… C'est pas compliqué, merde !

— Du tout, mon colonel.

— Et mollo sur la porte !

— Promis.

— Vous promettez, mais vous claquez toujours, ça me crispe. Allez, rompez… Un souci ?

— C'est que… J'ai du mal avec les visages, mon colonel… Pivert, vous dites ?

— Adjudant Pivert, les bretelles, la moustache rousse. Toujours pas ?

— Pour être honnête…

— Alors utilisez la messagerie interne. Un mail, c'est dans vos cordes ?

— Pivert, Pivert…

— C'est ça.

— Pivert avec un d ?

— Un t.

— Comme le canard, alors ?

— Comme le ca… ? Jaouen, je comprends même plus la discussion.

— Ben le canard pivert… Ah non, *colvert* ! C'est à ça que je pensais : le canard *colvert*… Et y a bien un d.

— À colvert ?

— À canard… Du coup, pour *pivert*…

— Jaouen ! Vous êtes quinze dans votre tête, ça fait vraiment trop de bruit… J'ai du travail, là !

— Pardon, mon colonel… Je vais me débrouiller.

— Voilà.

— Consulter le listing…

— Bonne idée.

— Demander au brigadier Sophie…

— Nickel.
— Interroger les autres collègues…
— C'est ça.
— Au pire, je repasse…
— Quoi ? Attendez !
— Mon colonel ?
— Vous n'avez rempli aucun papelard de mutation, on peut savoir pourquoi ? La région parisienne ne vous manque pas un brin ? La famille, les copains ?
— Oh si, mon colonel !
— Ben alors ?
— C'est qu'Ézanville est très demandé, mon colonel, et je suis loin d'avoir les points… On verra dans deux ans.
— Deux ans ? Ça va pas être possible, ça.
— Trois ans, alors ?… Quatre ?
— Du tout ! Jaouen, mon p'tit Jaouen, battons le fer tant qu'il est chaud ! Un poste pourrait se libérer au débotté. Dès demain, qui sait ? On n'est jamais à l'abri d'un coup de chance.
— C'est ce que dit toujours mon oncle ! Ça, et « Roule qui boule n'amasse pas mousse ! »
— Votre oncle a bien raison, Jaouen. Approchez… On va le remplir ensemble, ce papelard.

Courriel posté le 22/12/2029 à 11 h 33

De : Colonel Jean Destouches, Gendarmerie de Brest

À : Major Louise Destouches, Bureau des Ressources humaines de la gendarmerie nationale.

Ma louloutte,

En pièce jointe, la demande de mutation d'un petit jeune très prometteur. Deux semaines à peine qu'il est à Brest, et déjà toute la caserne ne parle que de lui. Bref, une flèche (on se comprend). Ma chance : comme c'est le neveu du ministre, on l'a collé dans mon service… Or je me dis qu'il ferait des merveilles loin d'ici, par exemple à Ézanville. Tu penses pouvoir accélérer les choses ?

Ton colonel de père.

PS : Appelle maman dans la semaine, tu sais comme elle s'inquiète.

SESSION 3

RETOUCHES

PB79702497-03CD

Une fine pellicule de crasse recouvre la vitre latérale. Je passe un rapide coup de chiffon. Guère mieux, grisaille des piétons, chagrin des murs aux graffiti fatigués. Encore plus glauque que la Cage. On l'a pourtant travaillée pour qu'elle soit laide, celle-là – elle fait office dc mitard chaque fois qu'un prévenu doit purger une peine un peu lourde. La Cage, c'est trois mille mètres carrés de déprime au huitième sous-sol de la Ruche. Nos architectes l'ont construite en biais, bas de plafond, nos décorateurs en ont badigeonné les murs de rouille, et c'est l'équipe des fluides gras qui s'est chargée du sol. Même un bref séjour là-dedans vous liquéfie l'âme… Or malgré ça, rien n'y surpasse en laideur cette avenue Lénine. Question disgrâce, les humains savent y faire, y a pas à dire. De vrais artistes. Pavés, façades, affiches, visages, tout ici apporte sa petite touche grisâtre. Le tableau final ? Une parfaite injure à la joie de vivre.

Bien hâte de remonter, moi, de quitter enfin cette foutue planète… mais ce n'est pas pour tout de suite… Ce que je sais : un autre contrat nous attend dans deux semaines, puis il en restera un ultime. Une dernière fois, changer d'époque, changer de peau…

Voici deux longs mois qu'on occupe ces corps. On les a récupérés mi-décembre, à minuit pile, dans les toilettes d'une clinique brestoise. D'après la brochure trouvée sur place, c'était le genre d'hôtel cinq étoiles pour dingos friqués… Spa, manucure, ateliers théâtre, séances psy en solo ou en groupes, yoga, tout ça juste sur la page une. J'ignore si nos propriétaires légitimes se fréquentaient beaucoup. Physiquement, rien à voir : un ado à crête rouge, tatoué, sec comme une trique, un grand balèze aux traits placides, et un papy d'aspect fragile. On a vérifié les poches dès l'arrivée. Hormis le passeport suisse d'Eyaël et ma carte d'ancien militaire, rien d'instructif – clefs anonymes, gros billets, piécettes, quelques photos pliées, un sachet de cannabis et cinq énormes pétards roulés en cônes… Ce que ces humains foutaient ensemble dans les toilettes au beau milieu de la nuit ? Comme on n'a pas accès à la mémoire des corps réquisitionnés, aucune certitude. Notre hypothèse : l'humain d'Eyaël vendait son herbe aux deux autres. En tout cas, sur le plan physique les trois enveloppes sont opérationnelles… La mienne surtout, j'ai le militaire. Protocole oblige, on s'est aussi coltiné la série « tractions-pompes-abdos » sur le carrelage et les chambranles. Ça allait. Le corps d'Eyaël reste un peu moins performant que les deux autres, forcément : soixante-dix ans, chez l'humain, ce n'est plus un âge pour battre des records… mais en cas d'embrouille il devrait être capable de prendre le large. Ce qu'on a d'ailleurs fait illico : sortie des gogues à pas feutrés, escaliers, passage en douce devant la salle du rez-de-chaussée où des blouses blanches sabraient le champagne en braillant « Bon anniversaire Francis ! », avancée furtive jusqu'au bout du couloir, neutralisation de l'alarme, issue de secours, course sur le goudron, et vol du premier véhicule laissé ouvert. Ensuite, plein gaz à travers la campagne obscure. Dix minutes plus tard, notre camionnette gagnait la départementale. Extraction réussie. Du gâteau, en somme.

Allez, on a connu pire. Pour les prochaines peaux, on verra bien ; une fois encore ça dépendra du Service Prévisions… Grand dadais, cagole, mamie avec ou sans canne, on ne choisit jamais. Quant aux détails des missions, ils nous seront comme d'habitude distribués au compte-gouttes, via Mitraillette. Ils sont paranos, là-haut. Et Mitraillette, lui, il est juste chiant. J'essaie quand même d'en apprendre un peu plus :

— Elle sera où, la prochaine mission ?

— Du côté de Belgrade, annonce-t-il.

— Tu peux être plus précis ?

— N'insiste pas, information classifiée. Vous saurez ça en temps voulu.

— La cible, au moins ?

— Une danseuse serbe.

Eyaël fronce les sourcils.

— Quel rapport entre une danseuse serbe et notre preuve div…

— Le frère, coupe Mitraillette. Né à Belgrade, études théologiques en France, grand spécialiste de Voltaire, maintenant prof à la Sorbonne. Ce mec est à deux doigts de trouver son fragment de preuve… Du coup, faut liquider sa frangine.

À mon tour de froncer les sourcils.

— Liquider sa frangine ?

— Exact.

— … Sa *frangine* ?

— Oui, *sa fraaangine*, imite Mitraillette d'une voix qui ressemble à tout sauf à la mienne.

— Tu expliques ?

— Bon, lâche-t-il, selon les Scribes les événements vont se dérouler comme ça… Un, la sœur du prof calanche. Deux, il revient à Belgrade pour les funérailles et prend son enfance en pleine gueule… Normal, presque vingt ans qu'il est pas rentré au pays. Trois, il perd la boule. Quatre, il met le feu à ses travaux théologiques. Cinq… Y a pas de cinq. Adieu le fragment de preuve, mission accomplie.

— Et lui, qu'est-ce qu'il devient ?

Mitraillette n'est plus trop sûr.

— J'ai lu ça rapidement… C'était en annexe des feuilles de mission…

— De mémoire ?

— Il finit sa vie à cultiver son jardin, une connerie dans le genre. D'autres questions ?

— Pourquoi ne pas éliminer directement le frère ? interroge Eyaël.

C'est également mon avis.

— Je vois mal l'intérêt de se farcir deux mille kilomètres jusqu'au logement de la sœur… alors que le gars travaille à deux pas d'ici ! Dis, ce serait pas plus simple de faire un saut à la Sorbonne ?

Mitraillette agite l'index.

— Du tout. Au Service Prévisions ils y ont pensé, à nous faire flinguer le frère. C'était même la toute première option envisagée… Mais non. Apparemment, ça ne ferait que compliquer les choses.

— Comment cela ? s'étonne Eyaël.

— D'après les projections à moyen terme, poursuit Mitraillette, si on bute le frère… on attise la curiosité de ses étudiants… Et vlan, une promo entière de petits fouineurs met le nez dans les travaux théologiques du maître. Fragments de preuve multipliés par cent, je vous raconte pas le boulot. Avec tous ces Erasmus on passerait l'année sur les routes, sans doute aux quatre coins de l'Europe… J'ai rien contre le meurtre, vous savez bien… Mais à la chaîne, là, non… Faut quand même que ça reste un plaisir.

— Nous pourrions maquiller la scène de crime… Faire croire à l'accident bête ?

— Maquill… T'es fou ? On maquille rien du tout, Eyaël !… Et vous avisez pas d'improviser quand j'ai le dos tourné, tous les deux !

Eyaël le regarde en coin.

— Je posais juste la question, ne t'énerve pas…

— Je m'énerve pas, houspille Mitraillette, j'explique ! L'Opération Bordel de Dieu, c'est du sur-mesure, du chi-rur-gi-cal… Les Scribes ont calculé au millimètre causes, variables sous-jacentes, cascades de conséquences à court, moyen, long terme…

— Je sais, oui…

— Tout ce qu'on change aujourd'hui, le moindre macchabée en plus, ça peut avoir des répercussions énormes dans un demi-siècle… On appelle ça…

— L'effet papillon, dit Eyaël.

Perdu dans son coup de gueule, Mitraillette n'écoute plus.

— … L'effet lombric, ou l'effet scarabée… Non… Un machin qui vole…

— *Papillon*, insiste Eyaël.

— Dis pas n'importe quoi, l'effet papillon c'est quand on *papillonne*, qu'on baise à gauche à droite en laissant des gamins partout… (Il se tape le front.) Voilà ! L'effet coccinelle !

— Tu es certain de ça ?

Mitraillette balaie la question d'un revers de main :

— Il y a une chose à retenir, une seule : avec les fiches du Service Prévisions, tu n'improvises rien, Eyaël. Tu suis.

— Je sais.

— Nan, tu *suis*. Chaque pièce du puzzle doit tomber au quart de poil pour le jour du Jugement dernier.

— De *l'Évaluation sommative*, corrige Eyaël avec une pointe de vice.

Mitraillette hausse ses sourcils criblés de piercings :

— Évaluation quoi ?

— *Sommative*. Évaluation sommative.

— Qu'est-ce que c'est que ces conneries ? ronchonne Mitraillette.

— C'est ainsi qu'on doit dire, désormais.

— Tu plaisantes ? (Mitraillette croise mon regard dans le rétroviseur.) Il plaisante ?

— Désignation officielle, maintient Eyaël.

Aïe, pile le sujet de conversation que j'ai soigneusement évité lors des sept dernières missions.

Eyaël est en train d'appuyer là où ça fait mal. J'avance entre les sièges, hésitant :

— Requête expresse des Vigiles, pendant ton séjour en Cage… « Évaluation sommative », selon eux ça sonnait mieux. Plus carré…

— Carré ?

— Plus… professionnel. (Je tapote l'épaule de Mitraillette.) Allez, va… Tu connais les Vigiles, hein, pas des poètes… Et comme ils ne demandent jamais rien, ben la hiérarchie a validé direct… « Évaluation sommative », et deux ou trois autres termes.

— Par exemple, il ne faut plus les appeler « Vigiles », ajoute Eyaël, mais « Techniciens Contrôle ».

On vient de gratter une corde archi sensible. La clique des Vigiles, Mitraillette l'a vraiment dans le nez, pour des raisons très personnelles. Il embraie et fait grincer le levier de vitesse.

— « Techniciens Contrôle » mon cul, gronde-t-il. Un ramassis de psychorigides, voilà de qui on cause ! Pour moi ils seront toujours les Brûlants, les Venimeux… les Lèche-Bottes, les Kapos, les…

Nous frisons déjà les cent trente kilomètres à l'heure sous la pluie, et c'est lui qui tient le volant. Mieux vaut calmer le jeu.

— Tu dis comme tu veux, Mitraillette.

— Tu es libre, Mitraillette. On ne va pas un peu vite, là ?

— Ouais, et j'en reste aussi à « Jugement dernier », les gars. Ça pose un problème ?

— Non.

— Tu dis comme tu veux, Mitraillette.

Il ralentit un chouia.

— Je vais me gêner… Bon, où j'en étais, moi ? Ah oui… Pour la phase *Jugement dernier*, il nous faut une planète à peu près sereine… avec un taux de paix supérieur à 50 %. T'entends, Eyaël ?

— J'entends, oui…

— Conflits conjugaux, conflits internationaux, tout ça doit être mis en veilleuse… Vous imaginez un peu la complexité du truc ? Jusqu'ici, c'est quoi le record des humains ?

— Pas terrible…, rumine Eyaël.

— Sois précis, fais-moi plaisir. Leur record, à ces psychopathes ?

— 22 %.

Mitraillette lève un index sentencieux :

— Eh ben voilà. 22, les gars, c'est ce que les humains font de mieux quand on les laisse entre eux ! Le génocide, la violence domestique, les coups de pute, ils ont ça dans le sang ! Sans les réglages du Service Prévisions, le 53 % de paix qu'on vise pour l'été 2080… On devra faire une croix dessus… Chantier foutu !

— Je crois qu'Eyaël a compris…

— Minute, Raph, je finis ! 53 % c'est le sommet de la courbe, je vous rappelle ! Avec ces boulets, on montera pas plus haut !

Mitraillette rabâche des choses entendues mille fois déjà. Bon, autant s'armer de patience. Quand ça lui prend, de faire le prof, rien ne l'arrête.

— Et c'est pas tout ! s'entête-t-il. Pour décrocher le triple A, faut un monde en paix et donc très largement athée, les gars. « Mystique », ça rime avec « panique », « coups de trique », et finalement « lombrics ». Si les humains se mettaient à faire du zèle religieux histoire de gagner une place au « paradis », c'est tout le projet Planète Bleue qui tomberait à l'eau.

— Il n'y a pas de paradis, lâche Eyaël. Dis, tu ne vas pas un peu vite ?

Mitraillette l'imite d'une voix niaiseuse :

— *Y a pas de paradis*… La belle affaire, Eyaël ! Nous on le sait, les humains, non ! Si par malheur ils se persuadent de l'existence d'un arrière-monde, bonjour le carnage…

— On a saisi…, dis-je. Tu ralentis ?

Autant pisser dans un violon.

— Laisse-moi finir, Raph… Dans cette hypothèse, ils voudraient la mériter, leur place au soleil. Quitte à tabasser le voisin au nom du dieu qu'ils s'imaginent… Et tueries à gogo, score de paix en chute libre ! Adieu, notre triple A sur le chantier Planète Bleue ! Vous avez écouté les Scribes pendant la réunion, ou bien vous dormiez ?

Je me crispe une seconde :

— On les a écoutés… Ralentis encore, s'il te plaît.

Mitraillette brûle un énième feu rouge.

On dirait pas… En tout cas, il faut maintenir le *statu quo*. « *Les créatures peuvent croire…* »

— « *... mais pas avoir l'impression de savoir* », complète Eyaël d'une voix tendue.

— Tout juste. Alors tout ce qui est fragments de « preuve divine », aussi pourris qu'ils soient, ça dégage… exactement comme on nous a dit. Aucune initiative personnelle ! Promis, tous les deux ?

— Promis.

— Promis.

Mitraillette se détend un brin.

— À condition qu'on suive le plan, nous autres, on sera bientôt peinards. Ni vu ni connu je t'embrouille… Les neuneus du Service des Chiffres prendront officiellement la mesure, ils transféreront à la Direction un dossier estampillé d'un glorieux « 53 % de paix »… triple A sur notre projet… puis à nous les étoiles ! Centième chantier bouclé, enfin la quille ! Retour à la Maison-Mère, cérémonie d'affranchissement, fin du Service spatial universel, grosse cuite !

La quille ? Sacrée nouvelle, il aurait pu commencer par là ! J'agrippe son appuie-tête, me penche :

— C'est le dernier chantier ?

— À ce qu'il paraît…

Eyaël est plus sceptique.

— Et tu la tiens d'où, cette information ?

— Trois potes du Service Prévisions, lâche Mitraillette.

— Tu as des *potes* ? s'étonne Eyaël.

J'enfonce le clou.

— Au Service *Prévisions* ?

— Évidemment que j'ai des potes, vitupère Mitraillette, vous croyez quoi ? Des Scribes de tout premier ordre, mes copines. Les trois Moires, que je les appelle ! Un peu timides, mais adorables…

— Tu les connais d'où ?

— On s'est connus en Cage… Elles, elles étaient tombées pour « Calculs fautifs ». Vlan, mille ans dans les gencives.

— Mille ans ? Juste pour une erreur de calcul ?

Mitraillette hoche la tête.

— Chez les Scribes, ils plaisantent pas avec les maths… T'oublies un zéro, tu décales une virgule, et c'est la comparution immédiate. Bref, en presque mille ans de Cage on a tissé des liens solides, elles et moi… (Il lève haut sa main droite, croise l'index et le majeur.) À la vie, à la mort ! C'est autre chose que vos amourettes à deux balles.

— Elles sont sorties ? interroge Eyaël.

— L'année dernière. Bon, je continue, ou vous avez décidé de m'emmerder encore longtemps avec vos questions indiscrètes ?

— Nous t'écoutons, Mitraillette. Tu ne remets pas ta main sur le volant ?

— Et ralentis encore, si tu peux…

— Qu'est-ce que vous pouvez êtes chiants, soupire-t-il. Alors… Où j'en étais, moi… ? Ah oui, la quille… Le Service des Chiffres prend la mesure, et adieu la Terre ! Les humains se débrouilleront seuls ! Comme des grands ! Ils pourront se remettre à s'entre-tuer dès le lendemain, pour ce qu'on en a à foutre… D'ici là, notre Bible à nous c'est les feuilles de mission. On est d'accord, Raphaël ?

— Oui.

— Aucune initiative personnelle ?

— Aucune.

— Ben voilà !

Nous dépassons en trombe un coupé bleu, à la capote baissée. Poings levés sous la pluie, quatre rasés balancent la tête au rythme de percussions énervées. La sono est poussée à fond.

Du… Du hast…
Du… Du hast mich…
Du hast mich gefragt…

Heureux de vivre, les germanistes. Mitraillette leur jette un coup d'œil au passage.

— La validation du genre *Homo*, c'était de toute façon une idée pourrie. Regardez-moi ça… Génétiquement trop instable, ce truc. Le service Créa avait pourtant prévenu dès le début. Ils suggéraient plutôt le bonobo, nos créatifs : question score de paix, ça aurait été une vraie promenade…

— Y avait un projet Bonobo ?

— Le nom complet c'était *Bonobo Sapiens*, confirme Mitraillette. Les Moires m'ont raconté tout ça en détail, au gnouf… *Bonobo sapiens*, ça voulait dire résolution des conflits par le sexe… Voyez ? Plan cul à chaque début d'embrouille, paix des ménages assurée. Pas très élégant, mais vachement valable ! Avec les humains ce serait coton, le Service Créa l'avait dit et redit… Un plan cul, chez l'humain, c'est une cause d'embrouilles… Tu parles, les planqués des étages supérieurs n'ont rien voulu entendre.

— Je vois, se désole Eyaël. Pas assez complexe, le projet Bonobo…

— Exactement.

— … Donc pas de Triple A éclatant…

— T'as tout compris, grince Mitraillette. Les Dirlos ont toujours été mégalos.

Là-dessus, je suis bien d'accord :

— Facile pour eux d'avoir la folie des grandeurs, ils passent leur temps à picoler ou à pioncer… Jamais à leur poste, pas vrai ?

— Et quand ça coince, renchérit Eyaël, c'est « *Détachez donc une équipe de Boueux* », et puis on ne les revoit plus pendant des siècles…

J'en rajoute une couche :

— On est les bonniches du système, j'ai l'impression, corvéables à merci… Qu'on se fade la puanteur, la violence, notre hiérarchie s'en tamponne le coquillard ! Et alors là, avec les magouilles temporelles du Service Prévisions, chapeau ! Vingt-sept équipes sur le terrain ! Leur Opération Bordel de Dieu, aux Scribes, c'est quatre-vingt-un Boueux ici-bas ! Presque un dixième des effectifs, comme si on n'avait rien d'autre à foutre, allez !

— Sur presque *soixante* périodes historiques au total ! s'indigne Eyaël. Que les changements de corps nous fichent une nausée monstrueuse… Que chaque pas sur Terre nous marque l'âme au fer rouge… Pour eux, cela se traduit en « dommage collatéral acceptable » !

Je jette un œil au ciel gris.

— Une belle bande de crevures.

— « *Acceptable* », répète Eyaël. De qui se moque-t-on ?

— Je sais pas pour vous, mais moi ça me donne envie de tout plaquer…

Mitraillette manque de s'étouffer.

— Envie de tout… ? Ça va pas, non ?

— Quant au surnom de « Boueux », enchaîne Eyaël, passe encore… Mais dans les couloirs de la Direction ils nous appellent les « Crotteux »… Vous saviez ?

Pas vraiment un scoop. « Spécialistes Maintenance », c'est juste bon pour les cérémonies officielles, partout ailleurs on écope de surnoms désobligeants. Je me contente de hocher la tête. Eyaël, lui, agite son index fébrile.

— Crotteux, carrément ! Si ce n'est pas du mépris de classe, ça !

Il y a soudain dans l'air vicié de la camionnette comme un parfum de mutinerie… Mitraillette redresse la barre.

— Oh là, du calme ! L'*Homo Sapiens* est un chantier débile ? Je ne dis pas le contraire ! Les Dirlos sont des jean-foutre, les Vigiles des fumiers, les Scribes des têtes à claques ? On est d'accord… Et après, hein ? Après ? Voulez finir au trou ? Je l'ai vécue, moi, la Cage… Je la souhaite à pas mal de supérieurs, mais à aucun Boueux !

— Ne t'énerve pas…

— Je m'énerve pas ! Je dis seulement que cette Opération Bordel de Dieu… c'est notre seule chance d'échapper aux sanctions. Alors on suit le plan, les gars ! Compris ?

— Compris, dis-je.

Eyaël grommelle dans sa barbichette. Mitraillette le pousse du coude :

— Eyaël ?

— Oui, compris… Je rouscaille un peu, voilà tout. C'est encore permis de rouscailler, non ?

— En tant que chef d'équipe je dois mettre les points… sur les « i », grince Mitraillette en effectuant une belle queue de poisson. Si le service Prévisions stipule que c'est dans deux semaines qu'on agit, à Belgrade et entre 15 et 16 heures… Eh bien c'est dans deux semaines qu'on agit. À Belgrade, entre 15 et 16 heures. Aucun raccourci. Le frangin de la danseuse serbe, pas touche !

Eyaël rallume un vieux mégot, baisse sa vitre.

— Puisque je te dis que je sais.

— Alors pourquoi tu demandes ?

Je me cale contre la portière. Bon, *exit* Camille Landru. À Paris, le plus dur est fait. Il reste encore à compenser le déséquilibre qu'on vient de causer. À reboucher ce petit trou dans l'Histoire. Notre intervention doit rester invisible à long terme, ce qui suppose encore deux-trois ajustements possiblement délicats. Je suis curieux de savoir ce que les Scribes ont concocté.

— Dis, Mitraillette... Elle annonce quoi, la liste parisienne ?

— Question Retouches ?

— Oui.

— Des bricoles, rassure-t-il, mini-effets coccinelle à initier çà et là, comme d'habitude...

Ça m'inquiète déjà.

— Rien de compliqué ?

— Du gâteau.

— Pas des trucs casse-cou, comme à Byzance ?

— Du tout, promet-il.

Je lève un œil méfiant :

— On peut avoir des précisions ?

— Plus tard... Faites-moi confiance, un peu !

Sa voix vient de grimper dans les aigus – mauvais signe. Je sens qu'il nous cache au moins une mission de Retouche un chouïa débile... et tout à fait dangereuse. Il y a des précédents, alors je préfère être averti. À l'inauguration de la nouvelle Byzance, par exemple, en 330... J'avais dû clamer un tonitruant « *Terrae tuber !* » à la face de l'empereur. Sur le papier, une balade. L'invective serait le premier domino d'une discrète série qui rétablirait pépère l'équilibre historique. Selon Mitraillette je pouvais y aller « les yeux fermés », en solo. Selon lui encore, je disparaîtrais aisément dans la cohue, du gâteau ! Tu parles. « Espèce de truffe », c'était une insulte d'une rare violence, à l'époque… La garde impériale de Constantin Ier avait illico fendu la foule, droit vers mon corps de petite vieille. Ça s'était joué à un cheveu. Sans la diversion d'Eyaël, qui avait tenu à me suivre de loin, j'aurais été bon pour la *quaestio* (tabassé en règle) et une inventive *summa suplicia* (cousu dans un âne, écartelé, voire jeté aux loups). Faire confiance, après ça ? Non merci. Je réitère la question, on a le droit de savoir. Mitraillette consent à lâcher quelques miettes.

— De mémoire, un coup de foudre à empêcher demain après-midi. Faudra ralentir une étudiante, histoire qu'elle rate son bus…

— Où ça ?

— Avenue Victor Hugo.

— Je ne vois pas.

— Mais si, un écrivain français, barbu…

— Je parle de l'avenue, Mitraillette… Elle se trouve où, *l'avenue* Victor Hugo ? Loin de l'hôtel ?

— Ah… Non, juste à côté, c'est dans le 16e arrondissement… Ça se fait à pied.

— Il faudra la retenir longtemps ?

— Qui ça ?

Ça ne vous tombe jamais tout cuit dans le bec, une réponse de Mitraillette. Je tâche de rester calme :

— L'étudiante.

— Cinq minutes à peine, le temps que son ex-futur Roméo monte seul dans le bus… Elle, elle prendra l'histoire d'amour suivante. C'est pas les bus qui manquent, à Paris.

— Et ?

— Et quoi ?

— Les autres Retouches.

— Demain encore, confie Mitraillette, en soirée… On bouge de deux places la Volvo bleue d'un mafieux… Rue Charles Baudelaire, pas loin de la Bastille… Les clefs seront sur le contact. D'ailleurs, c'est le véhicule qui servira la semaine prochaine pour le trajet Paris-Belgrade…

— Et l'argent ? Parce qu'on commence à être justes, là…

— T'inquiète. Nouvelle mission, nouveau budget… Y aura une grosse enveloppe dans la boîte à gants.

Jusqu'ici, rien de compliqué. Je relance Mitraillette :

— Et ?

— J'y viens… Samedi soir, des sanitaires à inonder au sous-sol de la bibliothèque Sainte-Odile, dans le 12e…

— Et ?

— Et… Faites chier… Une dernière bricole nocturne, rue du Faubourg-Saint-Honoré…

Eyaël s'inquiète un brin.

— Rue du Faubourg-Saint-Honoré ? Ce n'est pas là que se trouve l'Élysée ?

— L'Élysée, l'Élysée… marmonne Mitraillcttc, Sans doute, oui....

— On ne va tout de même pas devoir s'infiltrer dans le palais présidentiel ?

Mitraillette noie le poisson :

— Peut-être, j'ai oublié… Écoutez, mes notes sont à l'hôtel, je vous donne tous les détails ce soir !

— Promis ?

Il passe par la fenêtre son majeur tendu, en réponse à un coup de klaxon.

— Parole de Boueux… Rassurés, les gars ?

Loin de là, et à raison… Mitraillette possède une mémoire infaillible. Sa rancune est d'ailleurs légendaire dans les couloirs de la Ruche. Bousculez-le par inadvertance en fin de réunion plénière, cent mille ans plus tard il refuse toujours de vous saluer. Bref, cette histoire de notes laissées à l'hôtel, elle ne tient pas debout une seule seconde. Ajoutez à cela qu'une parole de Boueux, on sait tous très bien ce que ça vaut.

— Moyen…

— On te dira ça ce soir…

Mitraillette secoue la tête.

— Des gamins, tous les deux…

— Et pour l'ultime mission ? tente Eyaël.

— Ah ! Enfin une question intéressante ! jubile Mitraillette. Ça sera en l'an 33.

Eyaël jette son mégot par la vitre, grognon.

— … Elle porte bien son nom, cette opération Bordel de Dieu… Première mission en 1917, puis transfert dans trois nouveaux corps en 1785, ensuite 1306, 824, 1710, 300 av. J.-C., puis 272… Maintenant le doublé en 2030 pour la huitième et la neuvième mission, et finalement retour en l'an 33…

À moi aussi ça me pose problème, mais sur le plan logique.

— Il aurait plutôt fallu agir dans l'ordre, non ? Suivre la chronologie des évén…

— On s'en fout, de l'ordre ! coupe Mitraillette. T'as rien suivi, au briefing ?

— Si, mais…

— Pas tout compris, c'est ça ?

— Quasiment rien.

Mitraillette esquisse un rictus :

— Moi non plus, pour être honnête… Eh, les gars ! Vous vous souvenez des Boueux qui ont voulu jouer aux malins, pendant la session questions-réponses ?

— Ceux qui ont fait semblant d'avoir pigé ?

— Exact… Cet intello d'Eleleth, par exemple… Ou encore votre pote Nakir, avec ses huit siècles d'études en physique quantique…

Un peu qu'on s'en souvient ! Leurs remarques avaient causé la consternation chez la moitié des Scribes. L'autre moitié s'était ouvertement foutue d'eux. « *Réfléchissez encore* », « *Non, ce n'est pas ça* », ou alors « *Non, il faut penser différemment* », voilà ce qui leur avait été répondu. Un Scribe un peu trop optimiste s'était mis en tête de reprendre le topo du début… Encore cinq heures de maths sans pause. Nakir, Eleleth et compagnie tiraient des bobines ahuries. Moi aussi, sans doute, mais surtout à cause de la faim. Le Scribe optimiste nous avait finalement conseillé à tous d'envisager les voyages dans le temps comme des « *tours de magie rigolos* ». Traduction : « Ne cherchez plus. Quand on est con… »

— Même un Dirlo sobre, poursuit Mitraillette, il n'aurait rien pigé aux schémas des Scribes.

— Ils ne sont pas beaucoup plus malins que nous, les Dirlos.

— Leur seul don consiste à dormir pendant les chantiers, se renfrogne Eyaël, puis à s'en attribuer tout le mérite… La Maison-Mère doit savoir qu'ils ne fichent rien, pourtant elle les soutient toujours !

— Va comprendre…

Encore ce doux parfum de mutinerie… Mitraillette temporise.

— Sans doute, sans doute… Mais de toute façon on est ici pour *agir*… On s'en fout de comprendre, compris ?

Oui, c'est le genre de paradoxes qui ne lui posent aucun problème, à Mitraillette. Je cherche son regard dans le rétroviseur.

— Elle sera où, notre dernière mission de l'an 33 ?

— Jérusalem.

— La cible ?

Il sourit en coin :

— Un petit comptable né à Jéricho. À part l'adresse, le Service Prévisions m'a juste donné un prénom… Rien de sûr pour l'instant, mais si c'est le Judas auquel je pense… (Sur le volant, ses phalanges blanchissent)… alors vous me le laissez ! Au fait, question linguistique… Il est comment, votre araméen ?

— Un peu rouillé, avoue Eyaël.

— Pareil, dis-je.

Mitraillette annonce que le mieux, ça sera de le laisser faire. Chaque chose en son temps. Qu'on profite un peu de la journée. Il demande à Eyaël de remonter sa vitre. Ça caille.

Et on prend le tunnel pour rentrer sur Paris.

PIÈCE_4

POT DE DÉPART
04/01/2030

Bonne route, Jaouen !
Sophie

La bise !
Karen, Sylvie, Jacques

Donne de tes nouvelles !
Paul

Ézanville n'a qu'à bien se tenir ! Montre-leur !
Yoann

Voyez ! On n'est jamais à l'abri d'un coup de chance ! Clnel Destouches

Ce n'est qu'un au revoir !
Major Ramirez

Vous allez nous manquer, Jaouen !
Brigadier Cossu, Brigadier Gavard, ~~Adjudant~~ Pivert, Major Catagnier

Kenavo, gamin !
Bertrand

— Mon p'tit Jaouen ! Alors ? Elle n'est pas royale, cette tarte aux fraises ?

— Excellente, mon colonel.

— Fraises de Plougastel-Daoulas, hein, vous n'en aurez pas des comme ça à Ézanville ! Essayez la rhubarbe, aussi… C'est ma femme qui l'a faite, elle va râler si personne n'y touche.

— Avec plaisir… J'avais une petite question, mon colonel… Qui va s'occuper du dossier Laroche ?

— Vous faites allusion à votre dernier rapport, là ?… Les trois patients absents au petit déj' ?

— Affirmatif.

— Personne.

— Comment ça, personne ? Si je peux me permettre…

— Ça suffit, Jaouen. Les types étaient internés volontaires. Oui, malgré ce que vous avez l'air de penser, j'ai lu leurs fiches… Un ancien commando vaguement dépressif, un fils à papa branché tatouages-piercings, et un retraité suisse amateur de fumette… Jamais une plainte, jamais une prune, casiers vierges… Pas le profil des frères Kouachi, reconnaissez.

— Vrai, mais…

— D'ailleurs, l'institut Laroche est un « lieu de repos », pas une prison. Ils ont décarré sans prévenir, et alors ? Factures payées d'avance, aucune casse, rien à leur reprocher.

— Et le vol de la camionnette ? C'était au même endroit, la même nuit !

— Jaouen, mon petit Jaouen… Corrélation n'est pas causalité, vous devriez savoir ça. D'autant que votre laitier, là, il n'en est pas à sa première combine… C'est même un sacré numéro ! À lui aussi j'ai lu sa fiche… Mon avis ? Arnaque à l'assurance.

— Vous pensez ?

— Évidemment ! Un seul week-end à l'institut Laroche coûte plusieurs fois votre solde. Leurs patients sont pleins aux as ! Et malgré ça, trois d'entre eux auraient volé l'épave d'un laitier alcoolo ? Ça ne tient pas. Non, ils sont partis comme ils sont venus : en taxi, point barre.

— Pour aller où ?

— Au soleil, pardi ! Grèce, Espagne, Maroc, allez savoir ! Riches et célibataires, les gars, pourquoi ils se priveraient ?

— Je vais contacter l'aéroport de Brest, après le pot.

— Il faut vous le traduire en quelle langue, Jaouen ? Je vous ai dit de laisser tomber, le brigadier Moreau vous a dit de laisser tomber, l'adjudant Pivert vous a même interdit l'accès au bâtiment F… Admettez qu'on a plus de bouteille que vous !… Vous ne faites pas confiance à votre hiérarchie ?

— Si, mais…

— Parce que ça s'annule, une mutation…

— Je comprends, mon colonel.

— Alors… Vous faites confiance à votre hiérarchie ?

— Je fais confiance à ma hiérarchie.

— Ben voilà ! À présent, essayez la rhubarbe… Non, la grosse part, là… Vous prenez le train demain matin, je me trompe ?

SESSION 4
GABRIEL LE LUMINEUX

PB79702497-04CD

7 h 42... Fréquence classique... matinale... Pièces pour viole de gambe, de Marin Marais... une composition signée... maître français du genre... sublime contemporain, Antoine Forqueray... sa Suite N° 5, interprétée par Yukio Nehudi sur... du célèbre Bunka Kaikan... à Tokyo voici un an, le 22 janvier 2029....

Après avoir mâchouillé un énième juron au sujet des Japonais, Mitraillette réquisitionne le contenu de nos portefeuilles.

— Tu as déjà *tout* dépensé ? s'inquiète Eyaël. Ta part et la nôtre ?

— Ben… J'ai eu des frais, oui.

— Il restait pourtant une belle enveloppe ! Même après la location de la suite au George V et l'achat des faux passeports ! Tu aurais pu…

— J'ai eu des frais, je te dis !

Je m'avance entre les sièges.

— Sans être indiscret, t'as besoin d'argent pour quoi ?

— L'appel de la nature, explique-t-il en se frottant l'entrejambe. Ah ! Me regardez pas comme ça, j'y peux rien ! Croyez que j'ai la belle vie ? J'aimerais vous y voir, moi, dans ce corps de jeune adulte ! La libido, là-dedans, c'est une folie !

— À ce point ?

— Vous n'imaginez même pas.

Mitraillette décrit en quelques mots le « grand incendie » qui lui dévore le bas-ventre. Bref, il nous lâchera un peu après la gare de l'Est et nous retrouvera plus tard sur le parvis de Notre-Dame.

— Disons… vers 16 heures ? (Il claque des doigts) Allez, par ici la monnaie !

Eyaël, ça ne l'enchante pas des masses.

— Si tu nous taxes le peu d'argent de poche qu'il nous reste, qu'est-ce qu'on mange à midi, nous ? Je te rappelle que ces corps doivent être nourris un minimum, sans quoi on ne va…

Mitraillette l'interrompt d'une chiquenaude. Qu'on garde deux-trois euros sur nous, et le tour est joué. Il nous suffira de parier dans le premier bar-PMU venu. Je ne suis pas convaincu.

— Tu ne peux pas le faire toi-même, ton tiercé ?

— Pas le temps ! Envie *pressante*, t'écoutes un peu ? Calbut en flammes !

— D'accord, Mitraillette, message reçu… Mais un tiercé gagnant suppose l'accès télépathique à la banque de données des Scribes… Or on ne nous l'a pas strictement interdit, pour ces missions ? Sauf urgence, on n'est pas censés garder profil bas ? Éviter de chahuter outre mesure l'ordre des événements, *et cœtera* ?

— Bien sûr que si, se renfrogne Eyaël.

Mitraillette assure qu'il nous couvre… à condition qu'on y aille mollo sur les gains.

— Rien de biblique, hein ! Juste un coup d'œil dans l'avenir proche. Une demi-heure au plus… Et dans le désordre, vos numéros, ça va sans dire. Ça passera crème, je vous dis.

— Quel plafond, pour les gains ? demande Eyaël.

— Cent, deux cents euros… Un peu de mousse, pas de vagues… Surtout pas de vagues… (Il claque encore des doigts.) La thune, les gars ?

Eyaël inspecte rapidement les poches de sa veste. Il dépose deux billets froissés en boule sur la plage avant.

— Voilà vingt.

— Rien d'autre ? T'as vérifié le pantalon ?

Eyaël se contorsionne un instant, sort de sa poche droite de la menue monnaie.

— À peu près cinq euros.

— Et dans la gauche ?

Nouvelles contorsions. Il ouvre sa paume sur des pièces mordorées.

— Pas beaucoup plus…

— Et dans les plis intérieurs du béret ?

— Pourquoi aurait-il ?…

— Les vieux corps, assène Mitraillette, ça aime les vieilles planques. Vérifie.

Eyaël vérifie. Rien dans les plis du béret.

— Raphaël ?

J'ouvre mon portefeuille. Pas grand-chose non plus, là-dedans… Une photo de types en combinaisons tactiques, armes brandies au-dessus des casques… Quelques papelards militaires… Et tout au fond, trois billets de dix. Je les place à contrecœur dans la paluche avide de Mitraillette.

— Trente. C'est tout ce que j'ai sur lui…

— Les poches ?

— Déjà regardé. Rien.

— Le slip ?

— Le slip ? Je l'ai passé à la machine plus de vingt fois, ce slip, je m'en serais aperçu si…

— T'es dans le corps d'un ancien commando, non ?

— Quel rapport ?

— Les forces *spéciales*, garantit Mitraillette, ça aime les planques *spéciales*… Genre billet en embuscade dans une doublure… Fouille !

Je me plonge une main sous la ceinture :

— Attends… Oui… Bien vu, Mitraillette…

— T'as trouvé quoi ?

— Deux bourses.

— Amène !

Eyaël se retourne.

— Par pitié, Raphaël… Tu ne vas pas t'y mettre aussi… (Il avise Mitraillette.) Les bourses, parties intimes…

Dans le rétroviseur, les mâchoires de Mitraillette se crispent.

— Ça va, j'avais compris.

Il retrousse le nez, signe qu'on le contrarie vraiment. La vulgarité, d'ordinaire, c'est son truc à lui. Son fief, ses plates-bandes. Il jette mes trois billets à côté de ceux d'Eyaël, en râlant : avec ça, aucune chance de dégotter une fille convenable. À moins… À moins de s'arrêter lui aussi pour un tiercé gagnant, vrai, mais plus les minutes passent et plus l'envie de baiser devient impérieuse.

Ce jeune corps bourré de testostérone, c'est vraiment une plaie. Il conclut : au pire, il se souvient d'une rue proche peuplée d'humains pas chers. Et s'il n'y trouve que des laiderons, au pire il fermera les yeux… L'amour est aveugle, non ? Alors pourquoi pas le cul !

— Vous saisissez ?

Eyaël assure qu'on saisit, inutile d'expliquer.

— Et vous ne riez pas ?

— Pas tout de suite, répond Eyaël.

Je confirme : plus tard. Mitraillette nous traite de pisse-froid et se remet à causer de sa petite rue pas chère, Saint-Denis. La dernière fois qu'il s'y est rendu, c'était en plein hiver 1917. Que de souvenirs ! Une heure de galipettes avec deux sœurs jumelles plutôt girondes, l'une aveugle, l'autre sourde. Et le prix, les gars, le prix ! Un poulet chacune. Idéal, pas compliqué : viande contre viande. On passe devant une boucherie, justement. Mitraillette jette sur la vitrine un regard nostalgique.

— En 2030, y a plus rien qui se paie en poulets…

Il ne tarit plus d'éloges au sujet de la Grande Guerre. Ah ! L'hiver 1917 : la vie, la mort, la barbaque, à l'époque on savait mordre ça à pleines dents. Dieu que les filles étaient belles ! Pierrette et Jeanne qu'elles s'appelaient, ses deux princesses. Les yeux soudain brillants, il marmonne :

— Elles sont peut-être encore dans les parages…

Nous venons de griller un feu rouge. Eyaël lève la main.

— Ralentis, veux-tu ?

Mitraillette s'obstine.

— Un siècle après, il y a une chance qu'elles soient toujours en vie, non ?… Deux mille trente moins mille neuf cent dix-sept… Plus à peu près vingt et un… Chaud, on approche des cent trente-quatre ans… (Il désigne les piétons affolés.) Ça vit combien de temps, ces machins ?

— Rêve pas, grince Eyaël, cent dix ou cent vingt ans.

— Beaucoup moins quand on est dans les parages, dis-je. Ralentis !

Mitraillette apprécie la pique. Il donne un bon coup d'accélérateur pour fêter ça. Au croisement de la rue Championnet, on évite de justesse deux types en costard qui traversent sans regarder, perdus dans les écrans de leurs téléphones portables. Mitraillette se lâche sur le klaxon, trois couacs poussifs assortis d'un doigt d'honneur. Il remet le couvert :

— Putain d'humains… L'argent, la peur, aujourd'hui y a rien d'autre qui les soude, ces chacals… Ils appellent ça « être connectés »…

Et nous manquons d'emboutir la voiture de devant. Là, je râle à mon tour : s'il tient à ce qu'on se fasse pincer, qu'il continue à rouler comme un dingue. On aura l'air malins, si on foire les Retouches à cause d'un simple excès de vitesse. Mitraillette lève le pied. Il s'arrête même bien sagement au feu suivant.

— T'as raison, Raphaël…

— Je sais.

— T'as raison sur la forme, pas sur le fond… Tu fais la différence entre la forme et le fond, nan ? Entre l'*habitus* et l'*être* ?

Autant laisser couler. Les débats théoriques, avec Mitraillette, ils ne planent pas bien longtemps dans les hauteurs… Tous retombent très vite dans une discussion pratique, généralement d'ordre sexuel. La chair, c'est son point Godwin.

— À condition de rester discrets, on peut s'amuser un peu, non ? (Il arque un sourcil vicelard.) T'es sûr que tu ne veux pas m'accompagner ?

— J'ai une…

— Arrête avec ça, tu la feras plus tard ta lessive… Allez, quoi… Surtout maintenant que t'as un corps d'athlète, tu devrais l'essayer à fond ! Alors ?

Je ne réponds pas. Quand notre camionnette redémarre, Mitraillette doit forcer la voix pour couvrir le bruit du moteur.

— Eh ! Raphaël… Raph… Oh ! Tu m'écoutes ?

— Un peu.

— Toi aussi, Eyaël… (Il lui tapote l'épaule.) Eh… J'en ai une bien bonne ! Les filles en fleur de la rue Saint-Denis… je vais en faire mon miel !

De longues secondes, on entend juste les râles du moteur. La pluie, aussi.

— Fleur, miel, Ruche… Vous saisissez ?

Comme on ne réagit toujours pas, il commence à l'expliquer, sa feinte. Il la démonte, la remonte trois fois pour nos oreilles fatiguées. Un moment éprouvant. Eyaël se prend le front entre les mains. Moi, je me penche vers le tableau de bord et je pousse le volume… Peine perdue, Mitraillette est lancé. Il reprend à toute allure possession de ses plates-bandes. Sa feinte au sujet des abeilles, ça lui donne des ailes.

— Oh ! Et celle-ci…

Il faut tenir encore dix minutes sous des rafales de conneries. Nos silences consternés, les suppliques endolories de la viole de gambe, rien n'enraie Mitraillette. Il enchaîne avec des vannes en sanskrit, puis en mandarin, qui d'ordinaire se prêtent plutôt bien aux doubles sens subtils. Ce n'est que vulgarités crasses.

Heureusement qu'on approche de la gare du Nord, car je suis à deux doigts de tout déballer : la vraie raison de son surnom, la vraie raison de ses clowneries, la vraie raison de sa haine viscérale à l'endroit des humains. Parce que je le connais, moi, son petit secret. Nakir me l'a révélé pendant notre marathon sous le soleil de Judée. Et c'est du lourd : Mitraillette, à une époque où on l'appelait encore *Gabriel le Lumineux*, eh bien il avait flanché. Oh, son fameux séjour terrestre dans les bras de la « Vierge Marie » devait être sans heurts. Facile, sa mission, voire taillée sur mesure pour un trousseur de jupons dans son genre : « Bonjour-madame, bonsoir-madame. » Et puis l'amour l'avait cueilli sans prévenir. Au lieu de disparaître en fin d'ébats, il était resté dormir. Ça avait duré des semaines. Il l'avait adorée, cette humaine, comme c'est permis à aucun Boueux. Un plan cul sans conséquence, passe encore… Dix ans de Cage et on n'en parle plus. Mais en s'éprenant de sa petite fileuse, en retardant sa fin de mission sous des prétextes fumeux, Mitraillette franchissait les bornes. Deux Vigiles lui avaient dressé un procès-verbal accablant : actions répugnantes, illicites, dangereuses, la totale. D'où son exfiltration dare-dare, forcée, son procès à huis clos et sa disparition mystérieuse. On n'avait plus entendu parler de Gabriel pendant des siècles. Oublié de tous, de lui-même. Il en était finalement ressorti, de la Cage… mais incomplet, amaigri de l'âme, comme amputé du cœur. On avait su au premier coup d'œil qu'il ne serait plus jamais le même. Fini, *Gabriel le Lumineux*. Déchiré, *Gabriel le Diaphane*. L'abandon forcé de sa douce Marie dans ce monde de brutes, il ne s'en était pas remis ; l'amour d'une femme l'avait tout simplement brûlé. Le Mitraillette qu'on connaît aujourd'hui est né de ces cendres-là.

Je préfère me taire. Une révélation, sacrée ou pas, ça vient toujours avec un beau paquet d'emmerdes…

Nous faisons un rapide crochet rue Baudelaire afin de repérer la Volvo bleue. Facile, elle est garée devant un petit bar au nom éloquent, sans doute un clin d'œil du Service Prévisions : *La Preuve du vin*. Humour de Scribe au meilleur de sa forme. Nous revenons sur Châtelet. Mitraillette freine un peu avant la rue Saint-Denis, vous êtes vraiment deux ânes, puis il repart en trombe. On a tout juste le temps de descendre.

— Il aurait au moins pu nous laisser le parapluie, s'offusque Eyaël.

Nous restons plantés là, sous la bruine, à regarder s'éloigner les feux arrière de la camionnette.

— Tiercé, du coup ?

— Tiercé, confirme Eyaël. 3-4-7, huitième course.

— Dans le désordre ?

— Pardon, j'oubliais… (Il se concentre un instant pour mieux visualiser.) Alors… plutôt 4-7, et puis le 3.

— Les gains ?

— Trois cent soixante-sept euros.

Je le reluque en biais.

— On ne dépasse pas le plafond ?

— Un peu, pourquoi ?

— Je me demande si c'est bien réglo… Mitraillette a clairement stipulé que…

— Mitraillette est aux putes, Raphaël.

Pas faux. Si les Vigiles du Service Contrôle débarquent à l'improviste, Eyaël et moi serons le cadet de leurs soucis. On aura sans doute droit à un rapport, pour la forme : *Recours illicite aux données prévisionnelles*. Rapport qui sera aussitôt déchiré, vu le caractère clandestin de l'Opération Bordel de Dieu. Les Vigiles sont obsessionnels, impulsifs, tordus, procéduriers, tout ce qu'on voudra… mais pas assez cons pour se tirer une balle dans le pied. Leur dada, en temps normal, c'est de débusquer la *Faute lourde*. Et ça peut venir très vite. Des Boueux qu'on pensait intouchables se sont pris l'Anathème de plein fouet : Artiya'il, tombé pour pyromanie aggravée – avant qu'il ne la détruise par inadvertance, l'île de Kyūshū était un vrai bijou architectural. Asklêpia, incarcérée trois siècles pour exercice illégal de la médecine – mal foutu, trop puissant, son remède contre la toux avait ressuscité les morts d'au moins douze villages vikings. Quant à Azazel, il s'était retrouvé mêlé à un vaste trafic d'épées en Mésopotamie… Sans ses copinages avec les huiles du Service des Fraudes, il y passait aussi.

Concernant Mitraillette, et dans le cadre tout spécifique de cette Opération Bordel de Dieu, les Vigiles devraient se montrer inventifs… Toujours pas de rapport, non… Mais il y aurait du sport, et croyez-moi : dès qu'il s'agit d'aligner un Boueux, aucun Vigile ne fait dans la dentelle. S'il était pris en flagrant délit de *Débauche de catégorie B*, Mitraillette essuierait quelques taloches joliment fumantes…

Voilà l'état des lieux. Nous deux, avec notre *Recours illicite aux données prévisionnelles*, on ne fait au fond pas grand mal : usage ciblé, et seulement dans l'avenir proche… Allez, le risque d'une inspection surprise suivie d'un faux rapport, on s'en cogne.

— Il risque gros, Mitraillette ?

— Quatre ou cinq mornifles…, estime Eyaël. Il s'en remettra.

— … 4, 7 et 3, alors ?

— Dans la huitième, claironne-t-il en se tapotant le ventre. Nous allons les choyer, ces corps ! Au fait, aimes-tu le champagne ?

— Jamais goûté.

Il ouvre de grands yeux ravis :

— Il faut que tu essaies !

— C'est bon ?

— C'est surtout très drôle ! Le champagne te fait de minuscules feux d'artifice sur la langue !

Je me fige net :

— Attends, rien qui brûle, j'espère ? Tout ce qui touche aux flammes, tu sais…

— Mais non !… Comment dire ?… C'est comme un bouquet de crépitements froids, un… un tapis de fleurs blanches et d'écorces d'oranges !

— De fleurs blanches ?

— Et d'écorces d'oranges ! Avance…

— Suis curieux de goûter ça…

Nous remontons à pas lents toute la longueur du boulevard Magenta. Eyaël passe au phénicien – c'est notre langue de prédilection quand on est rien que tous les deux. Il commente des détails, reflets moirés sur le pavé clair, pépiement tout proche d'un piaf sorti du nid. Je savoure chacun de ses mots. Ah ! Le phénicien… Sa polysémie rêveuse, flottante, parfumée d'épices… Pour chanter le monde, selon moi il n'y a rien de mieux. Cela dit, je ne parle qu'un petit millier de langues terrestres. Il en existe sans doute de bien plus belles encore. Mitraillette doit les connaître, vu sa mémoire colossale, mais inutile de lui poser la question : chanter le monde ce n'est plus son truc, depuis longtemps. Le monde, Mitraillette préfère de loin lui pisser dessus, et en suisse-allemand quand il a bu. Des mots durs, cinglants… Des mots qui ne pardonnent pas.

Nous débouchons enfin sur une placette plantée d'acacias. Je désigne l'enseigne d'un PMU quand une bourrasque balaie les feuilles mortes, la bruine tourne à l'averse. Ça tombe soudain par grappes furieuses. Un déluge sur mesure, à la taille du quartier – j'y étais, je sais de quoi je cause. On traverse en vitesse, manteaux relevés au-dessus de nos têtes. Tout en trottinant, Eyaël me pousse du coude.

— Justice… premier canasson… dans la huitième !

La pluie battante écrabouille la moitié de ses mots. Je hurle :

— Qu'est-ce que tu dis ?

— … cheval gagnant… course… divine !

Il crie, lui aussi, mais impossible de tout comprendre. J'attends qu'on soit à l'abri sous la bâche du café. J'ajuste mon col.

— Quoi, le cheval gagnant ?

— Son nom, au cheval, c'est *Justice divine* !

— Sérieux ?

— Sérieux !

Justice divine. La bonne blague. On échange un sourire, entre Boueux. Comme un rayon de soleil, un brin de chaleur sur nos pierres froides. Une éclaircie… La première chose un peu jolie depuis une bonne semaine.

Et on s'engouffre dans la pénombre crade du petit PMU.

PIÈCE _ 5

— Mademoiselle ?… Pardon, j'ai dû m'endormir… Nous sommes toujours en gare de Rennes ?

— Toujours… Problème technique, rien de grave apparemment.

— Et ils ont annoncé un retard pour l'arrivée à Montparnasse ?

— Une dizaine de minutes.

— Dix minutes… Bon, ça devrait le faire…

— Pressé ?

— Faudra pas que je traîne… Dans la foulée, j'ai mon bus pour Ézanville.

— Puis direction… la caserne ?

— Comment vous savez ?

— Votre uniforme…

— Vous avez l'œil, vous !

— Merci ! C'est mon job de faire attention aux détails, je travaille pour un cabi…

— Vous êtes forte en mots fléchés, mots croisés, tout ça ?

— Euh… Je me débrouille…

— Parce que je bloque sur celui-ci, regardez. J'ai déjà trouvé toutes les lettres en gris, mais… « Idéal pour une remise à niveau » ?

MOT CACHÉ : Idéal pour une remise à niveau...

PEN __________

■	M	C	■	T	A	U	L	A	R	D	S
E	O	L	E	■	P	■	O	R	G	I	E
P	R	E	D	A	T	E	U	R	■	V	
E	N	R		■	E	M	P	I	R	E	S
R	A	G	O	T	■	U	■	M	I	S	E
O	D	E	■	A				E	T	■	
N	E	■	L	U	N	A	I	R	E	S	■

— Faites voir un peu… « Pen »… « Pen »… « Remise à niveau »…

— Costaud, hein ?

— … avec P-C-D-U… deux I… Un L… A-R-E… Pen… Pen… Trouvé ! Voilà : « Pendiculaire ».

— Sans déconner ?

— Je vous assure.

— C'est un vrai mot ?

— Bien sûr ! En maçonnerie ça désigne un instrument de mesure… L'ancêtre du niveau… Je suis bien placée pour le savoir, hein, je travaille dans un cabinet d'arch…

— Nom de Dieu, « Pendiculaire »…

— C'est ça.

— Une dernière question, mademoiselle… Rien à voir, mais… Vous faites confiance à votre hiérarchie ?

— En général, oui… Pas vous ?

— Franchement ?… De moins en moins…

SESSION 5

PARTIES DE CHASSE

PB79702497-05CD

Dans notre Code Bleu – ou *Code de conduite sur le chantier Planète Bleue* –, la section consacrée à la lecture des pensées humaines tient en dix articles mal foutus. Des lignes absconses écrites à l'arrache la veille du lancement du projet. Les derniers tests venaient de déceler un défaut de fabrique : le cerveau humain était trop lisible, donc trop influençable. Personne au service Neuro n'avait anticipé une telle transparence.

Les débats furent houleux. Si les Boueux abusaient de ce levier pendant leurs missions de Maintenance, clamaient les uns, le sacro-saint « libre-arbitre » des créatures volerait en éclats. Il fallait annuler le projet entier. Si les Boueux en usaient avec parcimonie, rétorquaient les autres, il n'y aurait aucune entorse à la charte… et ça faciliterait quand même beaucoup le travail ! La Direction a tapé du poing sur la table : pas question bien sûr d'enfreindre la Charte, mais pas question non plus d'annuler le chantier, alors trouvez vite une solution… cosmétique si nécessaire, c'était clair pour tout le monde. Les regards se sont alors tournés vers le Service juridique – alias « le nid d'anguilles »…

Des scribouillards fuyants qui ne vous regardent jamais en face, adeptes des eaux troubles, grands spécialistes des tournures vaseuses et de l'à-peu-près lexical. Là où ils passent, le bon sens trépasse. Ces tordus-là ont récupéré le dossier et pondu dans l'urgence nos dix fameux articles.

Pour peu qu'on aime les couillonnades, le Code Bleu vaut le détour. Je recommande. Il décrète que la chasse aux pensées relève du passe-temps « *plus ou moins* légal ». Sa pratique est tolérée dans certaines zones : les opinions politiques d'un humain, ses hobbys, ses bouquins préférés… D'autres zones sont protégées. Interdiction par exemple d'aller braconner dans les souvenirs d'enfance. Allez comprendre, d'autant que les zones se chevauchent forcément ! Et puis il y a ces *no man's land* de l'imaginaire humain à propos desquels le Code Bleu reste muet. Ils auraient pourtant mérité des analyses approfondies, avec études de cas et tout le toutim. Les pensées amoureuses, par exemple, malgré les promesses on n'a toujours pas clairement légiféré là-dessus. Le Service juridique a fini par greffer un amendement au dixième article : tant qu'un Boueux ne met pas à profit les pensées lues, et même s'il a chassé en zone sensible, il reste « *grosso modo* dans l'esprit de la loi ». Je vous jure, c'est écrit noir sur blanc : « grosso modo ». Tu parles d'une bande de guignols.

La Direction a validé. Fin du débat, au travail messieurs-dames.

Nous autres Boueux, on patauge dans ce flou juridique chaque fois qu'on descend sur Terre. Lire les pensées, ne pas les lire, au choix. Officiellement, la hiérarchie nous fait confiance. Cependant, gaffe aux descentes surprises… Car selon son interprétation du Code Bleu, le Service Contrôle est en mesure de nous allumer à peu près comme il veut. Ce fichu « grosso modo » laisse vraiment trop de champ libre aux instincts punitifs des Vigiles.

Profil bas, donc. Je ne ramène rien des parties de chasse dans les cerveaux humains, ça évite les ennuis en cas d'inspection. J'observe, je capture telle ou telle autre pensée, je lis, je relâche. Allez file, vilaine. Et je ressors en vitesse de ces eaux crapoteuses.

L'exercice exige beaucoup de patience. Les pensées d'un humain lambda se déplacent en troupeaux, pour la plupart. On les entend de très loin. Elles déboulent vers nous au grand trot, turbulentes et sonores, freinent soudain des quatre sabots puis secouent le museau. Leurs beuglements mêlés se perdent alors dans un chahut assourdissant :

... J'ai faim !... Vote utile !... À poil !... PSG !... Je suis Machin !... En responsabilité !

D'autres pensées préfèrent vivre à l'écart. Ce sont elles, les vraies proies de choix : plus personnelles, plus charnues… mais farouches en diable. Il faut patiemment remonter leurs traces, sillonner le cerveau de la cible de longues minutes, et sans garantie de résultat. Il arrive qu'on mette la main sur une information intéressante. Ça nous donne un sacré coup d'avance sur l'humain qu'on vient de lire. À jouer, ou pas. Tout dépend du terrain où on a chassé, du type de gibier, de la frousse que nous inspirent les Vigiles.

Prenons justement le cas de ce VRP au costard fripé qui ouvre des yeux ronds quand Eyaël et moi franchissons la porte du PMU. En suspendant mon manteau au crochet de l'entrée, j'entends tout le mal qu'il pense de nous, les « *deux clodos* ». J'ai aussi le temps de jeter un coup d'œil aux mornes plaines de son chagrin, amoureux, professionnel. Je pourrais lancer :

— *On a peut-être l'allure de deux clodos... Mais toi, t'as pas l'air trop frais non plus...*

À la limite, j'ajouterais :

— *Ça va, la famille, le boulot ?*

Toujours rien d'illégal. Et je m'arrêterais là, on serait déjà à la limite du délit d'initié. Zone grise, méfiance. C'est ma façon de faire. Mitraillette, lui, ne se poserait pas tant de questions. Susceptible comme il est, il ne laisserait pas passer l'affront. Un « *clodo* », lui ? Même dans les couloirs du Service, il suffit qu'un jeune Boueux le regarde de travers pour qu'il lui vole dans les plumes, alors le mépris d'un simple humain… Il s'enfoncerait franco en zone interdite et cartonnerait tout ce qui bouge :

— *Alors, mon brave Basile, toujours rue Frochot ? Comment se porte la jolie Marie-Do' ? Et tu le lui annonces quand, ton licenciement de la semaine dernière ? Parce que faudra lui parler, les secrets ça brise un couple... Rappelle-toi le divorce des parents... Pis toi entre les deux, pauvre bout de chou... Choisir papa, choisir maman, pas évident hein ?*

Je crois même qu'il remuerait le couteau dans la plaie, bien profond : l'aventure de Marie-Dominique avec le voisin de palier, il lui collerait le nez dessus.

Perso, je préfère éviter. En entrant j'ai capturé la détresse amoureuse de Basile, sa jalousie, les textos qu'il a découverts hier soir sur le portable de sa belle, et j'ai relâché aussi sec. Trop fragile, mon cocu. Ça finirait en fait-divers. Je vois ça d'ici :

Massacre à la pause déjeuner
Un employé licencié abat dix anciens collègues
On retrouve rue Frochot les corps sans vie de son épouse et d'un voisin

« Effet coccinelle » oblige, les rigoles de sang deviendraient vaguelettes ; les vaguelettes, vagues ; les vagues, un raz-de-marée dans quinze ou vingt ans. Je ne vous raconte pas le bordel, ici-bas, là-haut. Ce n'est déjà pas le grand amour entre les Boueux et les Scribes du Service Prévisions, alors si je leur refilais des heures sup' à cause de mon cocu… ça chaufferait pour l'équipe. Oh, rien d'officiel, aucun rapport, pas de plainte ; simplement, les Scribes nous imposeraient une mission corrective à rallonge. Il faudrait sans doute des semaines entières pour rattraper la bavure.

Or moi, l'ici-bas, j'en ai ma claque.

En rejoignant le comptoir, je me contente donc d'un prudent « Bonjour messieurs », puis je m'assieds sur un haut tabouret. Eyaël s'installe à ma gauche. Il avise aussitôt le patron, pose nos cinq euros sur le zinc.

— 4, 7 et 3 dans la huitième, s'il vous plaît.

Le gros type plisse les yeux.

— Vous ne commandez rien à boire ?

— C'est obligé ? demande Eyaël.

— C'est l'usage.

— Alors… deux coupes de votre meilleur champagne !

Le patron est méfiant. Nos manteaux crades qui s'égouttent dans l'entrée, là-bas, nos chemises fripées, nos bouilles pas rasées, ça le rassure moyen sur l'état de nos finances. Il prévient :

— Trente euros pour les deux coupes, messieurs. Comptant.

L'enfoiré. Sa bouteille bon marché, il l'achetée l'an dernier dans un stock au rabais… Je n'ai pas eu le temps de saisir le prix exact, mais dans son image mentale il n'y avait pas des masses.

— C'est un grand cru, prétend-il.

— Dans ce cas, d'abord le tiercé, *ensuite* le grand cru.

— Vous êtes du genre optimiste, vous…

Mon ami pousse gentiment ses pièces plus en avant sur le zinc.

— 4, 7 et 3, dans la huitième ?

— C'est vous qui voyez !

Un quart d'heure plus tard, le patron nous fusille du regard. Il reste au bout du zinc, plongé dans un silence teigneux. Torchon serré entre ses pattes velues, moustache hostile. Notre récent coup de chance l'a chamboulé. L'argent facile qu'il a dû nous remettre en liquide, il condamne. On mérite pas. Du champagne pour ainsi dire à l'œil, c'est contre nature. Ça, je l'entends clairement derrière les rides de son grand front dégarni. Pour le reste, je dois me concentrer un peu. Difficile à lire, le Jonas. Sa caboche charrie mille haines, frustrations, ressentiments ; tout ça frétille et saute dans le chahut d'un flux torrentiel… Je pêche à la volée quelques saillies fugaces :

... cul bordé de nouilles... Toujours les mêmes... France aux Français... Mort aux vieux... Épouse-moi Leïla... Foutus rhumatismes... Toulon... Ne t'en va pas... Salauds de jeunes... Maternelle, brimades... Tu me fais mal Youssef...

Et je relâche.

Le voici à présent qui calcule, hésite. Sa bedaine gonfle en cadence. Il approche de traviole, un rien obséquieux. Sa décision est prise. C'est dans sa poche à lui que vont atterrir nos trois cent soixante-sept euros de gains. Il demande si on remet ça. Je fais signe que oui ; trois coupes, une pour Eyaël, une pour moi, et puisqu'il a l'air bien sympathique, une aussi pour mon voisin de droite – qui me tend une main ravie.

— Basile !

Des semaines que la vie ne lui a rien offert à part des emmerdes.

— Akram…, dis-je en serrant sa paluche. Et voici mon ami Mahmoud.

J'invente ces noms pour taquiner le patron. Ça ne rate pas. Une ombre furtive obscurcit ses paupières. Il se penche vers le frigo.

— Et trois coupes qui vont bien ! chante-t-il.

J'entends distinctement, en dessous :

Migrants... Garde-à-vous... Discipline...

Je devine aussi l'image d'une batte de base-ball, puis celle d'un berger allemand, plus farouche celle-là. Un truc freudien, glissant, sans doute un chouïa compliqué. Je laisse filer cette pensée insolite qui disparaît au loin en glapissant.

Le gros Jonas se relève en maudissant ses rhumatismes, remplit les trois coupes.

— Voici pour ces messieurs ! Quarante-cinq euros, s'il vous plaît !

— *Choukran.* (Eyaël glisse un billet sur le zinc.) Gardez la monnaie, Jonas.

— Comment vous connaissez mon prénom ?

Il vient de se figer.

Eyaël désigne le cadre au-dessus des pintes. Sous le verre, un bout de métal ficelé d'un ruban tricolore et un grand papier mat :

La médaille *d'argent* de la Défense nationale
Avec agrafe *Marine nationale*
Est conférée à *Quartier-maître*
de 2e classe Jonas Paprika

Mon ami feint l'admiration béate.

— C'est bien vous ?

— C'est moi, confirme le patron.

— Médaille d'argent, *wallah* !

L'enthousiasme oriental d'Eyaël reçoit un accueil frisquet. « *Choukran* », déjà, c'était passé limite. Jonas respire à fond, le temps de mâchouiller puis de ravaler sa remarque sur les Arabes qui feraient mieux de rentrer chez eux, là-bas en Arabie d'Afrique où c'est qu'il y a du sable. Il en profite aussi pour s'offrir une coupe de champagne.

— Mon déploiement au Kosovo, explique-t-il, hiver 2002. J'étais dans les Marsouins.

— Les Marsouins ?

— Troupes à terre de la Marine, unité d'élite. Les deux autres gars, çui-ci qu'a eu la médaille d'or et çui-là qu'a eu la médaille de bronze, ils z'en sont pas revenus. Tués quelque part dans les montagnes au nord de Dragaš, jamais retrouvés. Leur médaille, ils l'ont reçue à titre costume.

— À titre *costume* ? interroge Eyaël.

— C'est une expression française, grogne Jonas. Connaissez pas ?

— Non.

— Vous n'êtes pas du coin, hein ?

— Non plus.

Jonas soupire.

— « À titre costume » c'est pour les obsèques, quand le gars a disparu. Vu que le corps est introuvable, on met juste un costume dans le cercueil… Enfin, un uniforme, c'est pareil.

— D'accord.

— Le Kosovo, j'vous dis pas, messieurs… L'enfer.

Un double coup de tonnerre frappe soudain les vitres du PMU.

— Saloperie d'enfer !

Le juron vient de m'échapper. Dès qu'on évoque les Neuf Cercles, je ne me contrôle plus. Le grand frisson. Un tissu d'âneries, je sais… Pourtant rien n'y fait. Dante Alighieri, qu'on a un peu fréquenté lors de notre escale à Padoue en 1306, il était haut comme trois pommes, picolait trop et se faisait douiller par sa femme, mais on ne peut pas lui retirer une chose : il savait les raconter, ses histoires. Jonas croit que j'ai sursauté à cause du tonnerre. Ça le fait doucement ricaner. Il s'accoude au zinc dans la posture du type qui en a vu d'autres, des vertes, des pas mûres, et un bon paquet de tout à fait pourries.

— Ah… Le Kosovo, marmonne-t-il.

Et il me lance un regard lugubre. J'entrevois là-dedans une grosse pensée honteuse. Elle détale aussitôt. Ni une, ni deux, je plonge dans les pupilles froides de Jonas tandis qu'il déblatère contre les Albanais. Longue apnée. J'entends d'abord des rires moqueurs, lointains, j'approche en douce de son rivage mental, entre les mots. Terre ferme, les empreintes les plus profondes partent d'ici. Un troupeau d'images penaudes s'écarte à mon passage. J'en saisis une dans le lot, on dirait… un saucisson industriel, fabriqué à la chaîne… Qu'est-ce que c'est que ce truc ? J'en attrape une autre, franchement dodue, plus lisible : voilà, cette « *médaille de la Défense nationale* » encadrée au-dessus du comptoir, chez les militaires elle a pour sobriquet « *le Cochonou* ». C'est la médaille de monsieur Tout-le-Monde, le rond de sauciflard sans valeur. L'état-major l'épingle chaque année à l'uniforme d'environ sept mille troufions. Un an de service, bronze ; cinq ans de service, argent ; dix ans de service, or. Au suivant ! Il faut bien que ça brille, un défilé du 14 juillet. Je relâche. La pensée s'ébroue un instant puis rejoint ses congénères en grognant, truffe basse. Ma piste principale est encore fraîche. Grimpons… La brume s'épaissit, j'accélère. J'attrape au passage des images de seaux, je relâche, de l'émail terni, je relâche, j'entends claquer cuvettes et armoires… Soudain mouvement sur la gauche, comme un craquement. Je bondis, je serre… Le gibier se tortille dans tous les sens. Sacrée bestiole, à maintenir plaquée au sol une bonne dizaine de secondes ; elle se calme enfin, et je peux la lire à mon aise… La voici donc, la grosse pensée honteuse : ton déploiement, mon Jonas, ça n'a jamais été le Kosovo… mais l'hôpital militaire Sainte-Anne de Toulon. 2002-2007, cinq ans à récurer les sanitaires du pavillon B. Serpillières, éponges, seaux puants, huit heures par jour ! Un enfer, un vrai, nettement moins littéraire que celui de Dante. Normal que tout ça te donne envie de rêver. Je relâche et je sors de là, retour au comptoir.

Jonas vient de ranger la bouteille. Je lève mon champagne.

— Vive les Marsouins !

Connard, pense-t-il très fort en faisant tinter sa coupe contre la mienne. Cette pensée-là, je n'ai même pas eu à bouger pour la saisir, elle s'est quasiment jetée sur moi. Il entonne :

— Vive la Marine, nom de Dieu !

— Et vive la mer ! chante Eyaël en phénicien.

— Il a dit quoi, là ?

Jonas s'est pétrifié.

Je traduis.

— Ah…, grince Jonas. Ben… Vive la mer aussi, oui, forcément.

Un éclair de haine sourde traverse ses pupilles.

Saloperies d'étrangers, grogne-t-il *in petto*.

À ma droite, la langue de notre brave Basile s'est enfin déliée. Il propose à son tour un toast, vu qu'il vient de recevoir une promotion… Oui messieurs, une sacrée promotion, même ! Par ici le bonus ! C'est son épouse qui va être contente, Marie-Dominique qu'elle s'appelle… Un joli brin de femme, patiente, fidèle surtout : une perle. Comme elle sera fière de lui ! Ça sent le resto aux chandelles et le long week-end entre amoureux… D'ailleurs Rome, Cap-Vert, îles Canaries ? Meilleur vendeur de la région, la vie est belle ! À la fortune, à l'amour !

On vide nos verres. Eyaël offre une autre tournée. Pour Jonas aussi, allez.

Picolez, picolez, bande de raclures de bidaits, pense Jonas, avec la faute d'orthographe et tout. *Faut être abruti pour pas commander directement la bouteille…*

Dans la pénombre du petit bar, on trinque tous les quatre à cette belle amitié qui commence. Et dire qu'on ne se connaissait même pas voici une heure ! Verre après verre on se sert de grandes accolades, entre Boueux et humains. Jonas raconte ses missions secrètes dans les montagnes du Kosovo, ouvre bientôt une troisième bouteille, puisque c'est Eyaël qui rince. Aux anges, le patron. Je l'entends à chaque tournée calculer mentalement la somme qui reste. Ça le fait jubiler. Il enchaîne avec d'autres aventures de son escouade, fin 2003, dans un défilé proche de Bistra. J'écoute, ravi. S'il les scandait en phénicien, ses fables, elles feraient de formidables poèmes. Il y en a même deux ou trois que j'apprendrais par cœur. Des envolées pleines de couleurs, de l'audace, du voyage. Il embellit encore l'ambiance en mettant de vieux chants Marsouins sur la console audio du bar.

Linh tay mot haï ha
Linh tay mot haï ha
Con gaï tim la mot haï ba
Derrière la cabane bambou
Ay, ay mot haï ba
Derrière la cabane bambou
Casser çal dit payé nam su
Ô sao mon Lieutenant
Casser qué dit l'a pas payé

Nous passons une heure dans ses faux récits de guerre.

Quand le résultat de son calcul mental approche de zéro, la quatrième bouteille est à sec. Il en sort une cinquième, nous interroge du regard. Eyaël fouille ses poches et pose quelques pièces sur le comptoir. Jonas retrouve son air contrit de tout à l'heure. Finie, la rigolade. Sept euros, ça ne va pas suffire. Il arrête la musique.

— Si vous ne consommez plus, messieurs, il va falloir partir.

Je me tourne vers l'entrée.

— Il pleut encore à verse !

— Eh ben vous serez mouillés. C'est pas l'armée du Salut, ici.

Basile a le front vissé au zinc. Soit il médite, soit il dort. Le gros Jonas réquisitionne son verre vide.

— Eh oh ! Pareil pour vous, monsieur, ouste !

Ne pas faire de vagues. Je me lève déjà, mais Eyaël tapote les sept euros sur le zinc. Il force un tantinet l'accent méditerranéen :

— 8, 11 et 4 dans la douzième, *sidi* Jonas ?

Le patron ne cherche même plus à simuler. Il penche sur nous sa bouille pleine de morgue. Ses pupilles tremblent, s'ouvrent, et les pensées déboulent en meutes. J'y lis que les pauvres, ça ose vraiment tout. Les étrangers, n'en parlons même pas. Quant aux étrangers pauvres… Derrière, cris et jurons rappliquent, montrent les crocs, se joignent aux hurlements : Croyances débiles ! Typique des métèques ! Grimoires, gris-gris, ils ont ça dans le sang ! Superstitions de sauvages ! Mais s'ils sont assez crétins pour espérer un double miracle, tant pis pour eux ! Prends l'argent ! Ça joue, ça perd, et alors ?

La seconde d'après, tout disparaît. Jonas ramasse notre thune puis clopine vers sa caisse.

— 8, 11 et 4 dans la douzième, c'est vous qui voyez… Après, dehors !

Il ne croit pas si bien dire : c'est nous qui voyons. Pendant qu'il saisit nos chiffres sur sa machine à tondre, Eyaël se frotte les mains. Moi aussi. Qu'il profite du plaisir de nous avoir dépouillés, le quartier-maître Paprika. Parce que je viens à mon tour de jeter un rapide coup d'œil dans le futur. Et les numéros que mon ami lui a donnés, cette fois-ci ils sont dans l'ordre.

On va rester un peu, Jonas. Champagne.

— Tu nous les racontes encore, ces montagnes du Kosovo ? chantonne Eyaël en hébreu.

— Il a dit quoi, là ? grince Jonas, doigts crispés sur notre fiche de paris.

Je traduis. Il encaisse, tend la fiche, puis s'éloigne en grommelant. Nous attendons cinq minutes dans un silence de mort, bercés par les ronflements de Basile et les crépitements de la pluie.

Quand la machine confirme que le 8, le 11 et le 4 viennent de franchir la ligne d'arrivée, dans cet ordre, Jonas blêmit. Sous le choc, le taulier. Il met une bonne minute à recouvrer l'usage de la parole. Impossible, un coup de bol pareil ! Doit y avoir une erreur… Il vérifie trois fois avant de se résoudre à nous régler les gains en cash : on est juste en dessous des deux mille euros, qu'il compte bien récupérer derrière. Le voici qui dépose un à un nos billets sur le zinc. Il compte à voix haute :

— … trois… quatre… cinq… six…

Ce qu'on lit alors dans ses pensées, je n'ose même pas l'écrire ici. Que des fautes : d'orthographe, de syntaxe, de logique, de goût. Va-t-il nous chasser dans la foulée, par dépit ? Que nenni, il ne lâche rien. Cette deuxième cagnotte sera pour sa poche, elle aussi. Stoïque, déterminé, il file à l'autre bout du comptoir – c'est reparti pour une chanson de la Coloniale. Un petit tour en cuisine et le voici qui rapplique d'un pas chaloupé, assiette de charcuterie en main.

— Sans rancune, hein ! Comprenez, messieurs… Pas l'armée du Salut, ici…

— On comprend.

— Vous mangez du cochon ?

— Ça nous arrive.

Il désigne Eyaël du menton.

— Mimoude aussi ?

— Mahmoud aussi.

— Tant mieux ! (Il pose l'assiette sur le zinc.) Cadeau de la maison, je vous la fais à cinquante euros seulement…

Je joue la bonne poire, quel geste, merci ! Eyaël confirme, en syro-libanais. Jonas se fige.

— Il a dit quoi, là ?

Je traduis :

— Il a dit : « Soleil sur ta famille, gros Jonas, que Dieu t'apporte un âne vigoureux »… (Comme il ne desserre toujours pas les dents, je précise.) Là d'où il vient, mon pote, c'est un compliment.

Jonas balaie l'hommage d'un coup de torchon : ce n'est rien, on aurait fait pareil à sa place. Il remplit d'office quatre coupes d'un champagne « encore meilleur que l'autre », un peu plus cher mais goûtez-moi ça. Et on goûte. Je les sens enfin, ces crépitements de fleurs blanches sous les notes orangées. La trêve se prolonge une minute. Jonas finit par rendosser son petit rôle de vétéran bourlingueur.

— Ça se laisse boire, hein ?

— Savoureux.

— Je vous ressers ?

— Volontiers…

Il s'arme alors d'un sourire viril.

— Tenez, confie-t-il en remplissant les coupes, un autre souvenir qui va vous plaire… C'était à l'été 2004, toujours au Kosovo… Quarante-cinq degrés à l'ombre, messieurs… Avec tout le barda qu'on avait sur le dos, on suait comme des phoques… Le VAB nous avait lâchés dans la banlieue d'une petite ville albanaise, vingt kilomètres au nord de Priština…

Je relève la tête.

— Le vabe ?

— Véhicule de transport blindé, explique-t-il. (Il agence sur le zinc les bouchons de champagne.) Bon, on patrouille les rues toute la matinée, y a pas un chat… Vers midi on atteint une fontaine, juste sous les fenêtres de la mairie… Les deux PMF de l'escouade insistent pour qu'on fasse une pause…

— Péhémèfes ?

— Personnel Militaire Féminin, c'est comme des femmes…

— *Comme* des femmes ?

— Ouais, presque pareil, sauf que si tu les tapes elles te tuent, elles te bouffent et elles te chient dans les kékés.

— Les kékés ?

— Les fourrés. Donc, disais-je, on fait halte près d'une fontaine. (Il pose un bouchon devant la bouteille.) Je plonge ma gourde dans l'eau froide, me souviens encore des bulles qui remontent, glou, glou, glou, et d'un coup… (Sa pichenette envoie valser le bouchon à l'autre bout du zinc.) Boum ! L'enfer !

— Saloperie d'enfer !

Jonas fronce vers moi un sourcil ennuyé.

— Faut pas m'interrompre à tout bout de champ, non plus…

Je courbe l'échine, lève les mains. Il reprend aussi sec :

— … Boum ! Dans les yeux, dans la bouche, dans le nez ! Du bruit et de la poussière partout ! Ces glandus de l'OpSec nous contactent par radio pile à ce moment-là, comme s'ils z'auraient pas pu nous prévenir une heure avant ! Échange de tirs entre l'artillerie de la KFOR et celle des rebelles serbes… Ça arrose à tout-va ! Les deux tirent trop court, exprès, pour dépenser le budget sans non plus forcer une intervention au sol. Classique, mais nous on est là-dessous ! On fonce en toussant vers la mairie, pis on dévale le premier escalier venu… Et là, messieurs, vous ne devinerez jamais sur quoi on tombe, planqué derrière une grosse armoire…

— Un coffre ? dis-je.

— Des fleurs ? tente Eyaël.

— Une corde ? gémit Basile en contemplant son verre.

Jonas secoue la tête.

— Du tout… L'entrée d'un tunnel !

Et le voyage continue. Bientôt la sono libère un énième chant Marsouin – vingt voix traînantes tissent au-dessus de nos têtes le plafond étoilé d'une lointaine fumerie d'opium.

Puisqu'on dit que le bonheur
N'existe pas sur la terre,
Puisse l'ombre de nos chimères
Un jour nous porter ailleurs.
Au paradis enchanteur
Plein de merveilleux mensonges
Où dans l'extase de mes songes
J'ai laissé prendre mon cœur

Au fil de ses histoires, je me dis qu'il a dû faire un soldat hors pair. Inventif et passionné, mon Jonas… Le moral des troupes lui doit clairement une fière chandelle. Sa médaille d'argent pour services rendus dans les chiottes de la Patrie, elle lui rend pas justice. Moi, c'est la médaille d'or que je lui aurais donnée.

Parole de Boueux.

PIÈCE_6

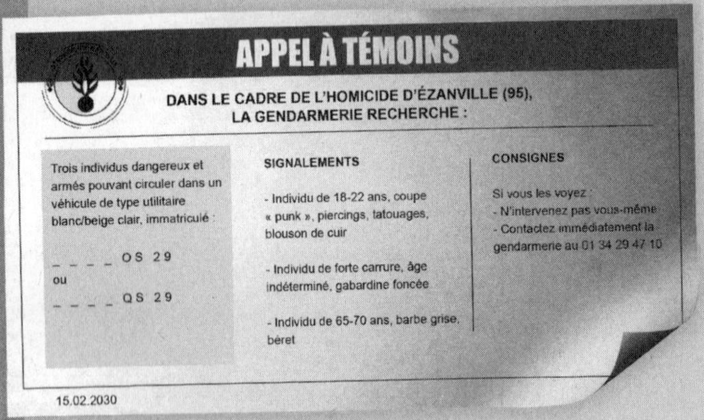

APPEL À TÉMOINS

DANS LE CADRE DE L'HOMICIDE D'ÉZANVILLE (95), LA GENDARMERIE RECHERCHE :

Trois individus dangereux et armés pouvant circuler dans un véhicule de type utilitaire blanc/beige clair, immatriculé :

_ _ _ _ OS 29
ou
_ _ _ _ QS 29

SIGNALEMENTS

- Individu de 18-22 ans, coupe « punk », piercings, tatouages, blouson de cuir

- Individu de forte carrure, âge indéterminé, gabardine foncée

- Individu de 65-70 ans, barbe grise, béret

CONSIGNES

Si vous les voyez :
- N'intervenez pas vous-même
- Contactez immédiatement la gendarmerie au 01 34 29 47 10

15.02.2030

— Allô, Adjudant Pivert ?

— Affirmatif.

— Brigadier Jaouen, mon adjudant. J'appelle d'Ézanville…

— Et merde…

— Ne raccrochez pas !

— J'écoute, Jaouen. Vous avez trente secondes.

— Que… Quel temps fait-il à Brest ? Vous, euh… Toujours au bâtiment D ?… Comment va Sophie ?

— Pluie, bâtiment F, comme un charme. Arrêtez de tourner autour du pot et posez votre question, Jaouen.

— Vous avez raison, adjudant ! Avec vous, il faut être direct ! Ça, c'est une chose qui m'av…

— Vingt secondes.

— Avez-vous conservé mon rapport de décembre ? Le papier que…

— Votre torchon au sujet de la camionnette volée ?

— C'est ça !

— Oui, je l'ai même encadré.

— Royal ! Vous me sauvez !

— Oh putain… Mais non, Jaouen, je l'ai pas encadré, voyons… Je l'ai fichu à la corbeille.

— Mince alors…

— Faut vous organiser, aussi ! Faire des sauvegardes…

— J'en avais une sur mon ordinateur, j'ai dû la supprimer avant de quitter Brest… Ordre du colonel Destouches.

— C'est une tanche, le colonel.

— Bien d'accord ! Et malhonnête, en plus… Sa fameuse tarte à la rhubarbe…

— Celle de votre pot de départ ?

— Oui !

— Dégueulasse.

— Immangeable ! Pourtant il m'a interdit de recracher, vous saviez ? J'ai même dû féliciter sa femme…

— Quelle enflure… Je vous plains, Jaouen. C'est sincère. Bon, écoutez… C'est peut-être votre jour de chance…

— Pardon ?

— Attendez… J'ai effectivement jeté votre document à la corbeille… Mais il se trouve que c'est mon tiroir qui me sert de corbeille…

— Le rapport y est toujours ?

— Je crois bien. Minute…

— Vous pouvez me rappeler le nom du plaignant ? Et surtout, l'immatriculation du véhicule ?

— Attendez, je vous dis… Pas là-dessous… Là-dessous non plus… Voilà ! Ouais, « Sommeil du Juste » et « rue en biais », inoubliable… Je vais peut-être l'encadrer, au final… Vous notez ?

— Je note !

— Loïc Hénaff… Et… 2516 QS 29.

SESSION 6
QUARTIER LIBRE

Notre troisième pari gagnant laisse Jonas Paprika sur le cul. Il n'a soudain plus du tout envie de nous voir traîner au zinc. Trois cagnottes d'affilée, non, vraiment... Il a confusément perçu une force à l'œuvre – un tremblement, une fissure, un bout de réel qui craque entre les murs du petit PMU. C'est sans moufter qu'il ouvre sa caisse. Suant, taiseux. D'instinct, il sait : une main glaciale est sortie des ombres pour triturer l'ordre des choses. Et elle est encore ici, cette main, à lui effleurer l'échine d'un index taquin, à lui fausser la voix quand il compte devant nous les billets. On fait le mouvement de se lever ; cette fois-ci il ne nous retient pas. Il trouve quand même la force de quémander deux-trois tuyaux, du bout des lèvres.

— Allez, quoi, entre potes...

Le mot de trop. Eyaël décide de frapper fort : d'accord, mais c'est bien parce qu'on a été reçus comme des princes. Comme des sultans, même, hamdoullah ! Pas vrai ? L'autre fait oui-oui de la tête en lui tendant son stylo-feutre. Mon ami aligne alors des chiffres sur une serviette en papier. J'y jette un œil. Il cisèle ça avec art, d'une écriture semi-lisible. Parfois ses 3 ressemblent à des 8, ses 5 à des 6, ses 1 à des 7, ou l'inverse. Jonas ne saura qu'a posteriori ce qu'il aurait dû jouer. Ça lui donnera suffisamment de rage, et d'espoir, pour parier encore plus gros au tuyau suivant. Les dernières combinaisons sont quant à elles toutes erronées. Notre ancien quartier-maître a là, sous ses petits yeux cupides et ravis, l'équation de sa ruine. Oubliée, la trouille ; il en pleure de joie à présent, serviette en papier serrée contre le cœur. On enfile nos manteaux, ses remerciements, et salut la compagnie.

La pluie a cessé. Sur le trottoir, je compte ma moitié des billets. Joli pactole, largement de quoi tenir deux semaines sans passer par la case Mitraillette. Comme Eyaël s'apprête à rejoindre son mec dans un boui-boui du 15e arrondissement, je lui souhaite bon appétit.

— Il s'appelle comment, déjà, ton humain ?

— Ihab.

— Persan ?

— Oui… Enfin, ils disent *Iranien*, en 2030.

— Réfugié climatique ?

— Réfugié logique, Raphaël. C'est la bêtise des hommes qui l'a charrié à travers l'Europe.

— Pas dit qu'il ait fini de bouger, du coup. Tu en parles rarement… Il est sympa ?

Eyaël se donne le temps de répondre.

— … Sympa, ce n'est pas le mot, non.

— Beau ?

— À sa manière… Il a presque soixante-dix ans, tu sais…

Je grimace.

— Aïe…

— Comment ça, « aïe » ?

— Ben, il a soixante-dix ans, tu en as huit cent mille, la différence d'âge ne te fait pas peur ?

— Tu es bête ! glousse-t-il. Non, ce qui me fascine chez lui c'est… Comment dire… (Il s'accorde encore un instant.) Voilà… Ses entrechats sur le théâtre du monde.

La tournure me prend de court.

— Ses entrechats sur le théâtre ?

— Tiens, un exemple… La semaine dernière, Ihab m'a dit comme ça : « Eyaël… »

— Tu lui as donné ton vrai nom ?

— Encore un dérapage, je sais… Il m'a dit : « *Eyaël, y a pas plus de différences entre les diamants naturels et artificiels qu'il y en a entre la glace des pôles et celle d'un congélo* »…

— Je… Je vois…

— Mais non, attends. Il a ajouté : « *Et puisque j'en ai un, moi, de congélo, alors je suis riche* » ! Qu'en dis-tu ?

— J'en dis… J'en dis que c'est une façon étrange de voir les choses…

Une façon précieuse de voir les choses !

Je boutonne mon manteau :

— Faudra que j'y réfléchisse… Ça me semble un peu décalé, quand même…

Eyaël en convient sur-le-champ, mais assure que c'est justement ça qui lui plaît : la fêlure du vase.

— La fêlure du vase ?

— Oui ! La fêlure du vase, la fissure de la tasse, tu vois ? Tout ce qui laisse passer les choses !

Je marque un temps d'arrêt. Eyaël me glisse un sourire sibyllin.

— Ihab n'est ni sympa ni beau, non… Je dirais plutôt qu'il nage en pleine lumière.

Ça fait beaucoup de métaphores, d'un coup. Je dois avoir l'air salement perplexe, parce qu'il conclut avec ces mots :

— Il te plairait, Raphaël.

Je le retiens par la manche.

— Pas de gaffe, hein… Au sujet de la Ruche… Motus ?

— Motus… Dis, j'aimerais lui laisser quelque chose avant de partir…

— Ticket de loto gagnant ?

Eyaël fait non de la tête.

— Ihab se moque de l'argent. Il a ses glaçons, tu comprends…

— Un diamant, alors… qu'il pourrait mettre au congélo ?

Ses sourcils se froncent, une seconde, puis il ouvre en grand ses yeux bourrés d'étoiles : superbe idée, bravo pour l'entrechat, il saisit parfaitement ce que je veux dire ! Ça tombe à pic, parce que moi, je n'en suis pas tout à fait certain.

— À tout à l'heure, Eyaël.

Cette fois c'est lui qui m'arrête.

— Attends… Je peux te poser une question ?

— Pose.

— Voilà… Ces derniers temps… je ne me reconnais plus. Le tour que je viens de jouer au patron, par exemple…

— Le gros Jonas ?

— Oui…
— C'était drôle !
— J'ai manqué de retenue, Raphaël…
— Il le méritait !
— Tout de même… Je me froisse pour des broutilles, je m'emporte pour un rien… L'idée d'abandonner Ihab, je pense… Alors sur le terrain je suis moins concentré, tu as dû le remarquer… Et je dérape.
— Pose la question, mon ami.
— À tes yeux… ça fait de moi un mauvais Boueux ?
Bien sûr que non ! Je comprends, pour le coup de la lumière, de la natation, de la danse contemporaine et de la vaisselle cassée. Pas dans les détails, mais je comprends ! Son Ihab, il en est tombé amoureux, voilà tout. La passion, ses déchirures, c'est le prix de la peau… Un risque qu'on court dès qu'on s'incarne.
— Tu crois ?
— Évidemment…
À mon tour de lui confier un secret : j'ai moi aussi vécu pareil frisson, lors de ma deuxième descente officielle sur Terre… Littoral grec, en 30 avant Jésus. Il fallait assurer la survie d'Actium après la bataille prochaine… Une raclée programmée, ce conflit… Quatre cents navires pour Octave, la moitié moins pour Cléopâtre et son amant Marc Antoine. La Ruche avait choisi d'intervenir bien en amont, à Péluse, où toute une flotte de birèmes préparait la traversée vers Actium. Sur place, nous étions une escouade complète de Boueux ; six binômes, avec six sous-objectifs spécifiques. Nakir et moi, on s'était retrouvés dans les corps de centurions antoniens. Le jour, on patrouillait. Boulot-boulot, l'air de rien. La nuit, on maquillait les registres portuaires.

Nous devions détourner au moins huit tonnes de blé, leur trouver une planque provisoire, organiser le fret clandestin vers Actium… J'étais obnubilé par la mission. De nuit, de jour, au taquet ! Et puis… Et puis j'avais croisé celle qui allait tout changer. C'était vers 14 heures, en plein marché sur le port de Péluse. Pas un souffle de vent. Je me souviens de la terre craquelée, des pierres brûlantes, de l'air étouffant. Je me souviens de la soif, surtout, et d'un fruit roulant à mes pieds… Soudain coup de tonnerre, j'avais levé les yeux. Que dire de plus ? Elle m'était tombée dessus comme l'averse. Maasikah, première parfumeuse de Cléopâtre VII. Son nom signifiait « Celle qui est née pendant la pluie »… Tout un poème, non ? La mission était vite passée au second plan. Nakir m'avait couvert trois semaines entières – j'étais censé mener avec lui des repérages nocturnes dans les grottes du littoral. Il les avait menés seul. Notre chef d'escouade, un Boueux presque aussi vulgaire que Mitraillette, n'avait rien su de mes petites escapades au sous-sol du palais. Heureusement : ses réflexions salaces, je n'aurais pas supporté. Sans compter la mise à l'amende… Bref, l'amour s'était infiltré dans ma coquille. Oui, j'avais pris l'eau. Oui, j'avais négligé la mission. Oui, j'avais failli. Et alors ? Est-ce que ça fait de moi un mauvais Boueux, pour toujours ? Est-ce que ça fait de moi un Boueux à jamais torturé ? Bien sûr que non ! On bosse en équipes, pardi, les collègues compensent quand l'un de nous fléchit… On s'en remet ! Je suis ici aujourd'hui, pas vrai ? Opérationnel, droit dans mes bottes, et souriant avec ça !

— Profite du moment, Eyaël. Et tu verras, question douleur : ça s'estompera.

— Pour disparaître ?

Je secoue la tête.

— Ihab te reviendra par vagues.

— Violentes ?

— Parfois.

— Tant mieux, murmure-t-il. Je pourrai nager dans sa lumière…

Et il me prend dans ses bras. Allez, on se retrouve comme convenu à 16 heures sur le parvis de Notre-Dame ! Je le regarde s'éloigner. Guilleret, tout léger. Va pour la lumière, frère Boueux, vole… Bon, midi dix à ma montre : ça laisse le temps de faire les bouquinistes. Une aubaine. Je compte bien mettre la main sur un troisième roman de Camille Landru. J'ai peut-être flingué l'auteur, mais sa prose, je la bois comme du petit lait.

Je redescends vers Saint-Michel. En à peine cent mètres, je croise un, deux, trois couples d'amoureux. Ça se lit comme une histoire. Brûlure du désir, première engueulade, routine anesthésiante… Les derniers tourtereaux sont déjà tellement loin l'un de l'autre. Lui, il pense à leurs fiançailles prochaines ; elle, à son prof de yoga… L'amour, tu parles d'une vacherie. Reste à espérer qu'Eyaël n'y laisse pas trop de plumes. Pour moi, c'est différent. J'ai les épaules solides. Presque oubliée, ma tendre Maasikah… Je presse le pas. Bien couillon, j'imagine berner la mémoire, prendre de vitesse ces bouts de passé trop denses et les laisser en plan, loin derrière. Je fais mille efforts pour m'accrocher à ce qui vient. Tiens, un gosse à droite prend une tarte, tu l'as pas volée celle-là dit la mère, une flaque sous les pieds, je saute, tiens, droit devant une pub pour des vacances au soleil… Au soleil… Je traverse sans regarder et, forcément, je prends le souvenir en pleine poire. Tout resurgit. La pierre brûlante d'Égypte, port de Péluse, chendjits en lin des hommes, haïks colorés des femmes, moiteur des peaux. Une foule bavarde piétine devant les étals de poissons frais. Ça crie, chante, pèse, compare, marchande, bouscule… Une grappe de figues tombe d'un panier rempli, roule à mes sandales. Je la ramasse au passage et tapote une épaule : « C'est à vous ? » Maasikah se retourne dans un flottement de mousseline blanche. Solaire, éblouissante. Elle s'étonne : un Romain qui parle sa langue ? Et sans accent, par quel miracle ? Je revois cette fin d'après-midi fiévreuse au sous-sol du palais, salle des parfums, ces écorces, ces épices qu'elle concasse et fait sentir à son poignet, à son cou, *tu aimes* ? Je reste là sans voix, le jour s'estompe. Elle ouvre un flacon aux fragrances de miel, de myrrhe, approche ses lèvres qui laissent aux miennes un goût de sucre : *Dis, tu aimes ?* Je revois l'aube effleurer le creux de sa hanche sous mes baisers mutins – elle frémit, son rire résonne : *Arrêêête !* Les semaines passent, à terre, en mer, à terre encore. J'entends la rumeur inquiète de la foule, port d'Actium, tandis que pointent à l'horizon les voiles de l'armada octavienne. J'entends les drisses qui claquent, nos adieux déchirés par le vent. L'ordre vient de tomber. Ma parfumeuse doit suivre le vaisseau amiral de sa reine à bord d'un frêle esquif. Rome tarde à former son blocus, Cléopâtre espère gagner la haute mer et filer plein sud, vers Héraklion, puis Alexandrie. Pareil périple dans cette birème déjà bouffée par le sel ? C'est suicidaire, Maasikah le sait. Le fond marin sera son tombeau. N'embarque pas, dis-je, il nous reste tant de choses à voir… *Et tant de choses à sentir*, chuchote-t-elle. *Tu les humeras, dis, tu les aimeras pour moi ?* Rue Blanche, je m'arrête quelques secondes. J'inspire à fond cette enivrante odeur de pluie sur le bitume, que Maasikah n'avait jamais connue, mais qui l'aurait renversée. Sens donc une fois encore, ma douce… Tu aimes ? *Dis, tu aimes ?* Et je me mets à courir comme un dératé parce que ça fait vraiment trop mal, un bonheur pareil.

Heureusement, la grisaille ambiante me remet d'aplomb. Bientôt la mer d'Égypte se retire, avec son sable, son soleil, laissant là sous mes semelles les pavés humides et froids de Saint-Michel.

Je fais halte dans un petit restaurant américain sans prétention. On y sert mille sortes de fougasses rondes accompagnées de topinambours frits, croquants à souhait, relevés d'épices rares ou de sauces onctueuses. Ici chaque plat se picore à l'orientale, avec les doigts. Leur Menu best Of Deluxe me ravit d'emblée les papilles. J'enchaîne avec deux McRoyal, trois McCountry, et pour faire glisser tout ça : une fabuleuse eau de nuit, pétillante et sucrée… Quel plaisir pour les yeux, aussi, quel sens du détail ! Les mets sont servis au creux d'origamis vermillon qui s'ouvrent comme de fragiles coffrets à bijoux. C'est bien simple : sur Terre, le dernier festin de ce genre remonte pour moi aux noces de Ṣalāḥ ad-Dīn Yūsuf, à Tikrīt en 1172. Après un rot sonore, *al hamduli'lah*, je m'en vais féliciter le chef. Un marmiton à polo gris me barre l'accès aux cuisines. Je comprends, va, son maître doit être en plein coup de feu. Pas grave, je lui présenterai mes hommages une autre fois. En attendant, j'aimerais au moins dire deux mots au saucier, c'est possible ? Mon marmiton croise les bras : non plus, le saucier surveille ses casseroles. Au rôtisseur, alors ? Guère mieux, le gars prend sa pause. Sa très longue pause, souligne-t-il, goguenard. Au pâtissier, au moins, pour son savoureux « muffin aux pépites de chocolat » ? Manque de bol, ledit pâtissier peaufine la recette d'une douceur maison. Soyons clairs, aucun de ces petits mensonges ne me dupe. Tellement lisible, ce marmiton… Plaisanteries grasses et moqueries huileuses grésillent par dizaines au fond de ses pupilles fatiguées. Aucune envie de plonger là-dedans, cela dit, ça sent trop le graillon. Pas besoin non plus d'y tremper l'âme pour deviner le fin mot de l'histoire : personne en cuisine n'aime les compliments. Drôle d'époque. Je laisse un pourboire royal sur mon plateau, un autre au portier, et je retrouve l'air libre.

Il reste deux bonnes heures avant le rencard, largement de quoi flâner pépère dans les librairies du coin. Sur ce coup-là encore je suis verni. Incroyable, le nombre de livres qu'il peut y avoir au XXIe siècle ! On encense les « grandes bibliothèques » du Moyen Âge, mais pour en avoir visité en 1306 je peux vous certifier qu'on y trouvait au mieux une centaine d'ouvrages. Bon, ils avaient une autre gueule, c'est vrai, couvertures en cuir, enluminures et tout le toutim… N'empêche : le Paris de 2030 propose des livres en pagaille pour un prix dérisoire. À la Fnac, une demoiselle en veston clair me guide parmi les rayonnages. Elle aussi amatrice de polars, elle est intarissable au sujet des romans de Camille Landru ; elle en sort finalement deux d'une étagère,

Secrets d'Église et *Rouge cathédrale*. Pas de bol, c'est ceux que j'ai déjà lus, n'a-t-il rien écrit d'autre ? Non, pour le moment juste ces deux-là. Elle me rassure : le dernier tome de la « trilogie divine » sortira sous peu, sans doute avant l'été.

— Et vu qu'à chaque volume il monte en puissance, jubile-t-elle, le troisième opus devrait être génial ! Vous souhaitez passer commande ?

Moi, je pense en grimaçant au manuscrit qui se liquéfie sous notre banquette arrière.

— Sinon, vous conseillez quelque chose ?

— En policier, toujours ?

— Non, marre des histoires glauques... Tenez, des romans drôles, vous avez ça ?

— Attendez... (Elle se tapote un instant la lèvre inférieure.) Oui, pourquoi pas... Vous aimez sortir des sentiers battus ?

— Pas trop.

— Parce que dans ce cas j'ai deux ou trois titres qui pourraient vous plaire !

Autant naviguer dans le sens du courant.

— Par exemple ?

— Par exemple, on a *Les Bras de Morphée*...

— Connais pas.

— Le roman parle d'une humanité qui dort vingt heures par jour...

— Si les personnages passent leur temps à dormir, ça doit être un peu chiant, non ?

— Du tout ! On y suit Pascal Frimousse, un détective à la petite semaine qui...

— Y a une enquête ?

— Il y a une enquête ! Frimousse est contacté par...

— C’est un polar, alors ?

— Euh, non, pas vraiment…

— Happy end ?

Elle me sert un sourire de sphinx.

— Le chapitre final est semé d’indices pessimistes…

— Parce qu’il faut jouer à Sherlock Holmes dans les dernières pages ?

— Oui ! Il y a même une partition musicale à décoder… Ça vous tente ?

— Donc c’est bien un polar, au final ?

— Si on veut…

— Je récapitule : enquête policière qui vire au glauque, avec un test de musique en dernière page ?

Elle tord le bout de son nez.

— On peut dire ça.

— Parce que moi, je vous rappelle que je cherche un roman drôle.

La demoiselle a l’air très fatiguée, d’un coup :

— Écoutez, je dois encore m’occuper d’une cliente… Fouinez donc au fond du magasin, là-bas… Juste à côté de l’étagère « Sciences », il y a l’étagère « Humour ».

— Pile ce qu’il me faut ! (Je regarde dans la direction indiquée.) Là-bas, vous dites ?

Elle me tourne déjà le dos.

— Oui…

— Merci, mademoiselle !

— De rien…

— Euh… Où, là-bas ? À droite ou à gauche ?

— C’est ça, bonne journée !

Quel chieur, celui-là.

Un quart d'heure plus tard, je ressors rue de Rennes avec *L'Origine des espèces*, d'un certain Charles Darwin. Sur la couverture, une grosse tête de singe plutôt rigolote cernée de minuscules éléphants, tigres, girafes, le tout rehaussé de couleurs vives. Ce dessin seul m'a décidé à l'achat : une aventure mettant en scène des animaux de la savane, et comique en plus ? Pourquoi pas ! On verra si ça tient ses promesses.

Je finis par dégotter un coin tranquille derrière le verger, jardin du Luxembourg ; il y a même un petit banc à l'abri des courants d'air. Ici, ce sera nickel. Je prends quelques secondes pour humer mon livre neuf – parfum puissant de colle à papier relevé d'une fluette note d'amande puis d'un je-ne-sais-quoi aux nuances florales… gracieuses, réjouissantes. Et j'attaque le premier chapitre. L'incipit me semble foutraque, limite pénible : une longue liste de scientifiques aux noms compliqués, trop de dates, aucune action. Bien lourd, tout ça. On est loin du classique roman d'humour. En d'autres circonstances, j'aurais sans doute lâché l'affaire ; mais là, avec encore une heure à tuer… Bref, je m'accroche, et mon obstination paie : les chapitres suivants se révèlent tellement drôles, avec une idée nouvelle presque à chaque page ! Une belle évasion, du rire, chapeau l'artiste ! Il me faut trois quarts d'heure à peine pour avaler le tout, c'est un signe qui ne trompe pas. Je finis par laisser *L'Origine des espèces* sur le banc. Allez, direction Notre-Dame, c'est à deux pas. Chemin faisant, en repensant à la blague sur la « sélection naturelle » et à celle encore plus délicieuse de la « survie du plus apte », j'essuie une larme de rire. Ça va mieux, soudain. Il y a même un rayon de soleil à travers les nuages.

Eyaël me retrouve sous Notre-Dame à 16 heures pile. Les murs de l'édifice sont couverts d'échafaudages. Tiens, la semaine dernière je n'avais pas remarqué un tel chantier... D'ailleurs, là-haut, il semble manquer une pièce... Qu'est devenue la célèbre flèche restaurée après dix longues années de travaux ? Et il flotte dans l'air comme une récente odeur de cramé, non ? Eyaël hausse les épaules : aujourd'hui il est enrhumé, la semaine dernière il n'a pas fait gaffe. Il garde bien le souvenir de deux immenses tours jumelles dans un roman de Victor Hugo, celles qu'on voit là, justement, mais pas d'une flèche centrale... Possible aussi que sa mémoire le trahisse, hein, ou que l'écrivain ait pris des libertés. Nous restons silencieux deux ou trois minutes, à sautiller sur place pour réchauffer nos orteils engourdis. Toujours aucun signe de Mitraillette. Ça me rappelle des choses, ce roman d'Hugo... Les mésaventures d'un pauvre gars devenu sourd à force de sonner les cloches, non ? Eyaël sourit : pas seulement, mon ami... C'est aussi l'histoire d'une bohémienne aux yeux de braise, d'un capitaine de la garde aussi beau que lâche, d'une bande de truands, d'un archidiacre libidineux... Une affaire de vertiges, en somme. Et de fil en aiguille on se met à causer littérature – Eyaël sort de sa poche un volume illustré, cadeau d'Ihab pendant la pause-déjeuner. Des poèmes persans aux limites du conte, certains rêveurs, d'un érotisme subtil, et d'autres très fripons qui nous font rire comme des bossus sur le parvis glacé de Notre-Dame.

Au bout de quarante minutes, il faut se rendre à l'évidence... Mitraillette nous pose le bon gros lapin habituel. On essaie son téléphone : aucune tonalité. Je suggère une balade. L'autre andouille connaît son chemin, il nous retrouvera à l'hôtel. Riche idée, convient Eyaël. C'est d'ailleurs l'occasion rêvée de faire les magasins, parce qu'il a remarqué une chose, en 2030 : négliger son apparence, ce n'est plus trop dans l'air du temps. À la réception du George V, vu le prix de notre « Suite impériale » ils n'osent rien nous dire… Mais partout ailleurs on essuie de sacrés regards. Aux yeux des quidams, même des affreux à la conscience moisie, on a tous trois l'allure d'épaves.

Rue de Rivoli, on déboule donc dans une luxueuse échoppe où bourdonnent des vendeurs hautains, et on en ressort sapés exactement comme eux.

De retour à l'hôtel, nous causons « Retouches ». L'intervention de demain ne présente *a priori* aucune difficulté majeure. Faire perdre cinq minutes à l'étudiante, avenue Victor Hugo, sera une vraie promenade. *Plan A* : simuler un malaise. *Plan B* : lui piquer son sac. En cas de double échec, on l'assommera. Ce *Plan C* créerait sans doute des débats à rallonge dans n'importe quelle autre équipe : violence, manque de tact, est-ce bien nécessaire ? Nous deux, nous sommes confiants. Mitraillette se chargera de la mandale avec bonheur. Sur ce, Eyaël se lève en bâillant, il est claqué ; moi, j'allume la télévision et je somnole devant un reportage sur le chant des dunes, au Sahara.

Mitraillette rentre vers 4 heures du matin. Il fout un bordel monstre dans le couloir de l'hôtel, avant de tambouriner comme un furieux contre la porte de notre suite. Je prends tout mon temps pour m'extirper du sofa, faut pas pousser non plus. Je fais même un détour par les gogues tandis qu'il maudit la planète dans au moins quatorze langues. Quand j'ouvre enfin, il tente d'ajuster la clef de la camionnette au boîtier numérique, sous la poignée. Pas tout frais, le Mitraillette : coutures du blouson déchirées, T-shirt et kilt maculés de sang, crête aplatie, grosse marque violacée sur la joue gauche – on distingue encore les traces de doigts. Il lui manque une Doc Martens.

— Qu'est-ce que tu as fait de ta pompe ?

— Je f'ais p… plus.

— Tu sais que cette porte s'ouvre avec un code ?

— Tu f… Tu f'ais que fa f'ouv'e av… av… avec un cade ? gémit-il, et je sens dans son imitation ratée les relents de vinasse, loin, bien loin des parfums de fleurs blanches ou d'écorces d'orange.

— Ben oui. C'est même toi qui l'as choisi, ce code.

— Et f'est… qu… qu… ?

— Le 6-6-6.

— F'est vrai…, glousse-t-il, avant de se risquer à composer les chiffres sur le boîtier.

Quel boulet.

— La porte est *déjà* ouverte, Mitraillette. Je suis devant toi, non ?

Il cherche encore à m'imiter, je crois, mais sa bouille se tord soudain, ses joues se gonflent ; il me pousse sans ménagement pour se ruer vers le ficus, à l'autre bout du salon. À peine agenouillé, il vomit là-dedans tripes et boyaux. J'attends que ça passe.

— Ça va mieux ?

Il lève vers moi un sourire béat.

— Une pure f'oirée !

C'est là que je remarque qu'il lui manque aussi une dent. Ça lui fait une belle tête de vainqueur, rien à dire. Il se relève en grognant, fait trois pas maladroits jusqu'à la salle de bains, où il s'enferme. Après, on entend juste l'eau couler et sa voix rocailleuse qui massacre une chanson paillarde. Eyaël sort la tête de sa chambre, inquiet : c'est quoi, ce barouf ? Je réponds que Mitraillette vient de rentrer. Il s'est fait casser la gueule.

— Bien comme il faut ? demande Eyaël.

Je lève le pouce.

— Parfait, marmotte-t-il, et il repart se coucher.

Je dépose devant la salle de bains, pour Mitraillette, les fringues propres achetées cet après-midi. J'éteins la télé, j'ouvre en grand les fenêtres du salon, et direction mon petit lit douillet.

Je m'y endors comme une masse.

Cette nuit-là je rêve d'Égypte, du ciel écarlate juste avant la tempête, des rafales mugissantes sur les dunes, le granit et la peau ; d'une course folle à travers les gerbes de sable, la main de Maasikah serrée dans la mienne. *L'abri est tout proche*, viens. Je me laisse guider. On s'engouffre dans une crevasse, pantelants. Au-dehors, la roche tremble et siffle sous les crépitements secs. Maasikah porte ses lèvres à mon oreille. *Attendons*, chuchote-t-elle, *attendons que ça passe.*

Le ruaḥ qadīm souffle toute la nuit.

PIÈCE_7

— Jaouen, au sujet de ta requête d'hier…
— Ma quoi ?
— Vigifrance. L'alerte automatique sur le 2516 QS 29…
— Moins fort, Mouss !
— Pourquoi tu chuchotes ?
— Ferme la porte… Approche…
— Qu'est-ce que c'est que cette embrouille, encore ?
— Ferme, je te dis… Voilà… Ma demande n'était pas 100 % officielle…
— Pas 100 % ?
— Disons que… j'avais pas tout à fait l'accord du capitaine, voilà.
— Qu'est-ce que tu racontes ? Le formulaire était signé de sa main…
— Ça y ressemblait, je sais.
— Ne me dis pas que tu as imité la signa…
— J'ai imité sa signature.
— Tu exagères, Jaouen, c'est un coup à prendre un blâme !
— Obligé ! Impossible d'enquêter sur cette fichue camionnette sans que la hiérarchie me mette des bâtons dans les roues.
— N'empêche, tu joues avec le feu… Je veux bien passer une ou deux alertes Vigifrance sous le radar, mais tu préviens ! On boit des verres ensemble, non ?
— Vrai…
— On est potes, wallah, quasi frangins !
— Oui, oui…
— Imagine un peu, si le capitaine était tombé là-dessus ?
— Je préfère ne pas y penser. Déjà qu'il me déteste…
— Meuh non.
— Meuh si. Soi-disant que j'aurais été « pistonné » pour atterrir ici…
— Et c'est pas vrai ?
— En partie seulement… À Brest, j'ai entraperçu le courriel du colonel à la D.R.H. Rien que des éloges, j'admets : « Petit jeune très prometteur », « une flèche », « fait des merveilles »…
— Il t'avait à la bonne, quoi.
— Nuance, Mouss : il avait du flair.
— Ouais, revenons à nos moutons… Sur ce coup-là tu t'en sors. Et tu peux dire merci à Big Brother, brother ! Vigifrance vient de réagir.

— On a une photo ?

— 2516 QS 29 : cliché haute définition du véhicule et de ses occupants ! Flashés hier midi à 120 au croisement de la rue Championnet… Devine qui a l'image entre les mains ?

— Si c'est vrai, je te dois une bière ! Donne !

— Tiens… Je t'envoie aussi la version numérique ?

— Sur ma boîte perso.

— Évidemment. Alors… C'est qui, ces trois vedettes ?

— Des lascars que je cherche depuis décembre.

— L'affaire remonte à Brest ?

— Exact.

— Et ils ont tous des gueules pareilles, en Bretagne ?

— Ceux de la côte, grave… Brest, Plogoff, Douarnenez, Quimper, Lorient… À cause du sel marin, je crois.

— Sérieux ?

— Ben oui, suffit de voir leurs rochers. Et pourtant… c'est de la pierre.

— Si tu le dis… En tout cas, ces trois-là font peur. Surtout le chauffeur, mate un peu cette tronche… Et 120 sur une rue limitée à 30, ça le gêne pas… Impassible, le gars, doigt d'honneur et tout… Bienvenue chez les fêlés !

— C'est aussi mon avis…

— Tu les suspectes de… ?

— Pour l'instant, Mouss, je préfère garder l'information sous le coude.

— Allez…

— Nan. Je vais d'abord vérifier deux-trois trucs… Corralité, cause-action, tout doit être nickel.

— Corra-quoi ?

— Je veux dire que cette fois-ci, pas question qu'on se foute de ma gueule, ou que mon rapport finisse à la corbeille d'un tiroir.

— La corbeille d'un quoi ?

— Rien, rien, je me comprends.

— Et t'as bien de la chance… Bon, en attendant tu me dois une bière !

— Je te dois une mousse, Mouss.

— Humour breton ?

— Typique.

— Du coup tu m'en dois cinq. 20 heures au *Colibri* ?

— 20 heures au *Colibri*.

SESSION 7

LA BOULETTE

PB79702497-07CD

Grasse matinée bien méritée. Le soleil est déjà haut quand on monte pour nous tout un tas de croissants, tartelettes, jus de fruits et thés… Mitraillette bougonne : pas même une bière pour atténuer sa gueule de bois ? Le groom se fend d'une demi-courbette. Aucun souci, il lui remonte ça dans un instant, avec en prime un tube d'aspirine.

Et nous passons à table. Mitraillette saisit le plus gros croissant, bon appétit les gars. À peine y a-t-il mordu qu'il se fige net. Il tire une bobine pas possible en s'inspectant la bouche d'une langue nerveuse. Eyaël et moi rions sous cape.

— Un problème, Mitraillette ?

— T'es tombé sur une fève ?

Il file sans répondre vers la salle de bains, d'où sort bientôt une longue plainte : sa dent ! Une du devant, en plus ! Il revient vers nous, songeur. Merde alors… Comment un truc pareil a-t-il pu lui arriver ? Presque un trou noir, la nuit dernière… Voyons, prenons les choses dans l'ordre… Vers minuit il entre dans ce bar, *L'Ama*… Non, *Les*… Voilà, *Les Amazones*… Au zinc, y a cette jolie pépète aux cheveux courts… Esseulée, tristounette… Alors il l'aborde, plein de tact et tout, on le connaît… Cindy, qu'elle s'appelle, ou Sandy. Non, Sunday… C'est ça, même qu'elle dit : « Moi c'est Sunday, comme le dimanche »… Mitraillette chavire illico… Il commande deux cocktails sucrés à mort, petites ombrelles, pailles et tout… romantique, quoi… Et puis… Oh oui ! Voilà qu'en pleine sérénade une tatouée balèze surgit des toilettes avec aux lèvres des mots qui fâchent… Soi-disant qu'il est assis à sa place *à elle*, avec sa nana *à elle*… Sunday se rebiffe, elle n'est pas un objet… Le ton monte entre les filles… Lui, il lit dans leurs regards en feu toute une foule de vieux comptes à régler… Trois autres pépettes en marcel approchent… L'une conseille à Mitraillette de déguerpir, c'est pas ses affaires… La grande tatouée appelle du renfort, le zinc devient une poudrière… Ensuite… Voyons… Il en repousse gentiment deux-trois, du calme, il remonte même ses manches… Et au passage, petit clin d'œil à Sunday, t'inquiète pas ma jolie… Les rivales s'échauffent… Mitraillette fait encore barrage… Il prévient : pas de violence ici, hein, sinon il cogne ! Et le pugilat c'est son domaine ! Jab, pressing gauche-droite, crochet, uppercut, il exécute quelques mouvements dans le vide… À qui le tour ? Alors ? On fait moins les malignes quand un vrai bonhomme rapplique, hein ! Où qu'elles sont, les féministes ?… Et puis, et puis… Mitraillette écarquille soudain les yeux, se tape le front.

— Me fouviens ! Oh les fipies !

— Les quoi ?

— Chipies, traduit Eyaël.

Je sers le café pendant que Mitraillette nous fait vivre la rixe à coups de mimes, de grimaces et de bruits de bouche. Sacrées guerrières, au final, respect ! Tabourets, tables, tout a volé dans le bar. Lui aussi, d'ailleurs, et par-dessus le comptoir. Comme un piaf au sortir du nid : une première !

Trois coups brefs interrompent son récit.

— Plutôt rapide, le groom ! se réjouit-il. Tu ouvres, Raph ?

Je demande pourquoi il n'y va pas lui-même. Il désigne sa bouche.

— F'uis bleffé.

— J'y vais, propose Eyaël.

Pas la peine, je suis déjà debout.

— Mais tu m'attends pour la suite de l'histoire, Mitraillette !

— Oui.

— Promis ?

— Vuré !

Je traverse en vitesse le salon. Coup d'œil par le judas : deux femmes de ménage patientent dans le couloir. Une mama brune tout en poitrine et une petite rousse à chignon. J'inspire à fond, grand sourire, puis j'entrebâille la porte.

— Mesdames ?

Aucune réaction. La première continue de mâchonner son chewing-gum, nez au plafond, tandis que l'autre reste nonchalamment accoudée au chariot débordant de produits et chiffons.

— F'est ma bière ? gueule Mitraillette à l'autre bout du salon.

Je me retourne à demi.

— Non !

— Mon afpirine ?

— Non plus !

Je demande aux deux employées de bien vouloir repasser plus tard. Des mots choisis et assortis d'un billet de cinquante : allez dire non à ça. Elles ne bronchent pourtant pas. À cette lueur glaciale au fond de leurs pupilles, à cette moue dédaigneuse vers mon bifton tendu, j'aurais dû deviner d'emblée… Mais voilà, nuit houleuse, rêves agités, orageux, et puis j'émerge à peine. J'explique qu'on déjeune, là. La brune lâche d'un ton calme :

— Ta gueule.

J'ai dû mal comprendre.

— Pa… Pardon ?

Elle répète avec tout autant de flegme, comme si elle donnait l'heure :

— Ta gueule.

Souffle froid sur mon échine – elle vient de s'exprimer en étéocrétois. Littéralement, ça donne : « Garde le vomi dans ta salive », musique des mots en moins. D'ordinaire on l'évite, cette langue préhellénique, parce qu'elle donne l'impression de cracher, pas de parler. En étéocrétois, même un simple « bonjour » devient désobligeant – « soleil levant sur ton nez morveux ». Quoi qu'on formule, du « je t'aime » au « passe-moi le sel », il y est toujours question de fluides. Rien, jamais rien de bon ne ressort d'un échange en étéocrétois. Or il n'y a qu'un seul type d'êtres assez coriaces, assez froids pour l'utiliser chaque fois qu'ils débarquent ici-bas.

— Eh bien, vous… Vous… (Je déglutis encore.) Quelle bonne surprise…

— F’est des gonveffes ? gueule Mitraillette dans mon dos.

Je leur prie d’excuser le chef d’équipe, il aime plaisanter, tout le monde sait ça. Il ne pense pas à mal. Pour toute réponse, j’ai droit aux mêmes regards féroces. La gorge sèche, je tente alors un brin de causette.

— La descente n’a pas été trop chahutée ?

Toujours aucune réaction. J’enchaîne :

— Qu’est-ce qui vous amè…

— Ta gueule, soupire la rouquine.

À court d’options diplomatiques, je m’efface pour laisser entrer les deux Vigiles. Si mon instinct ne me trompe pas, on s’apprête à passer un sale quart d’heure.

J’ai vu juste. L’engueulade dure très exactement quinze minutes. Ils sont furieux. On a déraillé, et en beauté. Impardonnable.

C’est la rouquine qui ouvre la danse. Première faute grave, « Erreur de cible » : l’assassinat de Camille Landru, l’écrivain, alors qu’il fallait neutraliser Camille Landru, sa conjointe – Camille Du Barry de son nom de jeune fille. Circonstance aggravante : visiblement aucune étude approfondie, on se moque de qui ? Seulement deux « Camille Landru » à Ézanville, un homme-une femme, or la femme est théologienne ! *Théologienne*, nom d’un chien, quand même pas sorcier de deviner que c’était elle, la cible ! Qu’est-ce que son écrivain de mari serait venu foutre dans notre mission ? Bref, le Service Prévisions est à cran parce que l’ultime fenêtre corrective se referme aujourd’hui même, à midi pile. Camille s’apprête en effet à poster ses brouillons sur les boîtes mail de quinze anciens collègues de fac, tous théologiens. Des schémas partiels et presque sans notes, mais à moyen terme, au moins l'un de ces érudits-là saura finir le travail. On connaît la suite : preuve en liberté, chantier en vrac, Directeurs en colère, Ressources humaines en Cage.

La brune prend le relais. Seconde faute grave : « Usage illicite de données prévisionnelles ». Les Scribes s'arrachent les cheveux depuis qu'ils en ont calculé l'impact à long terme. Irrattrapable, une bourde pareille ! Les conséquences sont gravissimes. *Gravissimes* ! Jonas Paprika s'est déjà mis à parier les numéros « gagnants » de la serviette en papier. Trop tard pour intervenir. Il vient de placer l'intégralité de son épargne dans les combinaisons finales. Le bonhomme se retrouvera à la rue avant la fin du mois. Finies, les réunions hebdomadaires dans l'arrière-salle du PMU.

Je lève les yeux de mon bol de café.

— Quelles réunions hebdo…

— Ta gueule, susurre la rouquine.

Sa manière à elle de m'inviter à tranquillement écouter la suite. La réponse arrive, coco. C'est donc dans son arrière-boutique, continue l'autre, que Jonas Paprika aurait peu à peu convaincu cinq jeunes fascistes de passer à l'action, là qu'il aurait suggéré pour cible un Resto du cœur bruxellois, là encore qu'il aurait financé toute l'opération. Et au matin du 19 décembre 2031, la prise d'otages sanglante menée par ses cinq crétins boutonneux aurait suscité l'indignation générale. Victimes de tous âges, de toutes obédiences, tout ça servi sur un plateau ! Une véritable supplique à la paix, cette broderie tissée par les trajectoires des balles… Bruxelles aurait resserré sa législation sur les armes à feu et déclaré partout en Belgique un jour férié au slogan évocateur : *24 heures sans pétard !* Ah ! L'idée aurait connu un succès quasi immédiat... Reprise par la France dès 2032, par l'Union européenne en 2033, elle serait rapidement sortie du cadre civil. Les militaires du monde entier l'auraient à leur tour officieusement adoptée : rouler lentement, se faire voir de loin, tirer exprès à côté... Même les curés de campagne auraient laissé les gamins peinards, ce jour-là. Une sorte de trêve de Noël avant l'heure, un grand Kumbaya du 19 décembre... À cause de nous il faut faire une croix dessus. Les cinq crétins se contenteront de slogans racistes sur les murs de Paris. Des phrases sans orthographe, illisibles, complètement inutiles.

— Ça te fait marrer ? siffle la rouquine.

Mitraillette ravale son rictus.

— F'est votre alluv'ion aux curés de campagne...

— Et ça te fait marrer ? insiste la brune.

Je suis convaincu qu'il va s'en prendre une.

— Marrer ? Non... Non...

La brune secoue la tête. Ouais, vraiment pas de quoi rire. Avec nos conneries, le score de paix va voler en éclats.

— Vous êtes des nuls, résume la rouquine. Des cancres, tous les trois.

Sa collègue a l'air d'accord, mais c'est surtout Mitraillette qu'elle fixe d'un œil noir. Deux fautes graves consécutives, poursuit la rouquine, en temps normal la machine juridique nous aurait broyés : conseil de discipline, humiliation publique, Cage. Au vu du caractère clandestin de l'Opération Bordel de Dieu, toutefois, mieux vaut une sanction plus légère, plus discrète.

— Comme une remontranfe ? s'enquiert Mitraillette, un peu rêveur, les yeux toujours perdus dans le décolleté plongeant de la brune. Une f'orte de fermon ?

Les Vigiles croisent les bras. Une remontrance ? Oui, ils aiment bien l'idée. Le sermon aussi, c'est discret à souhait, pédagogique en plus… Mais peut-être un brin trop mou ? Alors ils y ajouteront une touche personnelle, par exemple… Tiens, par exemple un déluge de taloches enflammées à travers nos trois petites gueules d'idiots, qu'est-ce qu'on pense de ça ?

De mémoire, c'est une des rares questions rhétoriques que Mitraillette ait jamais identifiée comme telle. Ses lèvres s'ouvrent, se referment, puis il beurre sa tartine. Silencieux, très concentré.

Les Vigiles mettent rapidement au point les formalités du retour. Notre exfiltration aura lieu ce soir à 20 heures, ici même. Qu'on soit présents au moins dix minutes avant et qu'on se tienne prêts, par exemple assis dans le canapé – ça évitera chutes et blessures inutiles. La brune considère Mitraillette d'un air dégoûté.

— Vous les avez déjà bien amochés, ces corps…

D'ici là, conclut la rouquine, on retourne à Ézanville et on boucle notre mission de 2030. Camille Landru *doit* mourir avant midi. Simple, non ? Est-ce qu'on est au moins capables de ça ? On hoche tous trois la tête. Mitraillette demande ce qu'il en est, question Retouches parisiennes. Le coup de foudre de l'étudiante, le sous-sol à inonder, la Volvo bleue, le graffiti nazi dans le couloir de l'Élysée, on oublie ? Les vigiles nous toisent : évidemment qu'on oublie ! Nos bourdes ont tout chamboulé ! Le Service Prévisions vient de pondre un nouveau plan correctif. Landru, pour nous trois, c'est d'ailleurs la dernière mission clandestine. Notre équipe a perdu presque tout crédit aux yeux des Scribes. La suite, elle se fera sans nous. D'autres équipes de Boueux s'occupent déjà des Retouches en 2030, de la virée à Belgrade et de celle en l'an 30.

Désormais, notre unique objectif est Ézanville, avant midi, pour l'élimination de Camille Landru.

— Vous ne manvez rien ? interroge Mitraillette en trempant sa tartine dans mon bol de café.

Les vigiles serrent les dents, et la température de la pièce chute encore de trois degrés.

— Ve demande vufte, se défend Mitraillette. (Il ajoute dans un chuchotement, pour Eyaël et moi.) Ils manvent rien…

— Foutez le camp, grince le Vigile de gauche.

— Avant midi, menace celui de droite.

11 heures à ma montre. Mitraillette finit mon café et engloutit sa tartine en assurant que cette fois, ils peuvent compter sur un travail de pro. Fini, il ne délègue plus : la veuve Landru, il s'en occupe *perfonnellement*. Moi, je me souviens qu'il s'est aussi *perfonnellement* occupé des recherches, dans le cybercafé de Brest – Eyaël et moi n'avions pas même eu le droit de toucher au clavier. Je ne relève pas, cela dit, parce que les Vigiles nous assassinent du regard et qu'il fait à présent dans la pièce un froid quasi polaire. Nous enfilons nos fringues pendant qu'ils déballent leur matériel. Avant de sortir, je leur demande s'ils comptent rester ici.

— Encore une heure à tenir dans ces corps, répond le plus proche. La faute aux vieux caissons, faut qu'ils chargent.

— Alors en attendant, dit celui qui branche l'aspirateur, ben on va faire les chambres.

Je désigne les tartes et les croissants :

— Surtout, n'hésitez pas à vous s…

— Ta gueule.

Il démarre l'aspirateur. Je referme vite la porte derrière moi. Les collègues m'attendent au bout du couloir. Tous deux nerveux, livides. Cette fois-ci, on n'a pas intérêt à se rater. En pénétrant dans l'ascenseur, je remarque l'unique chaussure de Mitraillette.

— On t'a racheté une paire, tu sais ?

— Avec de belles chaussettes indigo, dit Eyaël, en cachemire et soie d'Éc…

Mitraillette jette un œil effaré vers le fond du couloir.

— Ve retourne pas là-dedans.

Et il presse le bouton du rez-de-chaussée. Les portes coulissent en silence. Quinzième étage, quatorzième… Une musique jazzy berce la descente. Moi, je garde les yeux rivés sur les petites loupiotes numérotées : treize… douze… onze… Un peu avant le huitième étage, Mitraillette s'inquiète : on n'a pas perdu l'arme, au moins ? Aucun problème, dis-je, le Ruger est sous la banquette arrière. Et j'ai deux chargeurs supplémentaires en poche, que je lui montre. Nouveau silence, pétri d'anxiété : sera-t-on sur place à temps ? Mitraillette consulte sa montre.

— On a une bonne heure devant nous, fa va…

— Hier matin, fait remarquer Eyaël, le trajet d'Ézanville à l'hôtel nous a pris une heure et demie, non ?

— F'est vrai, mais v'ai roulé doufement…

— Doucement ?

— T'as roulé comme un dingue !

— V'ai pas pris la route la plus directe, f'est fe que ve veux dire…

J'insiste :

— Chaud, faudra bourrer… Ultimatum à midi pile…

— Fa va, répète Mitraillette, v'appuierai sur le fampignon… Et fette fois on connaît l'travet, on connaît les lieux… Rue Vifcard.

— Rue Giscard, oui.

— Au 6, précise Eyaël.

— Voilà… La fible nous attend fur plafe, en pluf, immobile… Détendez-vous, les gars, f'est du tout cuit.

Quand l'ascenseur atteint le rez-de-chaussée, Mitraillette fait une belle synthèse :

— On déboule au fif de la rue Vifcard, on fonne, elle ouvre, on dit « Camille Landru ? », elle dit « Oui », on tire, elle tombe, on difparaît.

— Du tout cuit…

— Du tout cuit…

On évite quand même de se regarder dans les yeux en prononçant ces mots, parce qu'il reste un petit pépin : pour nos recherches on s'est concentrés sur Camille Landru l'écrivain. Camille Landru la théologienne, on ne sait pas du tout à quoi elle ressemble.

« Les Trois Aveugles », « La Bigleuse Trinité », « Le Trio miro », « La Triplette sans lunettes »… Ce ratage nous a valu tant de sobriquets blessants. Notre équipe a pourtant fait de son mieux. À mon humble avis, la mission était tout simplement impossible à boucler dans le temps imparti. Jugez par vous-même : plein gaz sur la quasi-totalité du trajet, pire que la veille, aucun respect pour les feux rouges ni les sens interdits, et malgré ça notre camionnette a freiné face au jardin des Landru à midi moins une. Moins une ! Mettez-vous à notre place… Vous mesurez l'urgence, le niveau de stress ?

Moi, je reste persuadé qu'on aurait pu plier cette mission sans problème, si on n'avait pas été aussi pressés. On serait remontés vite fait chercher les téléphones. Au pire, on aurait pu consulter Internet dans le hall du George V, voire imprimer une photo de la cible. Et ce n'est pas tout. En freinant devant le jardin du 6 rue Giscard, face à cette petite femme penchée sur ses tulipes, on aurait pris le temps de mieux choisir nos mots. Non plus « Camille Landru, c'est ici ? », qui pour le coup a vraiment prêté à confusion, mais plutôt « Êtes-vous Camille Landru ? ».

Ils sont pros, ils ont l'œil, ils visent juste, voilà ce qui se serait plus tard murmuré dans les couloirs des Ressources humaines.

Bref, avec cinq minutes de plus on n'aurait pas liquidé la voisine.

PIÈCE_8

Courriel posté le 16/02/2030 à 16 h 20

De : Dr Bernache, Clinique LAROCHE

À : Brigadier Jaouen, Gendarmerie d'Ézanville

Cher brigadier Jaouen,

Trois patients ont effectivement quitté notre institut dans la nuit du 12/12/2029. Pour des raisons évidentes liées au secret médical, il m'est impossible de vous transmettre leurs dossiers. Voici toutefois, comme vous le souhaitiez, une photographie récente de chacun (pièces jointes).

Photo numéro 1 : Glen Briot, inscrit pour séances en groupe (Dr Riou).
Photo numéro 2 : Hans Haenardt, inscrit pour séances en groupe (Dr Meudec, Dr Beauce).
Photo numéro 3 : Gustave du Castel Beaupaire, inscrit pour séances individuelles (Dr Bernache).

Croyez que je regrette de ne pouvoir vous aider davantage.

Cordialement,
Dr Bernache.

— Je comprends votre frustration, brigadier Jaouen… Mais comme ça, au téléphone…

— Allez, rien qu'un coup de pouce, docteur ! N'importe quel détail qui pourrait m'aider…

— Secret médical, brigadier…

— J'ai lu votre réponse, oui… Mais il faut absolument arrêter ces trois-là !

— Justement, votre courriel restait très vague à leur sujet… Qu'est-ce que vous leur reprochez ?

— Déjà, le vol d'une camionnette sur le parking de votre institut…

— C'est ridicule…

— Y a pire… Ils ont peut-être abattu un homme.

— Pardon ?

— Ici, à Ézanville, un écrivain. Bim-bam, deux bastos en pleine poire…

— Voyons, brigadier ! Ces trois patients sont doux comme des agneaux !

— Même l'ancien militaire ?

— Surtout lui ! Glen ne supporte plus la vue d'une arme depuis son expérience… disons fâcheuse… en Centrafrique. Un simple couteau à beurre le terrifie. Mon collègue vous confirmera ça !

— Et vous, docteur Bernache… Vous vous occupiez personnellement du jeunot, hein ? Le punk de la photo numéro 3 ?

— Gustave, en effet.

— Alors oubliez la suspicion d'homicide, et pensez aux futures victimes… Un pareil chauffard en liberté, ça ne vous inquiète pas ?

— Gustave, un chauffard ?

— On l'a flashé ce midi à 120 dans une rue limitée à 30. C'est un miracle s'il n'a encore écrasé personne.

— Attendez, brigadier… Vous prétendez détenir une photo de Gustave au volant d'un bolide ?

— Oui, la camionnette dont je vous causais. J'ai l'image sous les yeux au moment où je vous parle.

— Et on peut la voir, cette image ?

— C'est délicat, docteur… Les clichés Vigifrance ne sont pas censés sortir du Service…

— Ben voyons…

— Comment ça, « ben voyons » ? Vous pensez que j'invente ?

— Mettez-vous à ma place, brigadier…

— Je vous assure que c'est eux, sur mon cliché ! Gustave au volant… Juste à côté y a le petit vieux qui ouvre son paquet de Camel, et derrière y a le grand militaire… Lui, il roupille à moitié… Je décris, là, j'invente rien !

— Attendez… Vous dites que Hans Haenardt tient un paquet de… ?

— Camel. C'est bien sa marque ?

— Absolument pas ! Hans a toujours roulé lui-même ses cigarettes, Brigadier ! À l'ancienne, rien que du tabac en vrac ! Non, décidément, vous faites fausse route. J'ignore qui sont les trois individus que vous décrivez, mais…

— Bon, vous ne me laissez pas le choix… Joindre fichier… Mes documents… 2516 QS 29… C'est parti… Ouvrez votre boîte mail, docteur.

— Un instant… Il y a forcément erreur, comprenez ma défiance ! Tenez, un autre exemple : Gustave avait ici son infirmier attitré pour l'hygiène, la cantine… Depuis sa naissance, il…

— Vous avez reçu ? Je compte sur vous pour supprimer le document juste après, hein ?

— Une seconde, mon ordinateur n'est plus tout neuf… Voilà, l'image s'ouvre… Je disais que depuis des années, Gustave ne… ne… Nom… Nom de Dieu !

— Il s'agit bien vos trois patients ?

— … Je… Je… … Glen au fond, Hans côté passager, Gustave au volant… Nom de Dieu de nom de Dieu…

— Vous pouvez développer ?

— … C'est ce que j'essayais de vous dire… Les radiographies de Gustave n'indiquent rien d'anormal sur le plan physique, son trouble est strictement psychosomatique… Lié à une série de traumatismes dans la petite enfance…. Ses symptômes, pourtant, sont bien réels : double dysfonctionnement brachial !

— Vous m'avez perdu après « nom de Dieu », docteur.

— Quinze années d'analyse, le pauvre n'a jamais fait le moindre progrès !

— Dysfonctionnement quoi ?

— Brachial… Alors la main droite de Gustave sur le volant et la gauche qui s'agite, avec en plus le majeur tendu… Non, vraiment…

— En clair, docteur ?

— En clair… Depuis son enfance, Gustave est paralysé des deux bras.

SESSION 8

LA GADOUE, LA GADOUE...

PB79702497-08CD

L'exfiltration nous a tous trois pris de court. Ça s'est passé juste après Ézanville, au deuxième feu rouge de l'avenue Gallieni. Il était midi quinze. Pour une fois Mitraillette avait freiné, bien sagement même. Ses doigts légers pianotaient sur le volant. Il se réjouissait déjà du gueuleton qui nous attendait au Georges V. On la célébrerait comme il faut, cette mission rectifiée !

— Avant de remonter ve vais me lâfer fur les v'huîtres, ve vous dis que fa ! (Il a écarté les paumes.) Des v'huîtres groffes comme…

Puis plus rien. Ses mains lui sont retombées sur les genoux, inertes. Il est resté là, bouche bée, bras ballants. Il y a eu un premier coup de klaxon – le feu venait de passer au vert.

— Grosses comment ? a demandé Eyaël sans enthousiasme, et sans non plus décoller sa joue de la vitre.

J'ai croisé dans le rétroviseur les yeux écarquillés de Mitraillette. De la surprise, là-dedans, mais aussi autre chose… De la faiblesse, et même… oui, même une once de bonté. J'y ai lu des pensées naissantes, chaotiques, complètement flippées. Une seule explication possible : ce type, au volant, ce n'était plus Mitraillette.

Derrière nous, encore deux-trois appels de phares, des coups de klaxon plus appuyés.

— Ben alors, qu'est-ce que tu…, a repris Eyaël, mais sa phrase est restée en plan.

Il s'est à son tour affaissé comme une poupée de chiffon. La seconde d'après, il a bondi sur son siège. Ses regards paniqués sont passés de l'un à l'autre pendant qu'il cherchait à l'aveugle, dans son dos, le loquet de la portière.

— *Huere Schiiiiss! Wer sind Sie denn ? Na, und Sie ? Wo... Wo bin ich ?*

Morbleu, du suisse allemand… C'est Mitraillette qui aurait été ravi. J'ai été aspiré de mon corps avant de pouvoir répondre.

Nos remontées secouent toujours un brin, vrai, mais d'habitude on est prévenus… Là, ça me fait tout drôle. L'air s'épaissit, se dilate, et c'est soudain parti pour le rodéo cosmique.

L'impression que le sol se dérobe, d'abord, comme un éclat de tonnerre quand la trappe invisible m'avale tout entier – une bourrasque me projette vers l'avant. Deux secondes de panique. Du calme. La suite, je la connais par cœur, alors je me relaxe et j'attends que ça passe… Direction Salle des Transferts ! L'Opération Bordel de Dieu s'achève pour nous sur un joli succès, forcément, puisque nous voici exfiltrés bien avant l'heure prévue… Sans doute une petite faveur des Scribes, vu qu'on a bossé vite et bien ! On va enfin pouvoir quitter ce caillou merdique… Voire, si Mitraillette a dit vrai, rentrer à la maison. Centième chantier bouclé ! La quille !

Il y a d'abord ce long tunnel avec la fameuse loupiote au bout, puis le rond-point nuageux. La quille ! Je me laisse tanguer dans le deuxième virage à gauche. Bref arrêt au check-in saturé ; j'ai le temps de saluer cinq ou six autres Boueux, sans savoir à qui je m'adresse précisément. Coucou, les gens. Leurs formes éthérées se dilatent une seconde, eux aussi ont perçu ma présence. Coucou, machin. Un courant d'air m'aiguille sur la voie du fond, je repars. Tubes, tubes, turbulences, ralentissement très en douceur, comme d'habitude… Une délicieuse pluie d'œillets m'accueille enfin. La quille, nom de Dieu ! Je m'apprête à fouler l'épaisse moquette de la Salle des Transferts, quand une poussée violente me rejette vers l'arrière. Me voici projeté dans une verticale furieuse… Je traverse à toute allure des chapes de brouillard, filandreuses, glacées, interminables. Un freinage brutal conclut le périple. Je sens soudain mes doigts, mes pieds, ainsi qu'une franche odeur de pisse. Lumière. Et j'accède à l'immense esplanade couverte de matière gluante.

Viscosité, miasmes, grisaille à perte de vue. Aucun doute : c'est le sous-sol du Service des Fraudes.

Des nuées de Boueux pataugent à poil dans la gadoue. Les milliers d'appendices vibrent sur les fronts inquiets ; l'air vrombit d'une plainte sourde, presque musicale. Tiens, puisque nous y sommes : seules ces deux antennes nous distinguent physiquement des humains. Enfin ça, et les nuances verdâtres de notre épiderme. Il y a encore un ou deux détails qui diffèrent un brin, comme le nombre de doigts ou la forme des oreilles, mais pour s'en rendre compte il faut vraiment faire gaffe. Le gros du Design humain est un rapide copier-coller du nôtre ; une tête ovale, un tronc, quatre membres articulés. Quand je vous disais que sur Terre on n'avait pas fait original, question carrosserie… Bref, je me fraie un chemin parmi les groupes agités. Il y a un monde dingue, ça va être une de ces galères pour retrouver Eyaël et Mitraillette… Je pose tout de même la question çà et là, en vain. La température descend soudain de plusieurs degrés – sur ma droite, quatre Vigiles papotent à voix basse. Je tente un timide :

— Dites, qu'est-ce qui…

— Ta gueule.

Je passe mon chemin. Vingt mètres plus loin, je tombe sur trois Boueux croisés sur Terre lors d'un gigantesque concert hip-hop, à New York en 1973. Je faisais alors équipe avec Eyaël pour une mission banale, et bien que très jeunes, ces trois-là nous avaient plu d'emblée : mélomanes, sympathiques, déconneurs. Le courant était passé direct. Une fois de retour sur la Ruche, ils nous avaient conviés à leur petit pot secret… Le gueuleton s'était tenu dans un local minuscule jouxtant l'auditorium B des Scribes. Au programme : deux bouteilles d'hydromel tombées du vaisseau… Qu'est-ce qu'on avait picolé, tous les cinq ! De l'autre côté du mur trop fin, on entendait un Scribe égrener sa leçon technique. Ses élèves reprenaient en boucle : « *... Balise Oméga... Cube en zinc... Trente centimètres carrés, deux d'épaisseur... Disque en titane... Un centimètre d'épaisseur, deux de diamètre... Dix diodes... Huit transistors...* »

Un peu par ennui, on avait d'abord reproduit les schémas du cours sur des bouts de papier… Vraiment rien de compliqué, ce truc… Puis, verre d'hydromel après verre d'hydromel, il nous avait semblé à tous amusant de tourner nos notes en confettis… et nos confettis en chansonnette hip-hop, scandée à mesure sur un beat frénétique :

L'heure est venue prépare ta Balise Oméga
Pose ton verre sur le Zinc oh ma fille oh mon gars
Bouge, bouge, bouge ton gros Cube de là
Ouais du bar au dancefloor y a juste 30 et 2 petits pas
J'lance mon Disque en Titane toi tu agites les bras

Nous avions fini debout sur la table à taper des pieds, des mains. Tout sauf discret… Un Vigile en patrouille avait bien failli nous choper. Ça s'était joué à quelques secondes, le temps qu'il retrouve ses clefs… On s'était défilés ni vus ni connus par la grille d'aération. Que de bons souvenirs… Bref, je suis content de revoir ces trois-là, ils devraient me renseigner sans faire de manières. J'approche. La couleur encore peu prononcée de leur épiderme trahit leur jeunesse : entre cent cinquante et deux cent mille ans pour les gars, peut-être trois cent mille pour la donzelle. Impossible de me rappeler les noms, cela dit, alors je sers un bonjour collectif et je passe illico au sujet du jour : qu'est-ce qu'on fout ici ?

— Rassemblement général, résume la vert-amande.

Son collègue vert-anis est plus disert :

— Même les équipes en pleine mission sont rapatriées ! La Direction est en train de réunir ici les trois Services des Ressources humaines.

Je tente un coup d'œil alentour… Difficile d'y voir clair parmi cette forêt d'antennes.

— Les trois Services ? J'ai bien croisé des Vigiles, mais… Tu as vu des Scribes, aussi ?

Vert-amande désigne une colline d'immondices, à gauche. Je me dresse sur la pointe des pieds et découvre une centaine de silhouettes assises en tailleur, silencieuses, résignées.

— Qu'est-ce qu'ils font ?

— Ils sèchent. La plupart ont été balancés par la trappe y a pas deux heures, juste au-dessus du bassin des eaux usées.

— Ça pue, dis-je.

— Ça pue, confirme-t-elle. Tu remontes d'où, toi ?

— Paris, 2030… Vous ?

— Pareil. On venait juste de grimper sur la toiture de Notre-Dame, torches en main…

— Torches en main ?

Elle acquiesce.

— Mission de Retouche hyper cryptique, comme d'hab'. Là, on devait ficher des torches allumées dans les gueules de huit gargouilles…

— Le transfert n'aurait pas pu intervenir à un pire moment, confie le petit vert-pistache.

— Moi, poursuit sa cheffe, j'étais en équilibre entre deux poutres, à essayer d'atteindre la première gargouille (Elle désigne ses collègues.) C'est Ethan et Baël qui me retenaient par la ceinture…

Ethan et Baël, je note. Tous deux m'adressent un regard contrarié.

— Va savoir comment nos humains ont réagi en se réveillant dans leurs corps, à près de quatre-vingts mètres au-dessus du parvis…

— Si un seul de ces couillons a lâché sa torche… (Il secoue la main.) Par temps sec, sur une toiture en bois…

— Ça serait ballot, en effet… (J'observe l'Escalator du fond.) Dites, il n'y a eu aucune annonce ?

— Rien pour le moment.

— En tout cas rien d'officiel.

— Des rumeurs ?

Vert-anis baisse encore d'un ton :

— Une taupe aurait bavé au sujet de l'Opération Bordel de Dieu. À ce qu'il paraît, les Directeurs sont furax…

— On parle d'un procès pour les trois mille employés des Ressources humaines…, frémit Vert-pistache.

J'ouvre des yeux ronds :

— Tu es certain de ça, Ethan ?

Vert-anis fronce les sourcils :

— Moi c'est Baël… Et tu vois une autre explication ? On n'est clairement pas dans un lounge VIP, ici… (Il tapote du pied la matière gluante.) Sous-sol du Service des Fraudes…

— … Ou « antichambre de la Cage », tremble son collègue.

— Les Scribes, annonce Vert-amande, ils doivent rester sur la colline. Interdiction pour leur Service de communiquer avec qui que ce soit. Ordre de la Direction.

— Et les Vigiles, ils en disent quoi ?

— Pas grand-chose à part « Ta gueule », tu les connais.

Ces trois-là m'ont à la bonne, je me permets d'insister.

— D'habitude ils ont des connexions en haut lieu, les Vigiles… vu qu'ils passent leur temps à nous dénoncer… Personne n'a essayé de les cuisiner ?

— … Y a eu ton chef d'équipe, la Blatte…

— « La Blatte » ?

— C'est le nouveau surnom de Mitraillette, pouffe Vert-amande.

Face à ma bouille interloquée, elle explique :

— Il a collé aux basques d'un trio de Vigiles… en leur posant question sur question… « On a des droits », il leur a même gueulé !

— Aïe… et alors ?

— Alors les Vigiles ne lui ont pas accordé un seul regard… mais au bout de cent mètres l'un d'eux a claqué les doigts, comme ça.

— Et ?

— Et ton chef d'équipe a pris feu !

— Dix bonnes secondes ! ricane Vert-pistache.

Je frissonne.

— Les flammes, carrément ?

— Il a cramé d'un coup ! s'esclaffe Vert-amande.

— Tout calciné… Ça lui fait une gueule terrible !

Là, ils se bidonnent franchement. Difficile de leur en vouloir… Le surnom est cruel, mais plutôt cocasse. Accrocheur, en plus. Moi, je vais quand même en rester à « Mitraillette » : d'ici peu de temps, « la Blatte », presque plus personne ne comprendra ; une nouvelle peau vert bouteille aura poussé, et il faudra tout expliquer à ceux qui n'étaient pas là au moment des faits. Si en plus on tombe sur un collègue qui n'est pas trop visuel, ça fera juste une vanne pourrie. En revanche, avec un blaze comme « Mitraillette » on tient une valeur sûre, bien pérenne. La finesse de mon chef d'équipe, je doute qu'elle repousse un jour.

Nouveau regard circulaire.

— À tout hasard… Vous auriez aperçu Nakir ?

— Non. On lui passe un message si jamais on le croise ?

— Ne vous embêtez pas…

— Par contre, si tu cherches tes deux collègues…

Vert-amande indique un talus miteux beaucoup plus loin sur la droite.

— … Ils ont pris cette direction.

— Merci, les gars.

— Et la fille, relève-t-elle.

J'effectue une rapide révérence.

— Et la fille.

— De rien.

Ils replongent dans leurs conciliabules inquiets tandis que je m'éloigne, pensif : « La haute hiérarchie n'y verra que du feu », avaient promis les Scribes. Beau résultat, messieurs-dames. Un joli cirque se prépare. Les trois Services des Ressources humaines vont bientôt se tirer dans les pattes. Et entre équipes, même foire d'empoigne, personne n'assumera. Rien d'étonnant à cela, quand on y réfléchit. L'Opération Bordel de Dieu, c'est deux cent soixante-sept interventions illégales sur soixante périodes historiques… On parle là d'une tricherie sans précédent. D'une grave entorse à la Charte, avec à la clef une punition exemplaire… car une chose est certaine : malgré son obsession pour la réussite, cette fois la Direction ne fermera pas les yeux.

On va prendre cher.

Je retrouve enfin Eyaël allongé derrière le talus. Mitraillette fait le dos rond deux mètres plus loin. La vache, c'est vrai qu'il a morflé. Je compose une grimace de circonstance.

— Mon pauvre ! On vient de me prévenir… Ça fait mal ?

— Ça pique un peu, grogne-t-il en tournant vers moi sa gueule carbonisée. Mais ça va, j'ai connu pire que les flammes, tu sais. (Il sourit à pleines dents.) Et puis j'ai récupéré mes « S » !

— Il y a longtemps que vous êtes arrivés ?

— Trois jours, soupire Eyaël.

Je m'assieds entre eux, pile dans la flaque visqueuse et froide que je sens une seconde trop tard.

— Saloperie… (Je me relève.) Trois jours ? On est pourtant partis avec quelques secondes d'écart ! Si les chefs n'ont même pas pris la peine d'aligner nos transferts, c'est vraiment qu'ils cherchent à nous emmerder…

— Ces raclures n'ont pas d'âme, grommelle Mitraillette.

Il m'annonce qu'il a approché plusieurs équipes de Boueux, avec une question simple : comment se sont déroulées leurs missions ? Or impossible d'obtenir des réponses… Ou alors gênées, allusives. Et côté Vigiles et Scribes, rien à gratter non plus… Jusqu'à ce qu'il tombe hier sur ses vieilles copines de Cage, les trois Moires.

— Fallait les voir… Le moral au fond des chaussettes…

— Elles t'ont parlé ?

— Ça a été bref, vu que les Scribes ont l'interdiction formelle de communiquer avec les deux autres Services…

— Et donc ?

— On a pu échanger quelques mots quand elles sont sorties du bassin.

— D'accord…

— Je les ai suivies jusqu'au pied de la colline, là-bas…

— Et ?

— Et discrétos, hein, cinq mètres derrière elles… Y a des caméras partout, ici…

— Oui, partout.

— Même pas possible de se faire la bise, tu te rends compte ?

Marre du suspense, j'insiste :

— Qu'est-ce ce qu'elles t'ont dit, Mitraillette ?

— J'y viens, j'y viens…

Topo rapide des Moires : le Service Prévisions a été dépassé par les événements. Vingt-sept équipes à gérer simultanément, c'était beaucoup trop… Traces de boue partout sur le joli tapis de l'Histoire, effets coccinelle en pagaille. Les Scribes n'en dormaient plus ! Pendant que des Vigiles annonçaient à telle équipe comment rattraper la gaffe commise, deux autres équipes se rataient à leur tour.

Mitraillette désigne le plafond de son index cramé.

— Quand le nombre d'erreurs a franchi le seuil critique, biiiip !

— « Bip » ?

— Un signal est remonté jusqu'à la Direction : « Infraction au règlement ».

— Mince… On connaît les noms des Boueux qui ont foiré ?

— Selon les Moires, presque *toutes* les équipes ont foiré. Certaines plus que d'autres…

— Par exemple ?

— Par exemple, les Boueux qui nous ont remplacés pour la danseuse serbe… Comme ils étaient sur Paris, figure-toi que ces cons-là n'ont rien trouvé de mieux que de s'occuper direct du frangin… Noyé dans les chiottes de la Sorbonne, le gars.

— Et nous ? On a commis quelle gaffe ?

Mitraillette m'écoute à peine.

— L'équipe londonienne de 1888 a fait fort, elle aussi… Ils ont refroidi dix pauvres filles dans le quartier de Whitechapel avant d'épingler la bonne cible… Pour leur défense, c'était loin d'être une mission facile…

— Et notre bourde, Mitraillette ?

— Intervention nocturne, rues de Londres mal éclairées… Va faire du travail propre dans des conditions pareilles !

— Dis, tu réponds à ma question ?

— J'y viens, j'y viens… Nous trois, on se serait foirés sur l'opé Camille Landru.

— Camille Landru ? Certain ?

— Selon les Moires, oui. Elles, elles s'occupaient d'une autre équipe, mais apparemment… les Scribes qui nous supervisaient ont eu des surnoms plutôt durs pour nous trois : La Bigleuse Trinité, La Triplette sans lunettes…

— Comment ça ?

— Soi-disant qu'on a raté notre cible à *deux reprises*. Ah oui : comme surnoms, y avait aussi Les Trois Aveugles et Le Trio miro…

Ça me laisse dubitatif.

— On s'est foiré la première fois, d'accord, mais après la descente des Vigiles on a rattrapé le coup !

Mitraillette serre les mâchoires.

— J'comprends pas non plus. Les Vigiles ont dit « Butez Camille Landru, la femme »… Très bien, on a buté Camille Landru, la femme… Il est où, le problème ?

— Et la Direction, dis-je, pourquoi convoque-t-elle aussi les Boueux ? On n'est pas responsables des Ressources humaines, nous autres ! On ne fait qu'y bosser !

Le grand Escalator du fond se met en marche dans un roulis tapageur. Une voix tonitruante couvre le brouhaha :

« *Avis aux agents. Regroupement par Service et par équipe sur l'Esplanade centrale.*
Empruntez l'escalier roulant à l'appel de vos noms...
... Service Maintenance...
... Appel équipe 1 : Shamnail, Ephram, Ekeko... »

L'annonce a son petit effet, partout les antennes frémissent. Une minute s'écoule. Là-bas, le premier trio grimpe déjà dans un silence de mort.

« *Appel équipe 2 : Apsû, Ishtar, Tiamat...* »

Mitraillette jette un coup d'œil par-dessus son épaule, nous fait signe d'approcher. Il pointe un doigt brûlé sur son visage méconnaissable.

— Voyez ce qu'il m'a fait, ce dingue de Vigile ? Tout ça pour un mot de travers ? Aucun honneur, les Vigiles, zéro code… Vous devinez déjà ce qu'ils diront aux juges ?

On devine. Ça n'empêche pas Mitraillette d'expliquer :

— « La faute aux Scribes, votre honneur ! » Et surtout… « La faute aux Boueux ! »

Nous traversons lentement l'esplanade. Mitraillette désigne à présent la colline, sur notre gauche.

— Au service Prévisions, même stratégie. Les Scribes vont tenter de nous faire porter le chapeau…

— Les trois Moires aussi ? C'est tes copines, pourtant…

Mitraillette soupire.

— Logique de chapelle, faut les comprendre. Elles vont surtout chercher à sauver leurs fesses, tu vois ? Notre amitié ne pèsera pas lourd face à la menace de retourner en Cage.

— Je croyais que c'était « à la vie à la mort », entre vous…

Mitraillette inspire un bon coup.

— Ouais, correction : « À la vie à la vie »…

— Alors aucun soutien de leur côté ?

— Aucun. « La faute aux Vigiles, votre Honneur ! La faute aux Boueux ! »

« *Appel équipe 7 : Gayota, Marid, Kitsun...* »

Eyaël est soucieux.

— Que proposes-tu, Mitraillette ?

— Qu'on se serre les coudes. Face aux juges, on lâche rien. Nos missions ? *Imposées*, c'est le mot qu'il faudra marteler ! *Imposées* par les Scribes, *imposées* par les Vigiles. Nos petits écarts sur Terre, c'était juste pour faire parler les humains ou vérifier des pistes, tout ça dans le cadre d'un boulot qu'on n'a pas choisi.

— Même les filles de joie, s'étonne Eyaël. Même les tiercés ?

— Surtout ça.

Nous approuvons en silence.

— Les Directeurs, rumine Mitraillette, c'est l'arrogance incarnée. Du haut de leurs trois mètres cinquante, ils nous méprisent bien comme il faut. Pour eux on est les « Crotteux », je vous rappelle… Alors si on reste soudés et qu'on s'en tient à une seule version des faits… Au pire, quand ils liront le rapport des juges…

— Au pire, complète Eyaël, nous passerons pour des ânes.

— Exactement. Des ânes, des enclumes, des boulets, ce que vous voulez… (Ses lèvres brûlées se tordent en une lippe sournoise.)… On passera pour tout, *sauf* pour des criminels.

L'Escalator n'est plus qu'à une vingtaine de pas, et notre tour ne devrait plus tarder. Mentir aux gradés du Service juridique ? Allez. On ne serait ni les premiers, ni les derniers. Mitraillette récapitule à voix basse :

— Notre ligne de défense, elle est simple : on ignorait, on comprend rien, on s'est contentés d'obéir aux ordres. Suffit de tricoter avec ça… Compris ?

— Soit, chuchote Eyaël.

J'opine du chef.

— Compris.

« *Appel équipe 15 : Gabriel, Eyaël, Raphaël...* »

Dernier coup d'œil inquiet vers la porte noire, tout là-haut.

— Allez, fa va bien fe paffer, ricane Mitraillette.

L'auto-imitation nous arrache un sourire, à Eyaël et moi. Elle nous détend même un court instant. Encore quelques pas. Parvenus au bas de l'Escalator, on prend tous trois une profonde inspiration.

Et on monte en serrant les fesses.

— Jaouen ?
— On peut plus être tranquille nulle part !… C'est qui ?
— Dupuis ! Je te cherche depuis vingt minutes !
— Ben tu m'as trouvé. Fais un voeu.

— Pas le temps de déconner, Jaouen… Qu'est-ce que tu fabriques là-dedans ?

— À ton avis ?

— Je te pose la question.

— J'exerce mon droit constitutionnel à chier en paix !

— Ouais, tu ne serais pas plutôt en train de bouquiner ?

— Du tout.

— Je dis ça parce que Mouss t'a vu entrer ici avec un café et un *Cosmopolitan* sous le bras…

— Dupuis, t'es brigadier adjoint, moi je suis brigadier complet.

— Et ?

— Et tu fais pas confiance à ta hiérarchie ?

— Je ne… ? N'importe quoi, lui… Écoute, il faut qu'on fonce à Ézanville !

— Maintenant ?

— Oui, maintenant, ordre du capitaine !

— Violence domestique ?

— Mieux. Grabuge rue Giscard ! Coups de feu signalés par au moins dix voisins, encore la baraque des Landru… Et tiens-toi bien… On a trois suspects en fuite, les mêmes gars qu'hier !

— La… La camionnette blanche ?

— Exact.

— Nom de… Si c'est une blague…

— Je te jure que non. Toute la caserne est en alerte… Les autres équipes surveillent déjà la nationale… Nous deux, on doit recueillir les témoignages sur place.

— Minute…

— Allez… On devrait déjà y être, là…

— Puisque je te dis que j'arrive !

— Promis ?

— Promis ! Mais reste pas derrière la porte, ça me bloque.

— Alors je t'attends dans la voiture ?

— C'est ça…

— … Tu grouilles, hein ?

— Plus vite t'es parti, plus vite j'ai fini.

9 **L'amour est enfant de...**
☐ Bohème ☐ Poème ☒ Problèmes

10 **Vous cherchez le coup de ...**
☐ Foudre ☒ Main ☐ Chance

11 **La femme modèle**
☒ Lauren Bacall ☐ Yseult ☐ Barbie

12 **L'homme à abattre ?**
☐ Roméo ☒ Clyde ☐ Ken

13 **Dans « Barbie », il y a « bar »**
☐ Vrai ☐ Faux ☒ Comprends pas

14 **Dans « Ken », il y a « ken »**
☒ Vrai ☐ Faux ☐ Comprends pas

15 **Une nuit d'amour est...**
☐ Épanouissante ☐ Vraie ☒ Sessuelle

16 **C'est la Saint-Valentin !**
☐ Aux abris ! ☐ En chasse ! ☒ J'hésite encore

17 **Un inconnu vous tient la porte**
☒ Merci ☐ Rien ☐ #balancetonporc

18 **Une inconnue vous sourit**
☒ Bonjour ☐ Rien ☐ #balancetatruie

19 **Votre arme ?**
☐ Un sourire ☐ Un regard ☒ Autre

20 **Vivons heureux, vivons...**
☒ Cachés ☐ Couchés ☐ Coachés

(Solutions page 217)

SESSION 9
DOUZE SALOPARDS

PB79702497-09CD

Que dire de la salle d'interrogatoire ? Du très classique. Trente mètres sur dix, une sorte de long corridor décrépit. Carrelage aux reflets ternes, murs sans âge, plafond sillonné de lézardes jaunâtres. Quant à l'unique ampoule, elle bourdonne là-bas au bout d'un fil dénudé. Ni le genre d'éclairage, ni le genre de musique à suggérer une imminente remise de prix. Question mobilier, rien de foufou non plus : une table, six chaises. Six juges chenus s'y tiennent droit, graves, absorbés par la lecture de nos dossiers et le lissage méthodique de leurs longues barbes vertes.

— Approchez, lance l'un d'eux sans même relever la tête.

Une marée de documents coule sous leurs doigts secs, charriant son lot d'annotations, de signatures. Flux, reflux de la paperasse, tout ça bercé par les chuchotements sévères et les chuintements d'antennes. Nous parcourons vingt mètres et nous arrêtons aux pointillés rouges, à deux pas du bureau.

— Asseyez-vous.

Son collègue de gauche lui glisse sous le coude une autre fournée de bordereaux, qu'il se met à tamponner avec application.

— Y a pas de chaises, fait remarquer Mitraillette.

— Pardon ?

Mitraillette s'éclaircit la gorge.

— Je dis qu'il n'y a pas de ch…

— Un moment…, l'interrompt le type d'un index agacé, et il repart dans ses messes basses avec le barbu de droite.

Ces raclures nous font attendre debout un bon quart d'heure encore. Assez longtemps pour que nos yeux s'adaptent à la pénombre et qu'on discerne, juste derrière eux, les formes rebondies d'un Directeur négligemment adossé au mur. Un Dirlo en chair et en os, à deux pas ! Magistral, ténébreux. Trop large, trop grand pour ce réduit, il incline sa lourde tête entre le mur et le plafond. Un chêne courbé sous le poids des siècles, c'est la première image qui me vient en tête… Une sorte de Chérubin monstrueux, c'est ce que je pense la seconde d'après. À Mitraillette et Eyaël aussi ça leur fait tout drôle, vu qu'on a tous trois ce léger mouvement de recul… Il est rare qu'un simple Boueux puisse approcher un chef de si près. Ses grosses antennes hésitent, bourdonnent, soulèvent lentement sa capuche. On retient notre souffle. Ce qu'il fait ensuite nous coupe la chique : il se fend de trois paisibles clins d'œil, un pour chacun. Trois petits messages silencieux, rassurants, et surtout personnels. Comme s'il chuchotait : « Toi, toi, et toi… Détendez-vous, ça va bien se passer… »

Alors quand les barbus du Service juridique ouvrent officiellement la séance, autant vous dire qu'on est remontés à bloc.

On tient vaillamment la barre, question après question. Une demi-heure en tout. Ils en savent long, c'est vrai, mais on parvient chaque fois à instiller le doute sur notre part de responsabilité. *L'Opération Bordel de Dieu et ses voyages dans le temps ?* Question à poser aux Scribes ou aux Vigiles, plutôt : nous autres, modestes Boueux, on a juste suivi les directives... *Nos délits en 2030 ?* Non, on ne voit pas. *La ruine de Jonas Paprika ?* Ah, ça ? Bah, il a toujours eu la fièvre du jeu, le Jonas. Patron d'un PMU, quand même... *Camille Landru, le romancier ?* Voyons, voyons messieurs : un intello, un suicidaire ! Sa mort prématurée n'a rien d'étonnant, quand on connaît le bonhomme. Pour avoir lu deux de ses romans, je peux même attester qu'ils puent la dépression nerveuse. *La voisine des Landru ?* Là, on réalise soudain la nature exacte de notre bourde... Tant pis, on ne se démonte pas : avec tout le respect qu'on leur doit, qu'ils vérifient leurs sources... La voisine, dites-vous ? On ne l'a jamais approchée, celle là. *L'hôtel de luxe, la suite impériale ?* Fallait bien crécher quelque part. *Les dégâts matériels ?* Réparables. *Les putes ?* Quelles putes ? Quant à la carte de la débilité mentale, on la joue comme des maîtres : on dit effet *papillon*, vous êtes sûrs, pas *coccinelle* ?

Tout ce temps, le Directeur reste en retrait. Il griffonne sur son calepin à chaque nouvel argument servi par Mitraillette, Eyaël ou moi. Deux ou trois de nos lancées lyriques, il les ponctue même de hochements de tête satisfaits. C'est dans ses prunelles bienveillantes qu'on puise, je crois, toute notre éloquence.

Quand Mitraillette conclut le plaidoyer, brillamment je dois dire, larmichette et tout, il plane dans la salle une délicieuse fragrance de compassion. Notre dossier passe une dernière fois de mains en mains, puis ils le referment. Le Dirlo se penche pour chuchoter à l'oreille d'un juge. Quelques secondes à peine, mais comme il descend très bas on a le temps de la voir, la page de son calepin. Pas une seule prise de note, non. Ce croquis grossier qui l'a occupé trente minutes, c'est celui de trois Boueux. Antennes basses, bouches ouvertes, langues sorties, bosse flatteuse au niveau de l'entrejambe.

Et pendus à une branche d'arbre.

L'interrogatoire se termine là-dessus. Ils vont maintenant délibérer, annonce le barbu du milieu. Qu'on attende en silence dans le couloir, on reviendra nous chercher quand ils auront fini. Le Directeur, lui, nous gratifie encore de ses clins d'œil pépères. Un pour moi, un pour Eyaël, carrément trois pour Mitraillette. Ce coup-ci, aucun contresens possible : il veut dire qu'il va bientôt nous niquer. Toi, toi, et toi. Oui, surtout toi.

Des bruits de pas, derrière. On se laisse menotter par deux agents du Service des Fraudes, une maigrichonne et une bossue. Elles s'activent sans moufter. Leurs gestes sont sûrs, leur poigne ferme. *A priori* un binôme de cogneuses, avec les avant-bras couverts de cicatrices et un bon paquet de balafres au museau. Pas une allure à susciter les jérémiades, ni l'une ni l'autre... Mais sonnés comme on est, on n'a pas non plus trop envie de causer. Une fois dans le couloir, il faut encore avancer jusqu'au petit banc du fond. Elles nous font asseoir : qu'on reste là bien sages, sans un mot. Et elles s'éloignent de quelques pas.

On marine un long moment dans notre jus. Mitraillette et Eyaël soupirent à tout bout de champ. Je contemple mes mains, mes pieds, le mur, deux fissures qui remontent jusqu'au plafond, je reviens à mes mains et me ronge un à un les ongles des douze doigts. Les gardes ont l'air de trouver le temps long, elles aussi. Elles nous glissent des regards à la dérobée. Il y a des messes basses, des discrets coups de coude. Finalement, la maigrichonne s'adresse à moi : est-ce que c'est nous, les fameux « douze salopards » ?

Je lève un sourcil inquiet.

— Qu'est-ce que c'est que cette histoire ? Quels « douze salopards » ?

— Ben, les douze salopards, quoi !

Eyaël et Mitraillette sont tout aussi déconcertés que moi.

— Traduction ? demande Mitraillette.

La bossue porte l'index à ses lèvres.

— Chhhh... Faut causer moins fort... Les juges délibèrent, là...

La maigrichonne vient s'accroupir face au banc. Elle nous parle comme à des gamins de mille ans.

— Les douze salopards, chuchote-t-elle, c'est ce groupe où qu'ils sont douze dedans, je veux dire dans le groupe.

Jusque-là je les connaissais seulement de réputation, les filles du Service des Fraudes. Avec un spécimen pareil, on doit quand même tenir une sacrée championne.

J'interroge la bossue, restée debout. Espérons qu'elle soit plus dégourdie…

— Quels « douze salopards » ?

— Les douze grugeurs, répond-elle, ceux qui ont voyagé dans le temps.

Sa collègue prend un air goguenard :

— Tout ça pour aller faire la teuf sur Terre, à Las Vegas en 1987… Vas-y que je te sniffe des rails de coke dans des billets de cent !

— Et pas en mode discret ! souffle la maigrichonne… Grands crus, poules de luxe, casino chaque soir, apparemment ils se sont rien refusé !

— Cette virée entre potes, même qu'ils l'ont baptisée *Opération Bordel de Dieu*…

On met dix bonnes secondes à digérer l'information. L'opération Bordel de Dieu, une « virée entre potes » ? C'est ridicule ! Et puis aucun de nous trois n'a jamais mis un pied ni en 1987, ni à Las Vegas ! Il s'agit forcément *d'autres* équipes, déployées sur le territoire nord-américain… Nos gardes se contentent de sourire :

— On répète juste ce qu'on a entendu…

— Les bruits qui courent.

Elles reprennent un ton grave :

— Parce que ça chauffe, là… À cause de cette rupture temporelle illégale, adios les cassos !

— Paf, abandon forcé du Chantier Planète Bleue !

— La Ruche… quitte la Terre ? bafouille Eyaël.

— Oui, départ imminent… (La maigrichonne considère un instant nos bouilles interdites.) Vous ne saviez pas ?

Nous secouons la tête : non, on ignorait.

— Ben faut sortir un peu, les gars ! se gausse-t-elle, Y a pas que la boue, dans la vie !

— Chhhh… moins fort ! gronde la bossue.

L'autre s'approche encore.

— Alors ? Entre nous… C'est bien vous, les « douze salopards » ?

Je désigne lentement Eyaël et Mitraillette, puis je pose l'index sur ma poitrine.

— Regarde… Un, deux et trois… Les douze, tu dis ?

— Ben, quatre équipes de trois… Donc quatre, multiplié par trois… (Ses antennes battent l'air.) Oui, ça fait environ douze.

— Ça fait *pile* douze, corrige la bossue. (Elle déplie ses doigts un à un.) Un… deux… trois… Comptez avec moi, si vous avez un doute…

— On vous croit sur parole, dis-je. Mais même en oubliant cette histoire de coke à Las Vegas, ça ne tient pas ! Pourquoi *juste* une douzaine d'inculpés ? Y a pas loin de trois mille employés à l'étage des Ressources humaines !

Elle grimace.

— Encore des chiffres, tu nous en demandes trop, là… (Elle et la maigrichonne échangent un regard complice.) D'habitude, notre truc à nous c'est plutôt le contrôle des foules, voyez…

Toutes deux deviennent rêveuses.

— Isolation des meneurs…

— Extraction…

— Bourre-pifs…

— Et coups de boule…

— Manchettes…

— Hameçonnages…

— Moi, conclut la bossue, ma spécialité c'est l'étranglement arrière. (Elle nous offre un large sourire, tend sa main.) Démonstration ? Rien qui vous fera mal, hein, je sais doser…

L'autre confirme : une fortiche, il faut vraiment la voir à l'œuvre… Elle fait ça d'un seul bras, pis crac ! Notre manque d'enthousiasme les déçoit visiblement.

— Écoutez… Ce qui est clair, c'est qu'au Service des Fraudes on ne parle que de vous, les « douze salopards ».

— De vous, et de votre Opération Bordel de Dieu ! précise la maigrichonne.

— *Notre* Opération Bordel de Dieu ? s'indigne Eyaël. L'idée vient du Service Prévisions !

— Et c'était tout sauf une virée entre potes ! gronde Mitraillette. Vingt-sept équipes de trois pour deux cent soixante-sept missions au tot…

La bossue fait vrombir ses antennes :

— Pas la peine de gueuler… La rumeur concerne bien *douze* employés en goguette… (Elle nous désigne tour à tour.) Un, deux, trois Boueux… plus neuf autres, ce qui f…

— Douze, dis-je.

La maigrichonne approuve.

— Exactement, environ douze.

— Tiens, quand on parle du loup…

L'autre agite à présent son pouce vers le bout du couloir.

Là-bas, un groupe de Boueux débarque sous bonne escorte. Cliquetis des chaînes, des entraves.

— Allez, debout…

Nous rejoignons à pas lents ce petit monde. Devant la porte de la salle d'interrogatoire, les gardes préviennent : causer tout bas, d'accord, mais pas faire les fous. Tandis qu'elles nous retirent les menottes, je peux donc papoter au calme avec les neuf collègues, des Boueux qu'on ne connaît que de vue ; bonjour-bonsoir, vous voyez le genre. Je serais bien en peine de citer un seul nom, hormis celui d'Ifrit, un balèze taciturne avec une solide réputation de puncheur. Seul point commun entre nos quatre équipes : l'année d'extraction. Eux aussi ont vécu un rapatriement sauvage depuis 2030, respectivement de Berlin, Cracovie et Prague. Les Berlinoises nous mettent d'emblée au parfum.

— Les Dirlos font dans leurs frocs.

— Comment cela ? demande Eyaël.

— En théorie, ils doivent surveiller chaque étape d'un chantier. Ils sont même censés suivre de très près notre Département… Vérifier le moindre calcul prévisionnel des Scribes, étudier en détail leurs schémas de maintenance…

— … Évaluer l'équilibre psychologique des Vigiles et inscrire les plus nerveux à des stages « gestion du stress »…

— … Organiser des débriefings hebdomadaires avec les Boueux…

— Et pas cuver l'hydromel au fond du lit ! maugrée la petite Berlinoise aux antennes de traviole.

— L'opération Bordel de Dieu, si les Directeurs avaient fait leur taf… S'ils s'étaient occupés de nous… Elle n'aurait jamais vu le jour !

— Du coup, ils flippent. Pas question que la Maison-Mère apprenne qu'ils ont glandé, parce que la glandouille ça s'appelle aussi « abandon de poste »… et ça leur coûterait cher.

Je connais deux brèves secondes d'espoir.

— Alors ils enterrent l'affaire ? Pas de procès ? (Je désigne la porte.) Leur petit interrogatoire, c'était du flan ?

La troisième Berlinoise agite ses antennes.

— Ils n'enterrent rien du tout.

— Mais tu viens de dire…

— Alerte longue distance, coupe-t-elle. Quand notre système informatique a repéré l'avalanche d'effets papillon…

— Coccinelle, corrige Mitraillette.

— Pardon ?

— On dit « effet coccinelle », insiste Mitraillette. (Il se tourne vers l'équipe de Cracovie.) Vous dites comment, vous ?

La Berlinoise riquiqui repousse vers le haut ses antennes tordues.

— Ils l'ont torturé, ton pote ? (Elle se pointe le visage.) Chalumeau et tout ?

— Même pas, soufflé-je pendant que derrière nous Mitraillette essaie de convaincre les collègues polonais. Continue.

— Bon, oui… L'alerte longue distance… Notre système de veille automatique a transmis un signal express non seulement à la Direction de la Ruche… mais *aussi* à la Maison-Mère.

— Bref, enchaîne sa cheffe d'équipe, la Maison-Mère sait *déjà* qu'il y a eu gruge temporelle, sur Terre. Et elle a *déjà* contacté notre Ruche pour en savoir plus… Nos Directeurs sont forcés de pondre très vite un rapport officiel…

Les Boueux pragois nous rejoignent en frottant leurs poignets meurtris.

— Sauf que les Dirlos ont trouvé une combine…

— Du bien chafouin…

Eyaël se décale pour leur laisser une place dans notre petit cercle. Ils développent :

— L'alerte longue distance est un signal basique. Un code tout simple qui signifie « Rupture temporelle sur le chantier Planète Bleue ». En tout cas, rien de précis…

— Rien qui indique le *nombre* d'infractions temporelles !

— Vous comprenez ? souffle une Pragoise.

Eyaël et moi restons interdits. Mitraillette, lui, se retourne une seconde pour lâcher un souverain :

— Évidemment qu'on comprend…

La fille se penche vers son collègue de droite.

— Ils ne comprennent pas… Explique, toi.

— C'est pourtant clair…, dit-il. Ce signal longue Distance, pour la Maison-Mère, c'est juste une loupiote rouge qui clignote sous une étiquette « Rupture temporelle ».

Les trois Berlinoises reviennent à la charge.

— Deux cent soixante-sept interventions illégales sur soixante périodes historiques, des milliers de Retouches clandestines pour maquiller tout ça, près de trois mille employés des Ressources humaines qui se torchent avec la Charte… Vous imaginez le scandale ?

— Ça prouverait que les Directeurs ont passé leur temps à se tripoter la nouille au lieu de bosser…

— Ils passeraient pour ce qu'ils sont : des flemmards incompétents… Et vlan, punition pour eux aussi !

— Or supprimer toute trace de gruge, ils ne peuvent pas…

La plus petite jette un regard circulaire.

— … mais mentir sur son ampleur, ben si !… Suffit de désigner quelques pigeons…

— Genre une douzaine…

— … et un motif unique, ridicule à souhait…

— … par exemple « virée entre potes à Las Vegas en 1987 ».

— Ils n'enterrent pas l'affaire, résume la cheffe d'équipe, ils la maquillent.

— Et au passage ils envoient un message à tout le Département : ne jouez plus jamais aux cons sans nous avertir au préalable, sinon vous finirez comme ces douze-là…

Eyaël et moi frémissons soudain.

— Punaise…

— Ben merde….

— … Punaise de merde ! renchérit Mitraillette une seconde plus tard, mais je sens bien qu'il va lui falloir encore quelques minutes pour réaliser pleinement.

« Douze salopards en goguette »… Avec la réputation d'alcoolos qu'ont les Boueux, cette version officielle passera crème. En n'épinglant qu'un petit groupe de prétendus arsouilles, en ne mentionnant qu'une infraction temporelle en 1987, la Direction couvre ses arrières. Plus aucun risque de sanction. Elle sera même félicitée. Lors de l'appel longue distance, la Maison-Mère dira :

« Nous avons lu votre rapport détaillé avec la plus grande attention. L'infraction reste mineure et l'annulation du Chantier est à nos yeux regrettable... voire optionnelle... mais si vous estimez qu'elle servira d'exemple et découragera à l'avenir toute tentative de triche, nous comprenons... Encore une fois bravo pour votre vigilance et votre professionnalisme... »

Les Directeurs répondront qu'ils n'ont fait que leur boulot, bonsoir chez vous, fin de la communication. Quant aux vraies raisons de l'abandon du Chantier Planète Bleue, motus. Commandement absent, aucun suivi, surmenage du Service Prévisions, preuve divine repérée trop tard, gruge généralisée d'un Département entier, tout cela finira en miettes sous les lourds fessiers des chefs.

Reste tout de même un problème épineux... À notre retour, la Maison-Mère mènera une enquête de routine auprès des Ressources humaines. Aucun des trois mille autres employés n'osera contester la version officielle, c'est vrai ; trop contents de s'en être sortis malgré leur participation directe ou indirecte à l'Opération Bordel de Dieu, ils répéteront mot à mot la leçon apprise. Mais nous, les douze boucs émissaires ? Comment les Directeurs comptent-ils acheter notre silence ? Cellules de luxe pendant le trajet ? Petits plats mitonnés matin, midi et soir, heures de promenade supplémentaires, droits de visite ? Dans leurs rêves ! Moi, en tout cas, rien ne m'empêchera de tout déballer aux fouines de la Maison-Mère... et avec le sourire, en prime !

Au-dessus de nos têtes, l'ampoule extérieure de la salle d'interrogatoire passe du rouge au vert. Une garde vient se poster près de la porte, saisit la poignée.

— Allez, file indienne… Et sans bousculade.

Les jurons se mettent à pleuvoir à mesure qu'on entre.

— Bordel d'hydromel !

— Sa race la Ruche !

— Bourre-Dirlo !

— Ta sœur la Scribe !

— Nique sa Maison-mèèèère ! s'étouffe la petite Berlinoise aux antennes de traviole.

La réponse à mes questions est là, à gauche et à droite. Sur toute la longueur de la salle, douze caissons rouillés ronronnent contre les murs. Non, aucun traitement de faveur. Pas de cellule de luxe, pas de petits plats ; ni promenades ni droits de visite. Plus simple : ces enflures s'apprêtent à nous abandonner sur Terre. Impensable pour eux de recourir à l'assassinat, à cause de leur code moral complètement tordu… Mais nous laisser crever à petit feu dans un corps humain, ça oui, sur le plan éthique c'est tout à fait acceptable. Va pour l'exil ni vu ni connu ! Nos corps d'origine resteront à bord, vides. Version officielle ? « *Évasion des douze prévenus* ». Ce boniment convaincra tout le monde… Les caissons de transfert s'entassent par centaines dans les entrepôts désaffectés de la Ruche. Obsolètes, déconnectées du système, ces vieilleries sont intraçables et faciles d'accès. « *Fichiers corrompus, date des transferts inaccessible. Traque sur Terre infructueuse* », prétendra le communiqué final de la Direction, « *Permission de mettre fin aux recherches et de quitter ce système solaire ?* ». Déjà surmenée par les rapports de quinze mille autres Ruches plus importantes que la nôtre, la Maison-Mère approuvera.

— Approchez !

Le Dirlo vient d'achever ses messes basses avec le barbu de gauche. Il couve à présent les vieux caissons d'un œil serein. Une paume ferme se plaque entre mes omoplates.

— Avance, on a dit.

Je suis le mouvement, effaré. Question bête : tiens, qu'adviendra-t-il de nos douze corps ? Quelle touche finale ont imaginée les Directeurs ? Spectaculaire, je parie. Peut-être un accrochage dans l'espace Expos, à l'étage du service Créa ? Y aura-t-il une soirée spéciale, un « vernissage de la honte » où la Direction servira à la ronde son scénario bidon ? Je vois ça d'ici… Mille doigts tendus vers nos carcasses vides : « Saloperies de Boueux, typique. » Il y aura des moues dégoûtées, des crachats. Nos collègues des Ressources humaines baisseront les yeux en attendant que ça passe. Et ça passera. Allez, circulez. La Direction stockera ensuite ces douze corps dans une salle à risque, juste à côté d'une chaudière ou pile au-dessous d'un conteneur de fluides acides. Et puis, très bientôt, l'accident bête. Pas de chance : la chaudière qui explose, le conteneur qui fuit. Plus de traces des corps. Au fil des années, des siècles, des millénaires, tous nous oublieront… Nous, les « douze salopards », serons de toute façon morts sur Terre depuis longtemps déjà.

— Mettez-vous en ligne… Pieds sur les pointillés rouges !

Le doyen des juges s'adresse d'abord à nos gardes. Il encense l'efficacité du Service des Fraudes. Un corps d'élite, clame-t-il, servi par des expertes. Ça leur plaît, aux filles, plusieurs verdissent. Un deuxième barbu cause loyauté, discrétion, vertu du silence. Un autre encore évoque le sacro-saint secret professionnel. Ce qu'elles s'apprêtent à voir ou à entendre entre ces quatre murs, d'ici une heure ça n'aura jamais existé. Il y a un moment de latence, chez nos gardes, des froncements de sourcils. Le doyen conclut :

— Vous fermez bien vos gueules.

Le dernier dossier vient d'atterrir entre les mains du Directeur. Il glisse le tout dans un pli de sa toge, avant de s'éclipser sans un mot par le sas du fond. À ma droite, Mitraillette fixe les douze caissons. « Silence, discrétion, fermer sa gueule », ces mots doivent sacrément valser dans sa caboche. Ses antennes frémissent, tournoient, pour se dresser soudain en un claquement sec. C'est un signe, ça : Mitraillette vient de comprendre qu'il n'y aura pas de procès.

Le doyen ordonne d'une voix lasse qu'on rejoigne les caissons. Les trois du devant pour l'équipe de Prague, les six du milieu pour les Polonais et les Berlinoises, enfin les nôtres tout près de la porte du fond. Grimper là-dedans ? Et puis quoi encore ? Cet exil sur Terre est carrément illégal ! On exige un procès ! Transparent, public ! Que tout le monde sache ! Que la Maison-Mère soit avertie ! Les gardes nous encerclent à pas de loup : allez, ne faites pas d'histoires… Nous autres, on se rebiffe. Insultes, d'abord, puis bousculades, et premier uppercut décroché par une Berlinoise pile sous le menton de la maigrichonne… L'os musical, ça s'appelle. Et justement, il donne le *la*. Les pralines fusent de partout. Mitraillette saute, cogne, mord, un vrai chien de la casse. Il parvient même à s'extirper de la mêlée. Le doyen tente de se carapater à reculons. Minute, papillon ! La droite de Mitraillette lui fait craquer les os. Ça le sèche direct, l'ancien. Dans la confusion, deux autres Boueux s'en prennent à un barbu réfugié sous le bureau, vas-y que je te savate. Ils y mettent du cœur, rien à dire. Cris d'orfraie, chocs sourds et glapissements, chaises qui volent… Nos gardes ne savent plus où donner de la tête ; plusieurs s'agrippent aux épaules d'Ifrit, qui les emboutit tour à tour dans le faux plafond. Moi, j'essaie bien d'arracher quelques antennes à la volée, mais un étranglement arrière me met hors circuit.

Quand je reprends connaissance dans mon caisson, le gaz réfrigérant sort en sifflant des alvéoles latérales. Je tambourine des deux poings contre la paroi opaque :

— Vraiment ? Vraiment, les gars ?

— Et les filles ! corrige une voix lointaine, celle de la bossue je crois.

— Oui, et les f… les f…

Impossible d'en dire plus, mes mâchoires tétanisent déjà.

Aussi simple que ça.

Salut la compagnie. Adieu, la Ruche.

PIÈCE _ 10

— ... SAMU 95, ici VSAV 3 Saint-Martin en intervention 6 rue Giscard, commune d'Ézanville... Pour Bilan... Parlez.

— Transmettez, VSAV 3 Saint-Martin pour le Samu 95.

— Nous sommes en présence de Mme Colas, j'épelle : Charlie-Oscar-Lima-Alpha-Sierra... Prénom, Cerise, comme la cerise... Il s'agit d'une femme de 25 ans, née le 15-09-2005... À notre arrivée la victime est consciente, avec PCI. Elle est assise dans l'herbe et se relève, elle peut marcher, nous la menons jusqu'au VSAV. Bien orientée dans le temps et dans l'espace, elle présente une bonne motricité et sensibilité des membres... La victime a été touchée par balle au niveau du thorax il y a trente minutes. Les deux projectiles ont été stoppés par un gros livre glissé dans la poche intérieure de sa veste. Pronostic vital non engagé, je répète, pronostic vital non engagé. La fréquence ventila...

— Bla-bla-bla ! Je vous répète que ça va ! Dis-leur, Camille ! Et tiens… Aide-moi à sortir d'ici…

— Donne-moi ta main, ma puce…

— Mais… ? Qu'est-ce que vous faites, toutes les deux ? Ça ne va pas, non ? Restez assise, madame Colas ! Quant à vous, madame…

— Landru… Camille Landru… Cerise est ma voisine. C'est dans mon jardin qu'elle a été…

— Madame Landru, je vais vous demander de bien vouloir lâcher la main de Mme Colas et de vous éloigner du véhicule ! Laissez-nous faire notre travail, enfin !

— VSAV 3 Saint-Martin pour le SAMU 95, je ne vous entends plus... Bilan d'urgence vitale incomplet. Parlez.

— VSAV 3 Saint-Martin, pardon, oui... Je reprends... La fréquence ventilatoire est de 23 mouvements par minute... Fréquence cardiaque de 73 battements par minute... Tension artérielle à 131.81. La victime présente un léger hématome thoracique, aucune côte cassée. Nous avons procédé à la pose d'un bandage circulaire. La victime est conditionnée dans le VSAV. Elle ne souhaite pas être transportée dans un centre hospitalier. Parlez.

— Bien reçu pour le SAMU 95, VSAV 3 Saint-Martin... Confirmez-vous l'absence de traumatisme crânien ou rachidien ?

— Je confirme l'absence de traumatisme crânien ou rachidien. Parlez.

— Bien reçu VSAV 3 Saint-Martin pour le SAMU 95, je transmets votre bilan au médecin régulateur et je vous recontacte.

— Sauvée par une bible, Camille, tu te rends compte ? Une bible ! Si c'est pas la preuve que le Bon Dieu existe !

— Une bible, une bible… La *Bible du jardinage*, Cerise, ce n'est pas non plus…

— Il faut toujours que tu cherches la petite bête, qu'est-ce que tu peux être rabajoise !

— Raba… ?

— Ça reste une bible, oui ou non ?

— Je… Tu… Tu as vu qui t'a tiré dessus ?

— Oh que oui ! Vêtu comme un as de trèfle…

— Un quoi ?

— Un as de trèfle ! N'importe comment, quoi ! Une seule chaussure, kilt, blouson déchiré… Les cheveux rouges… Crête aplatie, piercings aux sourcils… Et ce regard, j'oublierai jamais… Des yeux pâles comme ceux d'une bête… Quoi d'autre ? Ah oui, une dent de devant cassée… Tatoué de partout… Dites, messieurs les infirmiers ! Camille et moi on vous dérange pas trop, là ? Je décris mon agresseur et aucun de vous ne prend des notes ?

— Voilà les gendarmes, madame Colas, vous allez pouvoir leur raconter tout ça… Par ici, Brigadier Jaouen !

SESSION 10

RECHUTE

PB79702497-10CD

Nous refaisons à l'envers le trajet récent : poussée violente, plongée furieuse, chapes de brouillard filandreuses et glacées, parfum d'œillets, tubes, turbulences, tubes, verticale sèche et accélération, virage à droite, petite loupiote, long tunnel, soudain flash à l'entrée brutale dans les mêmes coquilles… Je sens d'abord l'odeur de menthe mêlée à celle du tabac froid, j'entends la pluie contre les vitres et tous ces coups de klaxon derrière notre camionnette arrêtée au feu vert, rue Gallieni. J'ouvre les yeux.

Midi seize à ma montre. Un travail d'orfèvre, leur saloperie d'exil, cet aller-retour ne laissera aucune trace… Notre absence ici-bas a duré moins d'une minute en temps terrestre. Ça a toutefois suffi pour qu'un de nos corps d'emprunt, repassé sous le contrôle de son proprio paniqué, ait commencé à prendre le large… Le siège passager est vide, la portière grande ouverte.

— Il est où, fe con ? s'énerve Mitraillette.

Je désigne à cinquante mètres une silhouette figée sur le trottoir.

— Face au pressing !

— Quel preffing ?

— Droit devant !

Là-bas, Eyaël tourne la tête de tous côtés. Mitraillette descend sa vitre, se penche, agite le bras.

— Par ifi ! s'époumone-t-il.

Le feu vient de passer au rouge, ça nous donne quelques secondes de répit. Je fais coulisser la portière latérale pour mettre les mains en porte-voix.

— Là ! On est là !

— Il est fourd ? (Mitraillette inspire à fond et gueule.) Nan ! Fur ta gaufe !

Eyaël repère enfin la camionnette, revient au pas de course. Il fait le tour du véhicule, saute sur son siège.

— La panique..., souffle-t-il. J'ai cru vous avoir per...

— V'avez vu fa ? jubile Mitraillette.

Une sirène de police gémit au loin. Puis une autre. Le feu passe au vert. Nouvelle sirène, toute proche. Le concert de klaxons reprend de plus belle. Mitraillette nous considère tour à tour, les yeux brillants.

— Dites, v'avez vu ?

— Quoi ?

Il décoche dans le vide un crochet rageur.

— En plein dans fa p'tite fafe de fouine, au vuve !

— Les flics patrouillent, Mitraillette...

— Il f'est écroulé comme une merde, v'avez vu ?

— On a vu...

— Le tarbouif en morfeaux !

— Oui, bravo... Démarre...

— ... V'avez vu, hein ?

— On a vu ! Démarre, Mitraillette !

Le moteur toussote, cale deux fois. Le troisième essai est le bon. On sort cahin-caha d'un nuage de fumées noires. Au milieu de l'avenue Gallieni, Mitraillette engage la camionnette à droite dans une rue moins fréquentée.

Eyaël fait un débriefing rapide : la Direction nous a bien baisés, on est grillés là-haut, grillés ici-bas. Il le dit avec ses mots à lui, mais c'est l'idée. Il faut à présent évaluer nos options. Nous terrer en région parisienne ? Hors de question. Partir, oui. Où ? Loin, très loin. Dans cette épave ? Impossible. Je me penche vers Mitraillette : selon ses copines les Moires, une autre équipe a buté ici le théologien plutôt que d'aller s'occuper de sa sœur à Belgrade, non ? Il confirme. Avec un peu de chance, la Volvo est donc toujours sur place ! L'idée plaît : direction Paris au premier carrefour. Cinquante minutes plus tard, nous abandonnons la camionnette à Bastille pour rejoindre à pied la rue Baudelaire.

Nous avons un mal de chien à localiser le véhicule, qui n'a pourtant pas été déplacé. Seulement, on s'en rend compte au troisième passage devant *La Preuve du vin*, le nom de la rue a changé. Je lorgne tour à tour les deux pancartes bleues, sur ce trottoir et celui d'en face.

— Rue… Karl Lagerfeld ?

— Claffique effet cocfinelle, commente Mitraillette.

— Rien de grave…, dit Eyaël. D'autres Boueux ont dû commettre un impair dans le passé.

Mitraillette ouvre déjà la portière avant.

— Matez un peu fe tableau de bord ! Un avion de faffe, carrément ! (Il pointe vers nous deux un index autoritaire.) F'est moi qui conduit, les gars !

Je n'en reviens toujours pas.

— Des collègues auraient éliminé Charles Baudelaire ?... Mais pourquoi ?

— Pas forcément éliminé physiquement..., temporise Eyaël. Peut-être juste transformé, *détourné* de sa trajectoire initiale... Enfin lui ou un de ses parents proches, tu sais comment nos Retouches déteignent sur l'entourage, parfois...

— Un parent, fa voivine de palier, fon facteur ou fa boulanvère..., énumère Mitraillette en se glissant face au volant. On f'en fout !

Je reste sans voix, tandis qu'Eyaël approche en douceur.

— Ça a l'air de te chiffonner...

— Le mot est faible.

— Tu l'as bien connu, ce... ce Richard Baudelaire ?

— Charles.

— D'accord...

— Né à Paris en 1821. Poète. Un bel humain.

— Je vois... Tu l'as croisé pendant une escapade ? (Il réfléchit un instant.) Notre mission de 1917 ?

— Non, en 1917 il était déjà mort depuis un demi-siècle...

— Lors d'une descente officielle ?

— Non plus.

— Tu ne l'as donc jamais rencontré ?

— Jamais.

— Eh bien alors ?

— Ses poèmes, mon ami... Ses poèmes...

— Jolis ?

— Bouleversants.

Il pose sa main sur mon épaule.

— Le temps presse, Raphaël…

— Donne-moi juste une minute…

Il s'engouffre à son tour dans la Volvo. Je lève un œil morne vers la pancarte bleue. Rue Karl Lagerfeld… D'ailleurs c'est qui, ce con ? Dramaturge, romancier ? Écrivain maudit jusque-là noyé dans l'ombre de Baudelaire ? Scribouillard romantique, Symboliste égaré, Parnassien sans le sou ? Sans doute, la belle affaire… Adieu, *Fleurs du mal*, adieu *Épaves*… Réduites en poussière et soufflées aux quatre vents. Disparues à jamais… Un coup de klaxon me fait tressaillir. Alors je bredouille là, en ultime hommage, le premier quatrain fané qui me vient en tête.

Je sais que vous gardez une place au Poète
Dans les rangs bienheureux des saintes Légions,
Et que vous l'invitez à l'éternelle fête
Des Trônes, des Vertus, des Dominations.

Tu parles, Charles.

Mitraillette baisse sa vitre.

— Fa va, on te déranve pas trop ? Fi Môfieur est prêt, on va p'tète pouvoir lever le camp ?

Je rejoins à contrecœur la banquette arrière. Devant, Eyaël vient d'extirper de la boîte à gants les passeports vierges ainsi qu'une grosse enveloppe de billets – Mitraillette en réquisitionne d'office un tiers, pour ses « faux frais ».

Le démarrage nous réserve deux bonnes surprises : clim, autoradio dernier cri. Rien qui occulte notre exil ni l'oubli d'un formidable poète… mais c'est toujours ça de pris. Un peu de chaleur, au moins, et pour musique autre chose que la viole. Eyaël déniche une valse, pousse le volume puis se retourne avec un gentil sourire. Enjouée, aérienne : la valse m'allège l'esprit, Eyaël sait ça… Allez, haut les cœurs ! Il nous reste plusieurs années de vie dans ces corps humains, non ? Et à nous douze on trouvera une solution…

— Quant aux poèmes de ton Baudelaire, ils ne sont pas perdus, puisque tu les as appris !

— Pas tous, malheureusement…

— Fi t'as des blancs, assure Mitraillette, n'hévite furtout pas à demander ! *Fleurs du mal*, *Épaves*, *Le Fpleen de Paris*, il te manque quels poèmes là-dedans ?

La nouvelle me coupe le sifflet.

— Tu… Tu connais les trois recueils par cœur ?

— Évidemment… V'ai mille fois ta mémoire, Raphaël.

— J'ignorais que tu avais aimé à ce point…

— Du tout, fa m'a gavé. Mais comme t'arrêtais pas de lire à voix haute dans la fambre d'hôtel… (Il se tapote la tempe.) Ben f'est rentré, f'est refté !

— Je te remercie, Mitraillette.

— De rien. Pis y a autre fove, les gars… V'ai un plan !

— Explique…

— Primo, direcfion porte de Bagnolet.

— Et ?

Ses paupières se plissent.

— Fecundo, on revoint l'autoroute afin de fe fondre dans la maffe…

— Et tertio ?

— Terfio on réfléfit, les gars… (Il serre les mâchoires.) Terfio, on réfléfit à fond !

— Joli plan, Mitraillette.

— Ça se sent tout de suite que t'es chef d'équipe.

— Merfi… Et en attendant, tiens, on peut mettre autre fove que fette muvique de merde ?

Cent kilomètres plus loin, nous faisons halte sur une aire d'autoroute. Eyaël amorce le briefing. Problème à court terme : logement, nourriture. À moyen terme : contact avec les neuf autres Boueux. À long terme, enfin : éviter de crever dans ces coquilles.

Question bouffe, même après « l'impôt Mitraillette » il reste assez d'argent dans l'enveloppe pour tenir cinq ou six mois. Logement : au pire, on dormira dans la voiture. Problème numéro un réglé.

Vient le sujet de nos collègues exilés, et ça, c'est déjà plus délicat. Ils se trouvent en ce moment à Berlin, Cracovie et Prague. D'accord. Mais quels quartiers fréquentent-ils ? Et comment les reconnaître sous leurs peaux d'emprunt ? Comment *nous* rendre visibles, audibles ? Facilement repérables ? Ces villes sont à chaque seconde submergées de pubs, d'annonces en tous genres, nos appels ou petits mots se noieront, dans un boucan pareil ! Il faut un outil de communication qui sorte du lot… La langue de la Ruche, oublions, ces corps ne sont pas équipés : larynx et pharynx incapables de jouer sur les fréquences de 30 000 hertz, de toute façon imperceptibles à l'oreille humaine. Même impasse à l'écrit – œil humain insensible aux longueurs d'onde qui régissent notre syntaxe habituelle… Mitraillette suggère le recours à une langue terrestre connue des seuls Boueux… N'importe quel idiome mésopotamien de l'époque antique devrait attirer l'attention des collègues, non ? Bien vu, admet Eyaël, ces langues étaient en effet devenues « options obligatoires » en milieu de chantier. Une lubie de la Direction, à l'époque, tout le Service avait dû s'y coller... Vraiment, oui, bien vu ! Je suis plus sceptique : Berlin, Cracovie, Prague, on parle au moins de métropoles régionales, là, pas de villages riquiquis... À écumer les rues matin, midi et soir, à placarder partout des écrits cunéiformes, à brailler en sumérien « Nous sommes ici, frères boueux ! »... On n'aura plus de jambes, plus de voix au bout d'une semaine ! Et pour ne rien arranger : si on cherche les collègues là-bas pendant qu'ils nous cherchent ici ?

— Faut prendre le rifque, tranche Mitraillette. On a une voiture, on a de l'effenfe, alors on taille la route... On aviv'ra une fois fur plafe... (Il lorgne son pied droit, déchaussé.) Et v'peux pas continuer à conduire comme fa, alors l'un de vous me paffe fes pompes.

Il y a une discussion à rallonge au sujet des pointures. Vérifications faites, Eyaël doit se dévouer. Problème numéro deux réglé, façon Mitraillette.

— À prévent... Comment fe fortir de fe merdier terreftre ? (Les yeux dans le vague, il marmotte lentement.) Non... Non... Non plus...

Nous le laissons faire une bonne minute.

— Alors ?

Il secoue la tête.

— Ve vois pas...

— Incroyable...

— Même toi tu cales, Mitraillette ?

Un je-ne-sais-quoi dans le ton a dû nous trahir, parce qu'il se met en rogne.

— Ben oui, ve cale ! V'êtes marrants, tous les deux...

— Ça va, on plaisantait...

— Ne t'énerve pas...

— Fi vous v'êtes auffi malins que fa, trouvez v'en une, de folufion !…

— Puisqu'on te dit qu'on plaisantait…

— V'ai l'impreffion que vous mevurez ni la gravité du problème…

— Mais si, Mitraillette…

— … ni fa complecfité ! F'est pas comme fi on pouvait conftruire une balive Oméga…

L'électrochoc. Eyaël s'est lui aussi raidi d'un coup. Impossible d'articuler le moindre son. La stupeur nous tasse aux sièges, une, deux, trois secondes, avant de nous libérer comme des ressorts. L'habitacle résonne soudain de notre hip-hop énervé. Je scande les vers en tapotant l'appuie-tête. Eyaël, lui, marque les rimes de ses claquements de mains.

L'heure est venue prépare ta Balise Oméga
Pose ton verre sur le Zinc oh ma fille oh mon gars
Bouge, bouge, bouge ton gros Cube de là
Ouais du bar au dancefloor y a juste 30 et 2 petits pas
J'lance mon Disque en Titane toi tu agites les bras

Mitraillette nous regarde avec des yeux de merlan frit. Je continue de chanter à tue-tête, pendant qu'Eyaël fait la beatbox dans ses paumes jointes en creux. Le rythme, quand ça vous prend…

Claque, claque, huit-un-quinze-dix-huit et finalement trois
Les z'Ions stables à tes pieds tu danses comme un pacha
Pas de solution juste un Soluté v'là ma musique à moi
Mets tes Diam's à l'oreille pète les Fusibles bambina

— Ben… Qu'est-fe qui vous v'arrive ?

C'est parti pour les Diodes les Transistors Lamda
Et pour dissoudre l'ennui 2 litres de tequila
Ouais notre son c'est des Cuivres mais sans tout l'tralala...

Puis hourras, applaudissements, une vraie kermesse.

— Vous m'efpliquez ?

On lui raconte alors vite fait notre beuverie près de l'auditorium B, il y a quarante ans... Le mur trop fin, la leçon morne d'un vieux Scribe, ses élèves appliqués, et surtout le sujet : « Construction d'une balise Oméga » ! Bourrés comme des coings, nous avions transformé le cours en ritournelle ! Bon sang ! Balise Oméga, elle est là, notre solution !

— Euh... Fa pourrait marfer, vraiment ?

Bien sûr ! Les signaux émis à cette fréquence sont traités par les superordinateurs de la Maison-Mère : pas de chichis, pas de questions, transfert automatique... Tout être vivant dans un rayon de cinq mètres sera immédiatement rapatrié là-bas dans une nouvelle coquille, au sous-sol du Centre Génétique ! Et en première classe, s'il vous plaît, via un trou de ver ! Le tri entre nous autres et la vermine, les miettes de pain, dans ces situations d'urgence ils le font après. Il faudra un petit moment pour s'habituer à nos nouveaux corps... mais on s'y fera. Nouvelles enveloppes, nouvelles vies ! Eyaël enlace Mitraillette pendant que moi, derrière, je lui frotte vigoureusement les épaules : bravo pour l'idée, chef !

— Férieux ? s'enquiert-il entre deux secousses. F'est pas trop dur à monter, une balive Oméga ?

Du tout ! Requis matériels limités, pas encombrante, un jeu d'enfant ! Aucun souci sur le plan technique.

Sur le plan moral non plus, d'ailleurs : une fois télé-portés dans des corps neufs, on négociera notre immunité contre un témoignage à charge… Notre immunité, et notre affranchissement immédiat ! Fin du Service Spatial Universel ! Bon Dieu, j'en frétille d'avance… On balancera tout, nos conditions de travail indignes, l'absence de soutien logistique, l'impossibilité de boucler un projet sans gruger, les chefs le plus souvent cuités à l'hydromel, leurs magouilles, leur cruauté aussi… Parce qu'avec cette histoire d'exil maquillé on est bien au-delà du conventionnel coup de pute, ça scandalisera dans les grandes largeurs… Les Directeurs fileront droit au mitard. Bien fait pour leurs gueules !

Mitraillette active la console internet du volant.

— Ouais, t'emballe pas non plus, Raph… F'est mignon tout plein, votre fanfon ratée, mais à prévent faut évaluer les coûts… Et en étant préfis…

— À l'aise !

— Facile ! chante Eyaël.

Mitraillette a un geste agacé.

— Feffez de crâner… Ve vous v'écoute.

— Pour le boîtier, dis-je, un simple cube. Il faut des plaques de zinc…

— Combien ?

— Ben, c'est un cube…

— Ve te demande pas la forme, ve te demande le *nombre* de plaques… (Un soupir.) Il est con, lui…

— Six.

— Ben voilà… Dimenfions ?

— À peu près trente centimètres carrés. Deux centimètres d'épaisseur.

La recherche est rapide.

— Foifante euros. Enfuite ?

— Du matériel de soudure pour l'assemblage, forcément…

— Falumeau ?

— Oui, et un alliage avec un tiers d'étain…

— Quoi d'autre ?

— Une dizaine de diodes. Et sept… non, huit transistors lambda, puis quinze fusibles domestiques…

— Pas fi vite, tranviftors et… ?

— Fusibles…

— Quinve ?

— C'est ça… Ajoute une grosse bobine de cuivre, tant que t'y es… Trois millimètres d'épaisseur.

— Minute…

On n'entend plus que les tapotements sur l'écran tactile.

— À peine quatre fents euros de pluf ! se réjouit Mitraillette. Quoi d'autre ?

— Disque en titane, annonce Eyaël, un centimètre d'épaisseur, huit de diamètre… (Il hésite un instant.)… De forme circulaire, le disque.

— Évidemment, de forme firculaire ! se rebiffe Mitraillette. C'est un difque !… Tu me prendrais pas pour un gogol, des fois ?

— Aucunement.

— Ve préfère fa… Minute, ve ferfe… De forme firculaire, t'as dit ?

Il y en a encore pour une centaine d'euros.

— Quoi d'autre ?

— Deux litres de solvant, ajoute Eyaël.

— De folvant ?

— Oui, type eau de Javel.

— Cherche pas, dis-je, deux euros dix.

— Nickel, f'est quaviment gratuit… Quoi d'autre ?

— Trois diamants.

Mitraillette se crispe.

— L'addifion rifque d'être falée…

— Mais non, rassure Eyaël, le tout-venant fera l'affaire… Cherche donc trois éclats bruts, à peu près translucides…

— Rien de difpendieux, alors ? Pas des bivoux de prinfeffe ?

— Inutile, dis-je, la pureté des pierres n'a aucune importance.

— Seule leur densité en carbone nous intéresse, précise Eyaël. Ainsi que leur forte conduction therm…

— Fa va, fa va… V'ai pas demandé un cours, non plus…

Mitraillette met un peu de temps avant de dégotter une offre selon lui « raisonnable ». En clair : qui ne l'oblige pas à puiser dans son enveloppe personnelle. Ces trois diamants bas de gamme alourdissent la note de mille euros chacun. Ça rentre dans le budget. Après ça, les frais annexes seront de toute façon couverts par la revente de notre Volvo.

— Bon, f'est tout ?

— Presque. Encore un tout petit gramme de n'importe quel élément aux ions stables dans les solutés… et à nous la balise Oméga !

Je viens à la rescousse de Mitraillette.

— Tape « isotope », « ions stables » et « soluté ».

— Vous n'arrêtez vamais de faire les malins, tous les deux ?

— C'est parce qu'on est heu-reux ! fredonne Eyaël.

Moi, je me frotte les mains :

— Retour au bercail, Mitraillette ! Transfert automatique !

— Ouais, n'empêfe… La peau de l'ourf, tout fa… Alors… Ivotope… Ion ftable… Dans un folu quoi ?

— Soluté.

— Fo-lu-té… (Il passe de lien en lien de longues minutes, le nez presque collé à la petite console, avant de dresser un poing victorieux.)… Bingo ! Ben fa a failli être coton, les gars !

— Comment ça ?

— Hyper rare ! Apparemment, fur Terre y a qu'un feul élément du venre, votre ion ftable dans v'un folu-machin…

— Un seul ?

Mitraillette tapote l'écran.

— Fa f'appelle « Californium » ! (Il se recule.) La formule fimique correfpond ?

— Fais voir, dis-je en me penchant. Je… Je pense que oui… Eyaël ?

Eyaël lit, relit.

— Exactement ce qu'il nous faut !

— Bon, pouffez-vous un peu… Alors… Acquivifion… de… Californium… Non, f'est pas fa… Coût… Californium… Non plus… Voilà !… Vous… (Il tourne vers nous sa bouille effarée.) Vous vous foutez de ma gueule ?

L'échelle des prix nous fiche une sacrée claque. D'ordre biblique, la mandale. Californium : quinze à vingt millions d'euros le gramme. Mitraillette écume les sites. Tous confirment qu'au poids, il n'y a rien de plus cher sur la planète. Oh, certes, l'isotope se vend ;

sauf que l'usage habituel nécessite des quantités infinitésimales. La plupart des cimenteries européennes passent d'ailleurs leurs commandes en microgrammes, dix à tout casser, et ça leur suffit pour une année entière. La balise Oméga en exige cent mille fois plus. Un gramme entier, autant dire une montagne. D'où l'addition à peine croyable, la baffe, et nos jurons désespérés : merde, quinze à vingt millions d'euros… Sans l'appui du Service Prévisions, impossible d'amasser une somme pareille ! Cette planète Terre sera notre cimetière. Eyaël s'écroule dans son siège… Terminus, fin de l'histoire, on mourra dans ces coquilles. Jamais on ne reverra les vertes prairies de la Maison-Mère… Moi, j'ai envie de chialer. Huit cent vingt-trois mille ans, ce n'est pas un âge pour clamser… C'est un âge pour vivre, aimer, apprendre, découvrir… Pas maintenant ! Pas déjà ! Mitraillette, lui, refuse de se laisser abattre. Le ton est ferme, déterminé.

— Il nous refte encore une carte à v'ouer, les gars…

— Laquelle ?

— Ve dirais même… un atout !

— Lequel ?

Faque fove en fon temps… D'abord, on retrouve les collègues à Berlin, à Cracovie et à Prague… Et une fois qu'on f'est réunis tous les douve… (Il fait le geste de sortir une carte imaginaire de sa manche pour la plaquer contre le volant.) Bam !

— Bam ? demande Eyaël.

Mitraillette démarre le moteur.

— Parfaitement. Bam ! On réfléfit, les gars… Baaaam ! On réfléfit à fond !

Je jette un œil par la vitre… Tout là-haut, bientôt plus rien puisque la Ruche se barre. Ici-bas, une humanité qui dans trois ans recevra de plein fouet sa « preuve divine ». Entre les deux, nous : désormais mortels, sans options PMU, et recherchés par toutes les polices de France.

Pour sortir d'une mélasse pareille, il va très vite falloir trouver une idée de génie.

PIÈCE _ 11

Chapelle Saint-Luc, Ézanville, samedi 12 mars 2033

— … qui scelle devant Dieu l'union de deux êtres, Jean-Philippe Jaouen et Cerise Colas.

... et l'union de trois êtres alors mystère jamais compris n'empêche ils seraient déjà sous les verrous si on m'avait écouté dès le début, mais non c'est Jaouen faites confiance à la hiérarchie par-ci et Jaouen laissez tomber par-là et bla-bla le trio brestois j'avais senti moi direct que ça allait chauffer...

— Cerise, voulez-vous prendre pour époux Jean-Philippe ici présent, l'aimer fidèlement dans le bonheur et dans les épreuves, tout au long de votre vie ?

— Oui, je le veux.

... un militaire un punk un pépé suisse qu'est-ce qu'ils foutaient ensemble rien ne colle dans cette histoire ils apparaissent et puis hop ils disparaissent ils se planquent où aucune trace aucun d'eux n'a touché à son compte en banque depuis trois ans...

— Jean-Philippe, voulez-vous prendre pour épouse Cerise ici présente pour l'aimer fidèlement dans le bonheur et dans les épreuves, tout au long de votre vie ?

... son témoignage au gros Jonas Paprika c'était du solide et sur la vidéo du PMU ils parlent plusieurs langues en plus du français les experts sont formels hébreu phénicien arabe classique araméen pourtant y a rien dans leurs parcours qui explique ça que dalle...

— Jean-Philippe ?

— Pardon, je… Oui… Oui, je le veux.

... je le veux je le veux je veux comprendre piger bordel pourquoi partir en pleine nuit de Brest aller assassiner un type qu'ils ne

connaissaient pas à Ézanville et la cavale la guérison des bras les langues anciennes le triple tiercé gagnant pas un pas deux, mais trois fois de suite merde sont quand même pas magiciens et ma Cerise aussi ils ont voulu la tuer pourquoi nom d'un chien qu'elle est belle aujourd'hui dans cette robe...

— Seigneur, notre Dieu, Toi qui as fait alliance avec nous par Jésus-Christ, bénis maintenant ces alliances que Jean-Philippe et Cerise se passent au doigt.

... les doigts les empreintes partout dans la camionnette mais rien d'autre sauf un manuscrit en compote et pourquoi ils sont revenus le lendemain quel rapport doit y avoir un truc une raison merde merde réfléchis trois ans déjà faudrait pas que ça tourne à l'obsession concentre-toi Jaouen...

— Aimez-vous l'un l'autre dans la sérénité, à l'exemple du Christ et de son Église. Vous pouvez embrasser la mariée.

SESSION 11

LES PIEDS SUR TERRE

PB79702497-11CD

L'idée de génie a pris son temps. On a même dû sacrément ramer avant de la voir surgir. Trente-six mois à la dérive, faites le calcul… Mille crépuscules ternes, tout autant d'aurores grisâtres, ajoutez là-dessus quatre-vingt-quinze jours d'orage et le compte est bon : trois ans de galère. Trois ans pour rien. Alors en ce matin de la glaciale Saint-Valentin 2033, date anniversaire de notre boulette parisienne, ce n'est ni l'amour qui hante nos pensées, ni l'espoir. C'est le vide. On est toujours aussi perdus qu'au premier soir d'exil.

Et sans Mitraillette.

La vie sur Terre nous a d'entrée de jeu abîmés comme il faut… On en a même pris plein la gueule. Chaque baisse de température est venue en uppercut vicelard, droit dans les gencives. Lèvres gercées, fendues, paupières lourdes, on a très vite tiré une de ces tronches… Les vitrines des boulangeries renvoyaient des reflets flippants quand on y lorgnait les gâteaux hors de prix. En dix mois à peine nos corps humains étaient devenus tellement maigres… Et tous ces poils !

Ces chevelures pétrifiées par la crasse ! On faisait peur aux gamins, aux commerçants… Trois gargouilles, y a pas d'autre mot. Sur le plan moral aussi ça sentait la débâcle. Bientôt plus aucun de nous n'osa évoquer un éventuel retour au bercail. La balise Oméga ? Sujet tabou. Depuis Paris, il n'avait de toute façon mené qu'à des débats stériles… Silence glauque d'Eyaël en guise d'introduction, chaque fois suivi d'un plan en deux parties : I. Pourquoi ce serait génial. II. Pourquoi c'est pas possible. Mitraillette torchait les conclusions d'un violent coup de poing dans le mur le plus proche. Le sujet qui fait mal par excellence. Et puis, les prix du Californium s'étaient enflammés au fil des mois – jusqu'à vingt-sept millions le gramme. Nous autres, à côté de ça, on peinait à acheter de simples compresses pour les phalanges meurtries de Mitraillette.

Fini, l'argent facile aux comptoirs des PMU. Désormais privés de l'appui du Service Prévisions, nous ne pouvions plus anticiper les choses. Même à court terme on ne voyait rien. Nous parvenions encore à lire les cerveaux humains, mais à quoi bon ? Car vous pensez bien qu'on a mis à l'épreuve ce petit don lors de parties de poker… Tu parles : fantasmes tordus, trouilles, rancœurs, voilà ce qu'on a récolté. Impossible d'identifier là-dedans le jeu de nos adversaires. Partie après partie, leurs images mentales défilaient sous nos yeux ahuris.

Valet en pleurs dans un champ de trèfles. Peine de cœur, sa Judith le trompe.

As du volant, carambolage. Carlingue en flammes, couple royal sur le carreau.

Ruelle, backdoor. Escaliers, couloir, porte numéro 8, porte numéro 9. Elle s'ouvre : suite de luxe. Cinq à sept avec l'amante.

Club de Broadway. Grande affiche : « Rachel Baluga, reine du porno ». En graffiti rougeâtre, une double paire de roubignoles.

Ça nous mettait sur la piste, au mieux. Mais cartes en main, cartes manquantes ? Allez savoir, d'autant que selon le lascar, ses goûts, sa petite histoire personnelle ou son humeur du moment, les combinaisons évoquaient des scènes tellement différentes. Pareils indices auraient sans doute fait la fortune d'un joueur pro ; pour nous trois, ils menèrent à des relances catastrophiques. Nous perdîmes ainsi nos derniers kopeks dans un tripot berlinois, avant de poursuivre notre périple toujours plus à l'est. Vers la Pologne, puis virée plein sud.

À Berlin jusqu'à fin 2030, à Cracovie tout 2031, chou blanc. Impossible de localiser les autres Boueux, malgré la ribambelle de messages scotchés aux passages piétons, près des gares, des supermarchés. Tout pourtant y figurait : où, quand, comment nous retrouver.

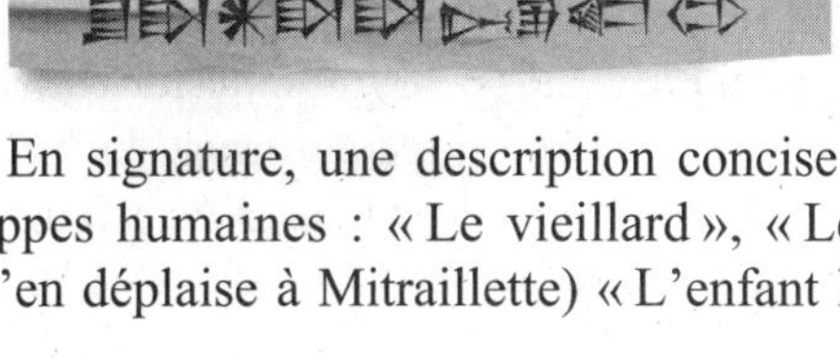

En signature, une description concise de nos enveloppes humaines : « Le vieillard », « Le colosse » et (n'en déplaise à Mitraillette) « L'enfant laid ».

Aucun résultat.

Nos innombrables appels chantés ou braillés ont eux aussi résonné dans le vide. On espérait faire mieux en Tchéquie, notre dernière chance. Le vent finirait par tourner ! Il tourna, en effet, mais pas comme on aurait voulu : la Volvo fut carottée le soir même de notre arrivée à Prague. Bouffe, vêtements de rechange, couvertures, abri nocturne, on perdit tout. Ça ne nous empêcha pas de sillonner jour après jour les ruelles pragoises, grappillant au passage la moindre babiole qu'on pourrait plus tard revendre sous le manteau. Je vous passe nos nuitées froides sur le bitume des entrepôts désaffectés, des parkings souterrains. Mitraillette dépliait chaque matin un plan de la ville pour y tracer un nouveau cercle : courage, les gars, les collègues crèchent par-là, je le sens… Le soir venu il ressortait le plan de sa poche et barrait son cercle d'une croix rageuse.

Huit mois durant on écuma les moindres recoins de la capitale tchèque – quartiers cossus dont on se faisait jeter, miteuses cours d'immeubles où les chiens nous coursaient. Qu'est-ce qu'on a pu cavaler, à cette époque… Et toujours aucune trace de l'équipe pragoise. Je vous passe aussi les ampoules, les bleus, puis nos regards éteints quand le plan de Mitraillette fut entièrement couvert de croix. Alors on recommença du début. Nouveau plan de Prague, nouvelles virées. J'étais fatigué, cafardeux. Je rêvais d'être pincé pour vol, histoire de dormir au moins deux ou trois nuits en taule – nourri-logé, au sec. Mes collègues, eux, s'engueulaient pour un rien. Ronflements nocturnes, pets trop sonores, boîtes de conserve entamées en douce, cibiches non rendues, tout menait à d'âpres disputes… Un matin, ils faillirent se battre à cause d'une boîte de Piškotis. De Piškotis, sérieux ! Ces biscuits jaunâtres hérités de l'époque communiste, pas chers, pas drôles, enfermés dans des paquets pas marrants. Même accompagné d'un petit carré de chocolat ukrainien – le mieux qu'on pouvait s'offrir –, chaque Piškoti laissait en bouche le goût d'un Pépito qui aurait mal tourné… D'un Pépito slave ayant connu les purges et le froid du goulag. Le Piškoti, c'est même plus un biscuit : c'est un rappel à l'ordre. S'engueuler pour ça ? Il fallait qu'on ait touché le fond. Cette vie à trois nous rendait dingues, on s'en rendait bien compte. En plein été 2032, Mitraillette annonça donc qu'il nous lâchait pour aller tenter sa chance du côté de Paris. Si ça se passait mieux là-bas, il nous contacterait. Paris ? Pourquoi Paris ? On essaya de le raisonner : les flics, la faim, y avait-il songé ? Nos bobines devaient être punaisées dans tous les commissariats de France ! Sur des affiches probablement jaunies par le temps, mais tout de même ! Et comment subsisterait-il ? Déjà qu'à trois on avait du mal ! Seul, il ne tiendrait pas dix jours ! Rien à faire, sa décision était prise. Il cracha une adresse mail au débotté : fuckmitraillette@gmail.com, pour l'heure inexistante mais qu'il créerait dès que possible. Je la consignai au dos d'un paquet de clopes, promettant qu'on créerait la nôtre au plus vite. Mitraillette soulevait déjà son baluchon.

Puis il partit. Comme ça, sans un mot gentil.

On le regarda s'éloigner clopin-clopant sur les hauteurs de la place Wenceslas. J'avais le cœur lourd ; Eyaël, à côté de moi, sanglotait en sourdine. On guettait un dernier signe, un petit geste, au moins. Mitraillette ne se retourna pas. Ou si, une fois, mais elle compte à peine : c'était juste pour nous faire un doigt. On découvrit plus tard qu'il avait embarqué les derniers Piškotis.

La suite fut pavée d'emmerdes. Notre niveau de vie reçut encore un sévère coup dans l'aile au réveillon 2032. De pauvres que nous étions, nous devînmes misérables. Allez, cadeau. Notre père Noël ? La mairie pragoise, bien décidée à s'offrir un décor de carte postale. Elle prit à cet effet toute une série de « mesures sanitaires ». D'abord, les poubelles du centre furent transformées en saloperies cadenassées. Cela signa la fin de nos repas à l'œil sur la place Wenceslas, où les touristes avinés balançaient d'ordinaire les restes de leurs sandwiches. Les bancs furent dans la foulée remplacés par des pans inclinés, essayez de roupiller là-dessus sans tomber dix fois… Enfin, mille picots métalliques fleurirent aux rebords des passages abrités, impossible de s'y asseoir ; les doux rêveurs de la mairie poussèrent le vice jusqu'à faire décorer ça par des mômes… Picots bleus, verts, jaunes, orangés, ce cauchemar antipauvres déchaîna sur nos culs toutes les couleurs de l'arc-en-ciel.

Début janvier 2033, il a fallu changer de coin.

Eyaël et moi créchons désormais sous le pont Charles, contre la bouche d'égout condamnée du canal Čertovka. Deux vrais crevards : un carton pour matelas, des hardes récupérées ici et là en guise de couvertures. La nuit, les courants d'air nous réveillent en sursaut. Quand c'est des chiens errants, on jette une pierre ou un reste de bouffe, ce qui nous tombe sous la main. Quand c'est les flics, on file sans moufter.

Bien sédentaire, notre quotidien. Spectacles gratuits de marionnettes tchèques trop chiants, billets de cinéma trop chers… Alors le soir nous restons là, sous le pont, les yeux plantés dans la Vltava. On compte les canards. On tue aussi le temps en chifoumis grisâtres. Version classique, Pierre-Feuille-Ciseaux : la Feuille couvre la Pierre, la Pierre casse les Ciseaux, les Ciseaux coupent la Feuille. On passe à la variante indonésienne, Éléphant-Homme-Fourmi ; japonaise, Serpent-Grenouille-Limace ; birmane, Général-Fusil-Électeur. Très rengaine. La version de la Ruche nous occupe un peu plus : Directeur-Vigile-Boueux-Rien-Mitraillette. Le Directeur possède le Vigile, le Vigile pourrit le Boueux, le Boueux gagne Rien, Rien effraie Mitraillette, Mitraillette emmerde le Directeur ; et pour les croisements internes : le Directeur branle Rien, Rien émeut le Vigile, le Vigile punit Mitraillette, Mitraillette vole le Boueux, et le Boueux dénonce le Directeur. Nos scores montent très haut, mille, mille cinq cents, deux mille quand on s'ennuie à mort. Ce jeu, on l'a déjà usé jusqu'à la corde.

Les vraies distractions viennent aux heures des repas. C'est dans le souvenir qu'on va les pêcher. Le thème « Mitraillette » passe en boucle, forcément. Quel caractère de cochon, sans blague ! Quel bras cassé ! On évoque ses pires gaffes. À Padoue surtout il y en a eu de glorieuses, pas vrai ? Et au Caire, dis, et à Bagdad ! On s'en remémore deux-trois bien gratinées. Le vent glacial se mêle à nos rires qui partent crever plus loin sur les eaux noires de la Vltava. On finit alors nos Piškotis en silence, larmoyants. Peut-être par nostalgie, peut-être à cause du goût. Sans doute un peu des deux. Ne reste que la morsure du froid, et l'espoir que Mitraillette ne galère pas à Paris comme nous galérons ici. Mais va, cent fois déjà nous avons cherché à le joindre via son très élégant fuckmitraillette@gmail.com. Avec majuscules, sans majuscules, en ajoutant des tirets hauts, des tirets bas… Peine perdue, l'adresse n'a jamais été activée.

« *Nous sommes désolés de vous informer que votre message n'a pas pu être remis à un ou plusieurs de ses destinataires. Ceci est un message automatique généré par le serveur mwinf5d32.gmail.com. Merci de ne pas y répondre.* »

Connaissant l'engin et son aptitude à s'attirer les ennuis, on craint le pire. Certains soirs on le devine à moitié nu dans un caniveau de la Goutte-d'Or, miséreux, décharné… D'autres soirs on l'imagine en sang dans une contre-allée de Pigalle… On chasse ces pensées-là d'un revers de main sale. Elles s'envolent, pour revenir comme de grosses mouches têtues, vrombissantes, nous hanter toute la nuit.

Dans la rue, Eyaël et moi n'accrochons plus aucun regard. Pour les humains, nous sommes à présent deux silhouettes, deux figurants de la vie. Aussitôt vus, aussitôt oubliés. Comme si on était constamment de dos, nous deux. Lointains, négligeables, de l'autre côté déjà.

Tant mieux. On s'active incognito, yeux rivés au sol où traînent les piécettes, mains agiles vers les poches des quidams étourdis. Rien de glorieux, et pas vraiment de quoi becter comme des princes… Sauf pioche miraculeuse qu'on parvient à revendre à bon prix. Car ça arrive, les miracles ! Hier après-midi, par exemple, j'ai dégotté un téléphone dernier cri dans le sac à main ouvert d'une touriste russe. *Influenceuse*, la donzelle. Traduction : relais publicitaire pour des marques de fringues ou de cosmétiques estampillées « poésie urbaine ». Une diva de l'Internet presque aussi efficace que nos Scribes, question torsion du réel. La belle était en tout cas d'humeur lyrique, pas méfiante pour un rond. Nonchalamment accoudée au parapet du pont Charles, elle chantait le ciel rougeoyant assorti à sa veste, les méandres mauves de la Vltava en parfait accord avec son blush, au loin le château baigné de lumières douceâtres… Idéal pour le compte Insta, non ? Ses deux copines en frissonnaient d'avance : *da*, mille fois *da*, les followers allaient kiffer. Elle s'est aperçue du vol au moment de prendre tout ça en photo juste à côté de ses seins. Oubliée d'un coup, la poésie. Envolé, le château, évaporée, la rivière.

— *Suka blyat ! U menya ukrali telefon !*

— *Chto ? Tvoj telefon ?*

— *Da ! Suka !*

— *Suka !*

— *Suka Blyaaaaaaat !*

« Téléfon », ça se comprend assez, « suka » signifie putain, « blyat » baiser. Même les non-russophones peuvent à présent mesurer le niveau de lyrisme.

Agenouillée soudain, poings serrés, elle a levé au ciel ses grands yeux délavés, furibards.

— *Sukaaaaaa !*

Tout cela agrémenté de mots féroces à l'endroit des Tsiganes, forcément coupables. À pendre, à démolir, tous des voleurs, tous des rats ! J'en ai profité pour récupérer le mot de passe au fond de ses pupilles dilatées… avant de me fondre dans la foule. Simple. Réjouissant, pour tout dire. Les Tsiganes qu'elle venait de conspuer, pas touche. Je les ai toujours aimés, moi. Quel que soit le lieu, quelle que soit l'époque, ils ont fait preuve d'une hospitalité sans faille. Jamais notre étrangeté ne les a dissuadés de nous offrir le couvert ou un toit pour la nuit. Ni contrôles d'identité ni questions indiscrètes. De grandes âmes, des esprits libres. Et victimes du mépris de leurs pairs, eux aussi, cibles des crachats, des coups… Bref, la diatribe de ma Popov connectée m'est restée en travers du museau. Une fois sous le pont j'ai donc pris un selfie rapide, indiquant du pouce la volée de pigeons vaguement curieux qui roucoulaient dans mon dos : « Quinze followers de plus. » À glisser en soirée sur le compte Instagram piraté. J'ai montré le cliché à Eyaël… Bien senti, non ? Souhaitait-il lui aussi prendre la pose ? Y ajouter son commentaire ? Allez, il y avait de quoi s'amuser ! Il a décliné. Ni la superficialité ni le racisme ordinaire de la donzelle ne justifiaient mon message, trop agressif à son goût. Trop agressif ? Bon, c'est Eyaël aussi, tout en nuances. Tout en finesse. Si Mitraillette avait été présent il aurait posté direct une photo de sa bite. Tant pis, restons-en aux pigeons. Publication du post, cinq Piškotis dans les gencives, un verre d'eau trouble pour éviter l'étouffement, et direction le carton. Pour une fois j'ai dormi comme une souche.

Ma nuit a été peuplée d'influenceuses en colère.

Voilà pour le topo des trois dernières années. Pas l'ombre d'une idée géniale, chaque jour un peu plus dur, beaucoup plus bas. Une bonne déchéance en pente raide… Et cette glissade nous mène jusqu'à aujourd'hui, journée historique de la Saint-Valentin 2033. J'écris « historique » pour une raison très simple : à 5 h 25 GMT, ce matin, Camille Landru a mis son texte en ligne.

Sa Preuve de l'existence de Dieu.

PIÈCE _ 12

— … de recevoir l'auteur du Mal des fleurs, *en exclusivité sur Amazon-TV ! Je me tourne vers vous, cher poète… Eh bien, chemise en soie, veston anglais, chapeau melon, montre à gousset… Sacrée prestance ! On vous dit pourtant… réservé, est-ce vrai ?*

— Plutôt.

— Réservé, voire secret ? Cachottier ? On peut aller jusque-là ?

— On peut.

— Il n'empêche : depuis quatre mois vos poèmes sont sur toutes les lèvres ! Déclamés dans les campus universitaires, aux terrasses des cafés, sur les quais du métro… Quel recueil ! Véritable ovni littéraire, numéro 1 des ventes en librairies, immense succès critique et populaire… On annonce même un troisième tirage pour la Saint-Valentin toute proche ! C'est LE cadeau du moment ! Qui aurait prédit que la poésie se vendrait si fort en ce début d'année 2033 ?… Cela vous réjouit, j'imagine ?

— Oui.

— Vous attendiez-vous à un triomphe pareil ?

— Oui et non.

— Tiens donc ! Alors racontez, cher poète, racontez ! Qu'est-ce qui explique ce raz-de-marée, ce… cet incroyable engouement des Français pour vos vers ?

— Les mots.

— … Les mots ?

— Les mots.

— Les… Je… Je vois, oui ! Le mal, les maux, les maux m-a-u-x *sous les mots* m-o-t-s *!… Car vous plongez une plume a-cé-rée dans des douleurs inouïes ! Je pense à un poème en particulier, attendez… Pendant que je retrouve la page, dites… Où allez-vous chercher une inspiration pareille ?*

— L'amour.

— … L'amour, forcément… « Oh toi que j'eusse aimée, Ô toi qui le savais ! »*, c'est votre sonnet liminaire ! Développez un peu, pour nos téléspectateurs ?*

— L'amour… La mort.

— Je vois, je vois… L'envers et l'endroit, Éros, Thanatos… Voilà, page 82, laissez-moi vous lire à voix haute… C'est l'un de mes poèmes favoris… Avec Le Joujou du pauvre, *une pure merveille… Sans compter*

L'Albatros *ou l'incroyable* Spleen, *ah ! «* J'ai plus de souvenirs que si j'avais mille ans *» !... Mais je m'égare, chère grande âme... Voici :*

Tout cela ne vaut pas le poison qui découle
De tes yeux, de tes yeux verts,
Lacs où mon âme tremble et se voit à l'envers...
Mes songes viennent en foule
Pour se désaltérer à ces gouffres amers

Et vous portez l'estocade en une strophe inouïe :

Tout cela ne vaut pas le terrible prodige
De ta salive qui mord,
Qui plonge dans l'oubli mon âme sans remords,
Et, charriant le vertige,
La roule défaillante aux rives de la mort

Ces vers me fichent la chair de poule, regardez je ne mens pas... Ce souffle, cette voix !

— La mer.

— ... C'est vrai, la mer aussi, d'ailleurs votre Invitation au voyage *est littéralement ren-ver-san-te ! J'en lirai un extrait juste après... Mais pour l'instant parlons un peu de vous... Qui se cache derrière « Chabriel Baudelaire », hein ? Tenez : est-ce un pseudonyme ?*

— Les putes.

— Pardon ?

L'amour, la mort, la mer, les putes. F'est furtout fa, mon bouquin.

— Grands dieux... L'as de... L'as de trèfle !... Jean-Phi !

— Une minute !

— Dans le salon, dépêche !

— Ça ne peut pas attendre ? Je me prépare un...

— Jean-Philippe Jaouen, tu refermes ce frigo et tu viens ici tout de suite !

— Voilà, voilà... Inutile de te fâcher, ma Cerise... Qu'est-ce que...

— « Ma Cerise », mon cul !... Regarde ! Regarde qui passe à la télé !

SESSION 12

ALLÉLUIA

PB79702497-12CD

Imaginez-nous sous le pont Charles, en cette froide matinée du 14 février 2033. Crapoteux, répugnants. Eyaël ronfle comme un sonneur. Moi, je tripote l'écran du téléphone subtilisé hier après-midi. J'enquille les pages internet au gré des suggestions automatiques. De « *Grand ménage dans les rangs du parti démocrate* » vers « *O'Cedar prend soin de vos meubles* » ; de « *Terrible sécheresse en Afrique de l'Ouest* » vers « *Coca-Cola, la vague qui rafraîchit* » ; de « *Mouvements féministes violents au Danemark, les femmes disent non !* » vers « *Poupée gonflable plus vraie que nature à 99 euros* »... Je glisse comme ça d'un article à l'autre sans discerner ce qui au fond relève de l'info, de la pub.

Il est 7 heures pile quand un pop-up anodin signale le texte de Camille Landru. Il me faut un petit moment pour réaliser... Notre théologienne de la rue Giscard ? Oui, et la nouvelle qu'on guette du coin de l'œil depuis trois ans ! Profonde inspiration, clic sur le lien. Puis je lis. Oui, je lis... et je ne pige rien. Je secoue l'épaule d'Eyaël.

— C'est en train de se passer, je crois...

— Hmm ?

— La « preuve divine »… Qu'en penses-tu ?

— Fais voir, grogne-t-il en se relevant à demi.

Lui non plus n'y comprend pas grand-chose. On les trouve certes poétiques, ces pages, mais surtout débiles… Pleines d'approximations vaseuses, de contresens… Même si le cerveau humain est loin d'être du haut de gamme, aucune chance qu'il soit séduit par ces foutaises ! Franchement, ça convaincra qui ? Deux pelés, trois tondus ? Je suis furieux. Les Scribes ont magouillé par crainte de *ça* ? Notre équipe s'est farci huit missions clandestines pour essayer d'enterrer *ça* ? La Ruche a quitté la Terre à cause de *ça* ? De ces lignes confuses qu'aucun lecteur sensé ne lira jusqu'au bout ? Eyaël s'emmitoufle dans les couches de chiffons sales.

— Oublie, Raphaël…

— Du charabia !

— Du charabia sans importance, à présent… (Il se tourne de l'autre côté.) Essaie de dormir.

Je fais défiler les pages sous mes doigts engourdis :

— Bon, entité consciente à la page 3, interventions sur Terre à la page 12, d'accord… Mais c'est un pur hasard si ces passages-là visent à peu près juste !

— … Coup de chance, ricochet…

— C'est noyé dans tellement de conneries ! Tiens, à la page 15, Camille Landru parle d'une vie après la mort !

— J'ai lu, Raphaël…

— D'un enfer !

— J'ai lu…

— Et d'un paradis !

— J'ai lu, oui… Le style est agréable…

— Mais on se fout de l'emballage ! Le fond, Eyaël, le fond !

— D'accord avec toi…

— Comment un torchon pareil a pu inquiéter à ce point le Service Prévisions, dis ? Pas une ligne de convaincante, dans ces pages !

Eyaël se pelotonne dans sa couverture de fortune.

— … Il y a toujours eu des marges d'erreur dans les… prospectives à long terme… Alors avec les humains… encore plus difficile d'anticiper ce que Camille Landru écrirait exactement… Oublie, va… Essaie de dormir un peu.

— N'empêche…

Aigri, mais curieux, j'attends les premiers commentaires d'internautes. Bon courage, Camille Landru. Ça promet d'être salé.

Je réveille mon ami un peu avant midi.

— Eyaël… Oh ! Eyaël !

— Hmm ?

— Regarde un peu…

Tweetées, retweetées, traduites en une centaine de langues, encensées ici, révérées là, au fil des heures ces pages emportent l'adhésion générale… Déjà quinze millions de clics rien que pour la version française… Un raz-de-marée mystique. « *Preuve lumineuse* », c'est l'expression qui revient en boucle, avec « *Révélation coup de poing* » et l'inévitable « *OMG !* ». Les anciens athées en ressortent chamboulés, extatiques, convaincus pour de bon de l'existence de Dieu.

— Ben merde alors…

C'est la première fois que j'entends Eyaël proférer un juron.

La Bonne Nouvelle passe ainsi de bouche à oreille tout l'après-midi, chavire les âmes, ouvre les bras, et le soir venu la planète entière célèbre en grande pompe. Le ciel pragois s'illumine des feux d'artifice lancés depuis le château. Là-dessous klaxons, confettis, dabs, embrassades… Eyaël et moi sillonnons Malá Strana. Ça danse à tous les coins de rue, aux terrasses, aux balcons. Sur l'autre berge, côté Staré Město, mêmes effusions… Partout la foule en transe chante à tue-tête, partout le vin de messe coule à flots.

Nous revenons à nos cartons un peu avant minuit, fourbus, consternés. Autant dormir… Or voici que là-haut, sur le pont Charles, des étudiantes se mettent à passer une chanson en boucle – version Leonard Cohen, version Jeff Buckley. Elles reprennent les couplets à l'unisson, portent un toast en tchèque, puis recommencent : *Halléluuuujah, Hallélu-uh-uh-jaaaaa !* Très beau texte, je dois reconnaître, mais au bout d'une heure ça devient soûlant. On enfouit la tête un peu plus profond dans nos couvertures.

I heard there was a secret chord
That David played and it pleased the Lord
But you don't really care for music, do you?[1]

— Du tout ! Tu vas la fermer, ta gueule ?

---

1. On raconte qu'il existe un accord musical secret
Que David jouait et qui plaisait à Dieu
Mais la musique, ce n'est pas vraiment ton truc, hein ? (*N.d.A.*)

Je pose plusieurs fois la question et jusque tard dans la nuit, sans résultat. Personne là-haut ne me prête la moindre attention. Trop heureux, les humains. J'irais volontiers éteindre leur sono, voire démolir deux-trois ukulélés, mais au fil des siècles j'ai vu assez d'illuminés pour m'en méfier dès qu'ils sont en meute : aucune envie de finir à poil dans la Vltava. De guerre lasse et par lâcheté, je suis l'exemple d'Eyaël, qui s'est enfoncé deux bouts de tissu dans les esgourdes. Oreille gauche, oreille droite, et j'attends que ça passe…

Hallelujah ! Hallelujah !
Hallelujah ! Hallelu-u-u-jah !

L'exaltation mystique s'éteint d'elle-même aux premières lueurs de l'aube, avec le dernier gospel du dernier gueulard. Enfin, tous ont bu leur verre de trop, vomi contre un arbre, un lampadaire ou par-dessus le pont Charles – parfois à trente centimètres de notre carton – avant de rentrer cuver au chaud… Ravis, cuits comme des loutres et sourires béats, baveux, bien aplatis sur l'oreiller du bonheur.

Sous notre pont le silence revient. *Hallelujah.*

Les humains reçoivent l'addition au sortir du lit, quelques heures plus tard, entre une toux grasse et un vertige. Ils réalisent à quel point la « Bonne Nouvelle » d'hier est partielle.

Partielle, voire *flippante.*

Le cauchemar des nouveaux croyants commence ainsi, dès mardi matin : gueule de bois, aspirine, puis maelström d'interrogations sans réponses. « Dieu existe », d'accord, mais au fait… lequel ? Celui des chrétiens ? En ce cas, le dieu jaloux de l'Ancien Testament, le dieu pépère du Nouveau ? Orthodoxie, catholicisme, protestantisme ? Ou s'agit-il d'une version divine approchante ? Celle de la Torah, plutôt, celle du Coran ? Admettons… Alors judaïsme conservateur, orthodoxe, réformé ? Islam sunnite malékite, hanafite, hanbalite, chiite zaydite, duodécimain ? Plus inquiétant : même à ne suivre qu'une école d'une seule religion, selon les versets ou les sourates on trouve des pistes bien contradictoires… Tel passage incite à verser le sang, quand tel autre suggère la clémence. Auquel se fier ? Pire : quelle traduction retenir ? Car aimer son « frère », facile, mais aimer son « prochain » c'est déjà plus demandeur… Quant à carrément aimer « autrui », voyez d'ici le boulot ! Et ça, c'est si l'on s'en tient aux trois monothéismes les plus en vogue… Pourquoi le chemin à suivre ne serait-il pas tracé par une autre confession, chamanique, shintô, hindouiste ? Faut-il même lorgner vers les dieux oubliés ? Dieux grecs, vikings, égyptiens, mayas ? Quelle routine assure une place à une forme de paradis, quelle autre envoie direct en enfer ? Concrètement, comment se comporter au quotidien, en 2033 ? *Quid* de l'alimentation, de l'argent, de la sexualité ? Quels interdits ? Et surtout, quelle marge de manœuvre vis-à-vis de ces interdits ?

En somme : quelle branche de quelle religion a misé sur le bon cheval ?

Dans la nuit du mardi au mercredi, les croyants de longue date roupillent sans peine : cette preuve concerne forcément leur divinité à *eux*, à honorer via leur culte à *eux*, comment voir les choses autrement ? Admettre qu'ils se sont peut-être plantés jusqu'ici, c'est un grand écart psychologico-mystique encore trop pénible. Même les bouddhistes, qui n'ont jamais cru en un dieu créateur, intègrent illico le concept pour le resservir à leur sauce. À ce que j'ai compris, une affaire de « Souffle originel ».

Tous ces systèmes religieux mijotent en silence quatre jours, chacun dans son coin. Partout sur la planète le moindre cul béni affûte ses couteaux. On les voit venir, ces drôles d'oiseaux aux capuches rabattues. Sur Insta, Twitter, Twinder ou Buzzifly, pour le moment ils s'en tiennent à l'émoticône d'horloge suivie d'un clin d'œil et d'un gros concombre : patience, patience… Une bonne vieille odeur de guerre sainte chatouille déjà leurs plumes frémissantes.

Quant aux anciens athées qui font leurs premiers pas sur le terrain mystique, c'est une autre musique : ils jettent de tous côtés des regards perdus. Dieu, Allah, Yahvé, Zeus, Thor, Vishnou, Pan… Quel modèle choisir ? Avec quelles options ?

Certains pays angoissent plus que d'autres. En Tchéquie, notamment, depuis une semaine c'est la panique générale. Et ça se comprend : jusqu'ici les Tchèques s'en foutaient, des religions. Cet athéisme à tous crins était même une de leurs grandes fiertés. Un exemple entre mille : en 2002, la très catholique Pologne avait pris ombrage d'une sculpture suspendue à l'entrée du passage Lucerna, au cœur de Prague : Et si vous détachiez ça ? Vraiment limite, cet immense Jésus gymnaste, biceps et abdos saillants, maintenu en croix entre deux anneaux olympiques ! Prague et Varsovie devaient bientôt signer de juteux contrats commerciaux, la Tchéquie ne ferait-elle donc pas un petit geste ? Réponse des Tchèques via télégramme diplomatique : « *Ici, le culte du corps prévaut sur tout autre culte. La statue reste.* » Comme cette histoire semble lointaine, à présent, presque irréelle… Historiquement nation la plus athée d'Europe, la Tchéquie est depuis mardi totalement croyante… Plus de temps à perdre, désormais : dans la foule compacte des divinités, les Tchèques doivent trouver d'urgence le bon sponsor pour l'au-delà.

Deux questions encore triturent les cerveaux inquiets : qu'en pense Camille Landru ? Pourquoi reste-t-elle muette sur les réseaux sociaux ? La preuve est signée de son nom, alors… Alors elle sait forcément, elle !

La nouvelle vient de tomber. Demain à 20 heures, Camille Landru sera l'invitée du « Grand Bol d'air ». L'émission parisienne sera d'ailleurs retransmise en direct sur trois cents chaînes internationales. Les flots de commentaires en ligne montrent à quel point ça les rend fiers, les Gaulois, surtout ceux de la capitale. Pensez, la France sous les projecteurs… Cocorico, alléluia, tout cela servi dans la langue de Molière ! Après la mode et la cuisine, c'est le tour de Dieu ! Paris, centre de l'univers ! Paris, Ville Lumière !

Ouais, à mon avis pas pour longtemps.

P I È C E _ 13

Échos du monde

TOUTE L'ACTUALITÉ EN LIGNE

BRÈVES

SAMEDI 19 FÉVRIER 2033

Orange TV confirme la venue de Camille Landru sur le plateau du « Grand Bol d'air »

Depuis mardi matin, la preuve divine soulève mille questions, et l'on attend beaucoup de l'émission de ce soir. À 20 h, face au sémillant Jacques Hackerman, Camille Landru passera sur le gril !
L'identité divine sera-t-elle enfin révélée ?
Camille Landru apportera-t-elle des réponses claires ?
Saura-t-elle rassurer les milliards de (...)

— Jean-Phi, lâche donc ce téléphone.

— Encore une petite seconde, ma Cerise…

— Pas à table, Loulou !

— Voilà, voilà… Je le pose.

— Et reprends des légumes… Qu'est-ce qui te tracasse ?

— L'émission de ce soir.

— Ne te fais pas de bile. Camille va leur mettre les points sur les I une bonne fois pour toutes.

— Tu as réussi à la joindre, cette semaine ?

— Non, la pauvre ne décroche plus… Elle doit être assaillie de coups de fil.

— Donc… tu ignores ce qu'elle va raconter.

— Jean-Phi, enfin ! Je connais assez Camille, on a grandi ensemble ! Il y a un dieu, un seul, il est barbu, il est blanc, et c'est le nôtre… Voilà ce qu'elle va raconter !

— On verra…
— C'est tout vu, Loulou. Reprends des légumes, je t'ai dit.
— Oui, oui…
— Je te trouve bien pâle… Il y a autre chose ?
— Rien, le boulot…
— C'est parce que ton collègue Moussa Benyazid va finir en Enfer ?
— Ne raconte pas de bêtises…
— Il va se convertir, alors ?
— Cerise…
— Je me contente de dire tout haut ce que beaucoup de gens dans la caserne suggèrent tout bas… Allons, détends-toi mon Loulou… Tu fais une de ces têtes, je te jure !
— Pas le moral.
— Aucune nouvelle de l'As de trèfle ?
— Ni téléphone ni adresse… Sa maison d'édition refuse de coopérer.
— Tu n'as qu'à perquisitionner. Moi, à ta place…
— Pour ça il faudrait une commission rogatoire, ma douce… Or la juge ne veut pas en entendre parler.
— Pourquoi ?
— Selon elle, rien ne prouve que Gustave de Castel Beaupaire soit Chabriel Baudelaire. « Similarités physiques non concluantes », voilà ce qu'elle m'a dit.
— Elle est aveugle ?
— Ben… C'est vrai aussi qu'il s'est métamorphosé, le Gustave… Nouvelle coiffure, plus de piercings, fringues soignées…
— Moi, je n'oublierai *jamais* ni sa voix, ni son visage…
— Je sais…
— Ses yeux de bête…
— Je sais, ma Cerise… Mais la juge est intraitable.
— Alors tu le laisses filer ?
— Non plus. Je vais malgré tout faire un saut aux Éditions Vaillant pour discrètement secouer le pommier…
— Voilà !
— … et voir ce qui tombe.
— Secoue, Loulou, il va forcément tomber des prunes ! Moi, je suis certaine que tes galons d'adjudant-chef feront des miracles !
— Juste « adjudant », ma douce.
— Pour le moment… Passe les menottes à l'As de trèfle, et tu verras !
— Espérons.
— Allez, viens faire un câlin à ta petite femme…

SESSION 13

UN GRAND BOL D'AIR

PB79702497-13CD

Hier soir, Camille Landru a fait sa première apparition publique. Du lourd. Ces neuf minutes d'interview ont traumatisé la planète entière.

Il me suffit de fermer les yeux pour revoir chaque étape de l'émission : deux silhouettes assises face à face, générique, un discret halo révèle progressivement le plateau. À gauche, une femme fluette d'une trentaine d'années, lunettes épaisses, tailleur strict. À droite, Jacques Hackerman, présentateur en vogue pour ses bons mots, ses larges épaules, ses crocs blancs de mâle alpha et sa solide tignasse blonde. La lumière vive jaillit des spots, applaudissements. Hackerman se lève. Il plante ses yeux bleus droit dans la caméra.

— Imaginez que vous puissiez obtenir une réponse à n'importe quelle question. Une réponse vraie, incontestable... (Il lève l'index.) Mettons que vous demandiez : « Y a-t-il quelqu'un là-haut ? » Pour celles et ceux qui vivent déconnectés ou sortent à peine du coma... Accrochez-vous ! Accrochez-vous solidement à vos sièges ou à vos lits d'hôpital, parce que depuis mardi

matin nous tenons la réponse ! Dieu existe-t-il ? Eh bien oui ! (Déchaînement des vivats dans le studio, la caméra fait un gros plan sur les traits radieux du journaliste.) Oui ! Oui ! Il existe !

Retour au plan américain.

— Une deuxième question nous brûle alors les lèvres : Très bien, mais... le dieu de quelle religion ? Pour y répondre ce soir, messieurs-dames, Camille Landru en personne ! Sous vos applaudissements !

L'ovation qui suit ne semble pas toucher la théologienne. Jacques Hackerman s'assoit, croise les jambes.

— Bonsoir, Camille.

— Bonsoir.

— Le monde entier nous regarde, vous le savez ?

La voix de l'invitée tremble légèrement :

— Oui.

— Merci encore d'avoir choisi le « Grand Bol d'air... » Je vous sens tendue, non ?

— Un peu.

— Laissez-moi vous présenter ?

— Faites.

— Née à Toulouse en... (Il consulte rapidement ses fiches.)... 1998, vous grandissez dans une famille catholique, vrai ?

— Vrai.

— Gardez-vous un bon souvenir de cette époque ?

— J'ai vécu une enfance heureuse.

— Très bien... Vous montez à Paris en 2015 pour mener des études d'astrophysique... Parallèlement, vous vous inscrivez à la Sorbonne, cursus Histoire des religions...

Camille Landru confirme d'un discret pincement des lèvres.

— Fin 2025, vous devenez enseignante-chercheuse en astrophysique... correct ?

— Correct.

— Début 2027, vous rejoignez les rangs de la prestigieuse École pratique des hautes études, que vous quittez abruptement en 2030 à cause d'une double tragédie personnelle...

Camille Landru se raidit.

— Monsieur Hackerman...

— ... Le meurtre toujours inexpliqué de votre mari écrivain, et la non moins mystérieuse tentative d'assassinat dont votre voisine est victime...

— Monsieur Hackerman...

— ... Voisine qui est aussi votre amie d'enfance...

Elle le fusille du regard.

— Nous étions d'accord avant l'émission, aucun commentaire là-dessus.

— Pardon Camille, je... je recadre... Au printemps 2030, vous démissionnez... Vous quittez Ézanville et vous rentrez à Toulouse. Vrai ?

— Oui.

— C'est dans la maison familiale que vous vous consacrez dès lors à vos travaux...

— Oui.

D'un geste théâtral poli par des années de pratique, Hackerman envoie glisser ses fiches sur la table basse :

— Oublions ce curriculum vitae... *Aux yeux de la France et du monde entier, vous êtes surtout l'autrice de la preuve divine qui enflamme les réseaux sociaux !*

— Oui.

— D'abord bravo, mille bravos, ce texte est... Comment dire... (Il lève au plafond ses larges paumes.) magistral, éclatant de vérité ! J'étais moi-même athée jusqu'à mardi midi !... Que dire ? Vos pages m'ont tout simplement happé !

La théologienne ne sourcille pas. Hackerman enchaîne :

— En fin de lecture, le choc ! Dieu était une évidence ! Il a suffi de vingt minutes ! Vingt minutes, Camille ! (Il se tourne vers le public.) Et c'est la même chose pour tout le monde ici ce soir, je me trompe ?

Hors cadre, la foule exulte. Hackerman patiente, matois. Son studio retrouve un semblant de calme.

— Certains téléspectateurs n'ont pas encore eu la chance de lire votre texte, j'en résume les deux axes majeurs ?

— Faites.

— Voici... Je parle sous votre contrôle... Un : une entité consciente a créé la vie sur Terre.

— C'est cela.

La salle frémit de chuchotements enthousiastes.

— Deux : l'entité... ou le dieu est... « rémunérateur », c'est le terme ?

— Oui.

— Expliquez « rémunérateur », je vous prie.

Camille Landru s'exécute, d'une voix monocorde :

— Un dieu rémunérateur, c'est un dieu qui récompense les « bonnes actions » et punit les « mauvaises ».

— Il y a donc un paradis !

— Et un enfer.

À peine audibles, ces derniers mots sont couverts par une salve d'alléluias survoltés. Hackerman applaudit en cadence. La caméra s'attarde sur ses traits extatiques. Il finit par sortir un mouchoir, se tapote le coin de l'œil.

— Pardonnez mon émotion... Sans plus attendre, Camille, pour le public du Studio 102 et pour les millions, que dis-je, les milliards de téléspectateurs qui nous regardent ce soir... Il s'agit du dieu de quelle religion, au juste ?

— Aucune idée.

Jacques Hackerman marque un temps d'arrêt.

— Un peu de calme dans le studio, merci... Voilà... Chère Camille, je réitère ma question : de quel dieu s'agit-il, donc ?

Et la théologienne, toujours impassible :

— Je ne sais pas.

Hackerman part d'un rire sonore. « Je ne sais pas », ben voyons ! À ce stade, il l'a par la suite expliqué, il pense encore pouvoir dénicher son os. La jeunette est intimidée, voilà tout, elle ne veut vexer personne...

— Caméras à gauche, caméras à droite, lumières de partout... Impressionnant, je comprends... Rassurez-vous, Camille, tout le monde ici vous chérit, et tout le monde vous chérira quelle que soit votre réponse... (Clin d'œil complice au public.) Réponse qu'on devine déjà, n'est-ce pas ?

Le studio parisien se met à vibrer. Plusieurs centaines de mocassins à glands martèlent le sol, leurs heureux propriétaires lâchent des hourras survoltés. La biographie rapide de la théologienne les a sacrément détendus : enfance heureuse au sein d'une famille catholique, rédaction de la Preuve dans la maison natale... À Toulouse, en plus, fief de la basilique Saint-Sernin !

Selon eux, ça ne fait pas un pli. Camille Landru est sur le point d'évoquer le Dieu du Nouveau Testament. Amour, Pardon, Paradis pour tous au coin de la rue... Une fête du slip accompagnée à l'orgue, rien de moins.

— Prenez votre temps... (Hackerman se tourne pour tonner un vibrant.) Je demande au public d'encourager notre théologienne nationale, madame Camille Laaaandru !

Les applaudissements repartent de plus belle. Hackerman se penche vers l'invitée.

— En attendant, Camille... Dites-nous... Tout le monde va-t-il au paradis ?

Elle hausse les épaules.

— Possiblement.

Hackerman s'emballe.

— Mais c'est extraordinaire !

— Vous n'écoutez pas, soupire la théologienne. J'ai dit : « possiblement ».

— Poss... Possiblement ?

— Possiblement, confirme-t-elle.

Il lui sert un regard en coin.

— Ça... Ça veut dire une chance sur deux ?

— Au mieux, une chance sur dix mille.

— Sur dix mille ?

— C'est le nombre de religions répertoriées dans le monde.

Hackerman déglutit.

— Alors, euh... pour le Paradis... Quels sont les critères de sélection ?

— Indéterminables. Même chose pour l'Enfer. (Elle plisse le bout de son nez.) Pas exclu qu'on y passe presque tous.

Les derniers applaudissements crèvent d'un coup.

— Pas... Pas exclu ?

— Exactement.

— ... Selon vous ?

— Aucune idée.

Le visage d'Hackerman vire au blanc.

— Je vois, vous... vous restez prudente... Il faut attendre le second volet de vos travaux ?

— Quoi ?

— Vous publierez ça quand ?

Elle croise les bras.

— Il n'y aura pas de second volet. J'ai fait le tour de ce qu'on peut prouver.

— Un appendice, au moins ?

— Non.

— Une édition commentée ?

— Non plus.

— Mais ce dieu... Est-il celui des juifs, des chrétiens, des musulmans, des... ?

L'agacement de la théologienne est à présent palpable.

— Vous avez déjà posé cette question, je vous fais la même réponse : aucune idée. Et ne jetez pas si vite au placard les divinités hindoues, égyptiennes, mayas, grecques... Dix mille religions, à la louche, sans compter les innombrables schismes... Pour le nombre de dieux, multipliez ça par quinze ou vingt.

— Impossible de cerner le bon ?

Camille Landru secoue la tête.

— Quiconque s'avance là-dessus nage en pleine imposture... et risque de s'en mordre les doigts.

— Une piste, au moins ?

— Du tout.

— Une intuition ?

— Non.

— Tout de même... Pour revenir à ce que vous disiez en début d'émission, Camille... Le dieu serait... euh, « rémunérateur » ?

— En effet.

— Alors, Camille... Quelles sont ces bonnes actions récompensées ? Quelles sont ces mauvaises actions punies ?

— C'est ce que je me tue à vous dire : aucune idée.

— Il doit bien y avoir une...

— Avez-vous lu mon texte, monsieur Hackerman ?

Il écarte les bras.

— Lu, relu !

— Alors vous en savez désormais tout autant que moi. Dieu existe, il y a un paradis et un enfer. Ma preuve s'arrête là.

La voix d'Hackerman grimpe dans les aigus tremblants.

— Est-ce que... (Il se frotte le menton d'une main fébrile.)... Est-ce que je peux manger du porc, ou travailler le samedi ?

Camille Landru hésite.

— ... Ça se tente.

Regain d'espoir, quelques applaudissements timides se fraient un chemin depuis le fond du studio.

— Vraiment ?

— Oui. (Elle réfléchit une seconde.) Vous prendriez un sacré risque, quand même.

— Je ne peux pas, alors ?

— Puisque je vous dis que ça se tente.

— Mais enfin, Camille ! Vous devez bien avoir un ou deux conseils sur la manière de vivre au quotidien !

— Que dalle.

Le sourire déjà fragile d'Hackerman se décompose tout à fait.

— Que... Camille...

Elle fixe à son tour la caméra. Gorge serrée, yeux humides.

— Pour moi aussi la nouvelle est un coup de massue... (Elle dégrafe son micro.) Là, foutez-moi la paix !

Et elle se lève d'un bond.

— Mais... Camille ?

— Merde !

Elle quitte le plateau en larmes. Silence de mort, bouche bée d'Hackerman. Gros plan sur la chaise vide. Le programme est interrompu sans générique de fin.

Dure à digérer, cette interview. Les culs-bénits ont vécu après ça une terrible crise de foi. Toujours croyants, certes, mais d'un coup moins exclusifs. La nouvelle leur vient comme un coup de tonnerre dans un ciel d'été : ils se sont *peut-être* trompés de clocher. Ceux-là mêmes qui depuis mardi se préparaient à la guerre sainte font à présent machine arrière. Gadoue, brouillard de guerre, aucune certitude d'avoir choisi le bon camp… Samedi soir à 20 h 09, l'idée d'une Grande Croisade a soudain perdu de son charme.

Le K.-O. technique se confirme au fil des jours. Églises, mosquées, synagogues et temples demeurent à peu près vides. Rares sont les quidams à encore oser s'aventurer là-dedans. Autant tailler le bout de gras dehors ou au café, non ? En terrain neutre ! À Prague 3, le curé dingo de l'église Saint-Prokop déchaîne en vain ses cloches dès lundi matin. Un peu plus haut, rue Mánesova, un muezzin improvisé scande le 'Adhan cinq fois par jour depuis son balcon. Il fait ça au mégaphone d'épaule à micro déporté, un truc à vriller les tympans. Le rabbin d'en dessous riposte mercredi, avec Chaharit, Min'ha et Ma'ariv sur sa sono dernier modèle aux huit enceintes multicanaux. Ces sérénades à 150 décibels ne parviennent qu'à excéder le voisinage. Il y a des jets de pierres, des invectives, des roustes, et jeudi soir tout ce petit monde finit au poste.

Les rades pragois, eux, ne désemplissent pas. Eyaël et moi y sirotons tranquille, puis sortons sans payer ; les serveurs sont trop débordés pour réagir à temps. Chaque humain vient là noyer son spleen dans les larmes des autres. Prendre une pinte, aussi, ou quinze ou vingt et atteindre enfin ce stade où l'on se fout de tout, même rien qu'une heure. Les clients enchaînent question sur bière, bière sur question : est-ce que ça vaut encore la peine d'aller bosser ? Pourquoi s'emmerder, si c'est pour finir en enfer ? Remets donc un verre, Luboš… À quoi bon prier, s'il n'y a qu'une chance infime de s'adresser au vrai Dieu ? Il existe bien *quelque chose* là-haut, sûr, mais on n'y voit rien ! Une autre tournée envahit le comptoir… À quoi bon faire des mômes dans une nuit pareille ? Pourquoi traîner dans les parages ? Va pour une petite liqueur de poire… L'esprit slave rapplique en force : eh, les gens, si on se pendait tous *maintenant* ? La corde, c'est un moyen simple de découvrir l'envers du décor, non ? Un chouia hasardeux, quand même… Énième commande vidée cul sec. Une autre poire, tiens… Laisse la bouteille, Luboš… Merde à Camille Landru ! On vivait mieux avant qu'elle l'ouvre, sa grande gueule ! Putain de Françaises ! Qu'est-ce qu'elles sont belles, mais qu'est-ce qu'elles sont chiantes ! À boire !

Jurons et sanglots échouent au fond des pintes sur les coups de 4, 5 heures du matin.

La dépression nerveuse grignote les ciboulots une semaine durant. Peu d'humains se présentent tout à fait sobres au travail. On les voit passer sur le pont, nous deux : trajectoires courbes, chutes à répétition. À l'usine comme au bureau, ça doit sentir la vinasse et la peur. Beaucoup ne vont plus bosser. Hagards, dépenaillés, téléphones portables éteints pour la première fois depuis dix ans… Ces fantômes en costards ou tailleurs fripés errent dès l'aurore dans les rues du centre-ville, puis vers midi posent mallettes et fesses sur le pavé froid ; ils y restent assis jusqu'au soir. Nez en l'air, taciturnes, perdus sous l'immensité d'un ciel indéchiffrable. Partout on croise les mêmes regards vitreux, défaits, les mêmes pupilles noircies des mêmes questions. À quoi bon se mettre debout ? À quoi bon prendre la bagnole ? À quoi bon investir, vendre, consommer ?

Le système entier semble plier les jambes et pousser là son dernier râle…

Le vendredi 25 février surprend tout le monde : soubresaut soudain de la machine libérale ! Elle vient de se redresser d'un coup. Blessée mais pugnace, pas du tout prête à calancher. En tout cas pas sans se battre.

Courriels, coups de fil, réservations d'hôtels, engrenages des presses et roulements de tambours. Ce cri d'espoir fait la une :

Bientôt une piste !

Les journaux annoncent la tenue prochaine d'un « Grand Concile Œcuménique », sans doute à Berlin. Des religieux de toutes les confessions connues ont été contactés aux quatre coins du monde, préparent déjà leurs valises, sont en route ! Même les vieux frères ennemis ont accepté de se retrouver au calme pour causer de la « preuve divine » et trouver un accord. Leur promesse est claire : en fin de session, il y aura du concret. Le concile s'exprimera d'une seule et même voix, pas d'inquiétude. Il indiquera *LA* route à suivre.

Tenez bon ! martèlent les radios, les télés.

Dans la foulée, les milliards de croyants non pratiquants saisissent cette perche tendue. Ils freinent sur la bibine et prennent leur mal en patience. Allez, retour au bureau, à l'usine… Mais d'ici le Concile, profil bas. Quelques rares obstinés restent fidèles à leur culte pré-Landru, quand la grande majorité marque gentiment ses distances. Nombre de chrétiens quittent ainsi la petite croix en or portée au cou depuis leur tendre enfance… ou la modifient. Je suis allé voir ça en ligne : les tutos préconisent une couche de vernis noir sur la branche du haut et un coup de chalumeau sur celle de gauche, de manière à la rabattre vers le bas. On obtient en dix minutes un petit F très seyant. « F » pour *Foi* en français, *Fides* en latin, *Faith* en anglais, *Fe* en espagnol.

Toujours un bel hommage au « vrai Dieu », sans non plus préciser lequel. C'est déjà moins risqué.

Exit, la Grande Croisade anticipée mardi matin. Camille Landru l'a rendue caduque en neuf minutes chrono. Dieu existe, on ignore lequel, tout est dit. Que le monde se débrouille. Honnête, la fille. Complètement à côté de la plaque, mais d'une franchise irréprochable. Elle n'a d'ailleurs plus repris la parole en public depuis son passage-éclair au « Grand Bol d'air ». « Non », « Aucune idée », « Que dalle », « Peut-être » : l'humanité s'apprête à rebâtir sur ces quatre piliers tremblants.

Eyaël et moi, on devine déjà la gueule des bâtiments.

PIÈCE_14

— Inutile de vous pencher sur mon ordinateur, adjudant, vous ne verrez rien.

— Allez, mademoiselle ! Y en a pour deux secondes !

— Et moi, je vous répète que l'information est confidentielle.

— Je pourrais au moins avoir son numéro de téléphone ?

— Désolée, adjudant, nous protégeons la vie privée de nos auteurs. Sans autorisation signée par un magistrat…

— Et ça, c'est du poulet ?

Commission rogatoire

Dans le cadre de l'information judiciaire sur l'homicide d'Ézanville (N° de dossier : 434-DFF-2030),

M. Léo Ritz, procureur de la République près le Tribunal de grande instance de Paris, autorise :

Adjudant Jean-Philippe Jaouen
S.R. de la gendarmerie d'Ézanville

À opérer une perquisition chez :

Éditions VAILLANT
15, bd Raspail
75006 Paris

Pour saisie de tout document relatif à :

M. Gustave du Castel Beaupaire
Pseudonyme : Chabriel Baudelaire
Né à Brest le 12/12/2012

Fait en ce lundi 21 jour de février de l'année 2033.

Signature du magistrat chargé de l'affaire :

— Non… À vue de nez… je dirais que c'est une commission rogatoire.

— Toute fraîche de ce matin. Et au-dessus de mon doigt, ici, vous lisez quoi ?

— Je lis que le juge… Léo Ritz… autorise une perquisition dans nos locaux.

— Exact. Allez, identité, adresse et téléphone de Chabriel Baudelaire, plus vite que ça !

— Aucun souci. Dès que votre formulaire sera valide.

— Pardon ?

— Il manque encore la signature et le cachet du magistrat.

— C'est juste un petit oubli, mademoiselle !

— Vous appelez ça « un petit oubli » ?

— Ritz était en plein coup de feu, ce matin ! Je peux repasser cet après-midi avec le document signé, hein…

— Alors repassez dans l'après-midi, adjudant, qu'est-ce que vous voulez que je vous dise… En attendant, je contacte nos avocats.

— Vos avocats ?

— J'avertis aussi notre directrice éditoriale, qui est une très bonne amie de la garde des Sceaux.

— La garde des…

— D'ailleurs, ne rangez pas si vite votre papier… J'aimerais en faire une copie.

— Pourquoi ?

— Pour être sûre des noms. Léo Ritz, c'est celui du procureur, mais le vôtre ? Je n'ai pas eu le temps de lire… Adjudant… Jouenne, Jouénot… ?

— Un truc comme ça.

— Vous refusez de décliner votre identité ?

— Laissez tomber.

— La porte est derrière vous.

— Vous protégez un criminel, mademoiselle.

Un criminel ? Le genre d'individu à soutirer illégalement des informations privées ? À intimider une petite secrétaire d'à peine vingt ans ? À bidouiller des documents officiels ?

— Il n'est pas bidouillé, mon document.

— Ah non ?

— Non… Il est juste incomplet.

— Et rédigé en police de caractère *Courier New* ?

— Ben quoi… C'est très bien, *Courier New*. Ça rappelle les machines à écrire.

— Les machines à écrire sous le gouvernement de Vichy, j'imagine ?

— Vous me traitez de facho ?

— Mais non.

— De menteur ?

— Encore moins... Cela dit, selon Wikipédia... Tenez, ici... Le juge Léo Ritz est décédé en juin dernier. Dites, entre nous... C'est peut-être pour ça qu'il a oublié de signer votre document, ce matin ?

— Je... Je ne... Ça vous fait marrer, en plus.

— Il vous fallait autre chose ?

— Les jeunes de votre génération ne respectent vraiment plus rien !

— Ne vous fâchez pas, Adjudant... Tenez... Et si je vous faisais une fleur ?

— Quel genre de fleur ?

— Un exemplaire dédicacé par Chabriel Baudelaire, ça vous intéresserait ?

— Ben...

— Vous pourriez le récupérer ici en fin d'après-midi.

— Oui... Oui, pourquoi pas.

— Attendez, je note. À quel nom, la dédicace ?

— Mettez : « Pour l'adjudant Jean-Phil... »... Nom de... petite vipère, va ! Allez vous faire...

— Vous de même. Bonne journée !

SESSION 14
RÈGLES D'OR

PB79702497-14CD

Tandis que l'humanité plonge dans l'angoisse, Eyaël et moi refaisons lentement surface… Là-haut, sur le pont Charles, les quidams débarquent chaque matin vers 6 h 30. Leurs maigres silhouettes s'y accoudent par grappes serrées, bavardes. On dirait les piafs d'une ligne haute tension perchés au-dessus de la Vltava. Ils pépient toujours une bonne heure avant de partir au boulot. Épiciers, ouvrières, hommes ou femmes d'affaires, profs, diplomates, juges, ex-taulards… Gobelets fumants en main, tous causent métaphysique, théologie, éthique… Bon Dieu qu'ils sont fortiches en arguties foireuses, un vrai régal ! Camille Landru par-ci, Concile de Berlin par-là, voilà pour les gros titres. Le reste est tissé de flashs-infos qu'on écoute en préparant le café sur notre réchaud de fortune. Ça se boit à petites gorgées.

1er mars 2033 : *Ouverture du Grand Concile Œcuménique à Berlin. Les premières délégations se présentent devant l'Axica Convention Center (arrondissement Berlin-Mitte, Pariser Platz). Une foule en* *liesse applaudit au passage des cortèges automobiles blindés :*

Délégation vaticane (8 heures)

Ayatollah Yassoudji (milieu de matinée)

Grand-rabbin sépharade (midi)

Cheikh Mohammed Fawaz (début d'après-midi)

Délégation Vishwa Hindu Parishad (milieu d'après-midi)

Grand-rabbin ashkénaze (fin d'après-midi)

Dalaï-lama (début de soirée)

Grande-pasteure européenne (minuit)

Chaque délégation remet ses téléphones portables à la loge, avant de s'engouffrer dans le tunnel qui mène au bâtiment A.

2 mars : *Berlin-Mitte autorise le public à accéder aux immenses pelouses de l'Axica (zone nord) pour désengorger les rues du quartier. Une condition : silence absolu aux abords immédiats des bâtiments.*

3 mars : *À midi, apparition surprise du pape Clément XV à la septième fenêtre du 3e étage (bât. B). Il souffle sur sa paume ouverte : ce baiser symbolique suscite clameurs et ovations de la foule. Nombreux évanouissements, énorme bousculade. 27 morts.*

4 mars, premier flash : *Déclaration officielle du Concile – hier midi, Son Éminence soufflait sur une coccinelle récupérée derrière le rideau de la salle B302. Le geste n'avait aucune valeur symbolique et n'indiquait en rien une hypothétique victoire du catholicisme sur les autres religions. Juste une coccinelle, calmez-vous.*

4 mars, deuxième flash : *Gigantesque mouvement de foule pour retrouver la coccinelle, dite « bête à Bon Dieu », au pied du bâtiment B. 218 morts.*

5 mars : *Afin d'éviter un autre drame, les pelouses de la zone nord sont à nouveau interdites au public. Circulation automobile suspendue à proximité de l'Axica, fermeture de trois stations de métro : Friedrichstraße, U Bundestag, Mohrenstraße.*

6 mars : *Cliché amateur pris au téléobjectif. Sur le toit du bâtiment G, une pasteure luthérienne, un rabbin, un imam sunnite hanbalite et une chamane heyoka font passer ce qui semble bien être un joint. Démenti officiel en soirée : c'était une bougie.*

7 mars : *Deuxième photo volée. Derrière le bâtiment J, un sâdhu de la délégation indienne embrasse une théologienne pakistanaise. Démenti officiel : ils s'étaient cognés. Précision : « De manière amicale ».*

8 mars : *Renforcement du cordon de sûreté autour de l'Axica. Les toits les plus proches sont investis par la police allemande. Sur décret parlementaire, toute publication de photos ou de vidéos non officielles sera désormais passible d'une forte contravention.*

9 mars : *Toulouse, 6 h 30 du matin. Camille Landru surgit en petite tenue sur le pas de sa porte. À bout de nerfs, elle demande un minimum de respect pour sa vie privée. Les paparazzis font amende honorable et plient bagage. Les gros plans du déshabillé noir sont disponibles en ligne dès 7 heures. Bonnet : 85 C, facile.*

10 mars : *Arrivée de trois délégations Ásatrú (norvégienne, suédoise, islandaise) à l'aéroport de Berlin-Brandenburg. Certains animaux emblématiques transportés dans la soute de l'Airbus islandais (chevaux,* *loups, corbeaux d'Odin) ont mal supporté le voyage et doivent être transportés d'urgence à la clinique vétérinaire.*

11 mars : *Arrivée d'une délégation sunnite malikite à l'aéroport de Berlin-Brandenburg. Arrivée d'une délégation shintô à l'aéroport de Berlin-Tempelhof.*

12 mars : *Faute de place, le Grand Concile Œcuménique déménage. C'est dorénavant plus à l'ouest, dans les vingt-six immenses salles du Messegelände (quartier Charlottenburg-Wilmersdorf), que se tiendront les débats.*

13 mars : *Six mollahs des délégations iranienne et turque claquent la porte du Concile.*

14 mars : *Vers 11 heures, Clément XV ouvre la fenêtre de la salle B302, la referme aussi sec.*

15 mars, premier flash : *Cinq mollahs reviennent à la table des négociations. Le sixième est souffrant. Il participe tout de même au Concile en visio depuis le spa de l'hôtel (Das Stue, Charlottenburg).*

15 mars, deuxième flash : *Rien de neuf depuis ce matin. Rien de neuf ? L'inquiétude monte, et la foule gronde sous les fenêtres du Messegelände. « Que nous cache-t-on ? On veut savoir ! »*

15 mars, troisième flash : *Dans l'après-midi, deux délégués shintô ont choisi le suicide. La nouvelle rassure tout le monde.*

16 mars : *Deux spécialistes en langues des signes (arabe classique - hébreu moderne) sont congédiés au motif de « traductions inappropriées ». Les photos de leurs majeurs tendus inondent les réseaux sociaux.*

17 mars : *France, gare de Toulouse-Matabiau. Armée d'une bouteille de vin (Merlot Château Lalaurie,*

6 € 70 HT), Camille Landru agresse un groupe de paparazzis et disparaît dans la foule. Les cinq hommes portent plainte. Deux d'entre eux exigent le remboursement des frais de pressing. Camille Landru reste introuvable.

18 mars, premier flash : *Deux loups de la délégation islandaise s'échappent de leur cage au sous-sol du bâtiment F. Ils ravagent la cuisine du premier étage (espace de repos animiste). Huit sorciers dogons tentent d'intervenir. Trois d'entre eux, mordus aux avant-bras et aux mollets, sont héliportés vers l'hôpital Charité – Universitätsmedizin (Berlin-Mitte). Leur pronostic vital n'est pas engagé.*

18 mars, deuxième flash : *Entente possible entre délégués chinois (chiites ouïghours et taoïstes de la province de Hubei). L'ayatollah Yassoudji et le grand-rabbin ashkénaze partagent un verre d'eau sur le perron du bâtiment C. La présence de glaçons fait planer le doute : vodka ?*

19 mars : *Violente altercation dans l'auditorium G12. Quinze rabbins russes et vingt chamans péruviens en viennent aux mains. Pour des raisons encore obscures, l'entière délégation grecque d'historiens des mythes se mêle à l'échauffourée.*

20 mars : *Paris, gare Montparnasse. Camille Landru sillonne les quais en état d'ivresse. Lors de son interpellation, elle chante à tue-tête « On ira tous au paradis », se débat. Elle finit par vomir sur l'uniforme de l'officier qui lui passe les menottes. Ce dernier renonce à porter plainte pour « outrage à agent », mais il demande le remboursement des frais de pressing.*

Voilà ce qui accompagne nos matinées depuis presque un mois. Cette jactance ininterrompue, j'ai proposé qu'on la baptise « *Radio-Terre* ». Eyaël a ajouté : « *La radio qui déblatère* ». Nom et slogan, on a gardé les deux. Question jingle, on s'essaie chaque matin à des bruits de bouche vulgaires – s'il était là, Mitraillette kifferait.

Spectacle audio gratuit, en somme, réveil en douceur et pitreries… Idéal pour entamer notre toute nouvelle routine.

Vers midi, au boulot ! Nous arpentons le pont Charles en secouant l'écuelle – à vot' bon cœur, m'sieurs-dames ! Il faut tapoter les épaules, sourire, insister, parfois faire barrage de nos corps pour redevenir visibles. Au mieux, certaines bourses s'entrouvrent. Au pire, on esquive mollement quelques coups de pompe très mal ajustés – les humains ont vraiment la tête ailleurs. Cet échauffement physique prend une petite demi-heure, le temps d'atteindre l'arche crénelée à l'autre bout du pont.

Vient alors le grand tour des quartiers chics. Direction Malá Strana, où chaque après-midi plusieurs villas sont reconverties en « espaces-débats ». Quel tumulte, quel brouhaha là-dedans aussi… Notre approche en dix étapes est réglée comme du papier à musique.

Étape une : accès au vestibule, échange de politesses gourmées avec le majordome – sorte de videur hors de prix qui, pour filtrer, évalue le niveau de langue plutôt que le prix des chaussures. Sa logique ? Un lexique reflète l'état d'un compte en banque… Si on parle *comme ses patrons*, c'est donc qu'on appartient au même monde. L'estampillage « bobos crados » prend moins de dix secondes. Feu vert.

Étape deux : dans le salon bondé où les esprits s'échauffent, choisir un positionnement tactique près du buffet. Lever la main, tenter quelques timides « Ne devrait-on pas… », ou « Tout bien réfléchi… ». Se laisser interrompre.

Étape trois : froncer les sourcils, ronchonner, se servir une tasse de café – deux sucres pour Eyaël, un pour moi.

Étape quatre : reposer la tasse. Lever très haut la main droite, appliquer la gauche sous le coude. Tâcher de tenir cette posture une minute encore *sans regarder la bouffe.*

Étape cinq : feindre le dépit, se rabattre sur les victuailles.

Étape six : savourer les petits fours salés tout en faisant la gueule. Mâcher lentement, rien ne presse.

Étape sept : relever la main trente secondes. Bredouiller « S'il vous pl… » ou « Puis-je avoir la par… ». Se laisser interrompre, soupirer très fort.

Étape huit : repli stratégique vers le vestibule. Tête haute, buste droit.

Étape neuf : glisser au majordome indifférent que personne n'écoute aujourd'hui, nouvelle tentative demain.

Étape dix : au coin de la rue, roter à loisir. Cheminer pépère vers la villa suivante.

Ce manège nous occupe jusqu'au soir. Radio-Terre apporte encore quelques flashs-infos tardifs, relayés par les noctambules ivres morts du pont Charles – propos rarement articulés, on peut y comprendre à peu près ce qu'on veut… Tant mieux : en général on s'endort là-dessus. Eyaël sombre toujours avant moi. Il ronfle un brin, d'abord, puis se met à marmotter en farsi : « … Merveilleux… », « … à droite, dis-tu ? », « Regarde ! » Sous ses paupières closes, frémissantes, je devine qu'il suit Ihab à travers les rues chamarrées d'un lointain bazar d'Ispahan, de Kashan ou de Tabriz… À mon tour je ferme les yeux. Le vent pragois frémit, gronde, devient ruaḥ qadīm… Et un tourbillon de sable rouge me porte sur les dunes, longtemps, jusqu'à l'abri rocheux où Maasikah fredonne.

Oui, mine de rien, notre quotidien reprend des couleurs.

Or hier après-midi, lundi 21 mars, Radio-Terre en a annoncé une bien bonne.

La « Règle d'or », vous connaissiez ? Un porte-parole du Concile l'a sortie du chapeau vers 16 heures, sous le soleil, face à trois cents micros tendus… Son annonce a fait l'effet d'une bombe à paillettes. La Règle d'or, c'est un principe de réciprocité universellement partagé. Elle revient dans toutes les pratiques religieuses, celles de l'Égypte antique ou du catholicisme new age, en passant par le taoïsme ou la mythologie gréco-romaine. En substance :

Ne fais pas à autrui ce que tu ne voudrais pas qu'on te fasse.

Eyaël et moi, ça nous a d'emblée laissés songeurs. Mystique, cette règle ? Ben voyons… Elle nous semble plutôt relever de la précaution raisonnable. Du terre-à-terre solide, une variante de :

Si tu tapes le petit frère, gare au grand.

Et transversale, par-dessus le marché ? Admettons… à condition d'avoir la mémoire sélective, quand même, parce que bon nombre de religions prêchent *également* l'attitude inverse. Tous ces « Mort aux mécréants » scandés au fil des siècles, textes à l'appui, on ne les a quand même pas rêvés…

Peu importe, pour les humains la Règle d'or arrive nimbée d'une aura sacrée. Signatures, tampons officiels, rien n'y manque. Radio-Terre en babille d'allégresse. Au moins un principe qui fasse l'unanimité parmi les religions : voilà ce qu'on cherchait, et voilà ce qu'on tient ! Puisque tous les érudits du Concile Œcuménique s'accordent sur la Règle d'or, champagne ! Enfin une piste tangible, une case sur laquelle chacun peut parier avec la certitude qu'elle rapportera gros… Dix, cent, mille fois la mise ! Freiner la violence physique, c'est donc investir dans une datcha au paradis ? Et cela, quel que soit le vrai Dieu ? D'accord… Alors adieu aux armes !

À Prague, même la mafia albanaise a reporté *sine die* les règlements de comptes inscrits au programme. Des silhouettes furtives sont venues hier soir balancer leurs pétoires par-dessus le pont Charles… Fusils d'assaut moldaves, vieux flingues soviétiques, banals 9 mm, mille calibres ont crevé jusqu'à l'aurore les eaux troubles de la Vltava. Eyaël a eu du mal à trouver le sommeil. Pour moi, une vraie berceuse… Ça faisait comme une grosse pluie d'été sur la rivière toute proche. J'ai dormi comme un loir.

Au petit matin du 22 mars, les humains gardent quand même en bouche un arrière-goût désagréable : « Autrui », c'est vague. Élastique. Le terme peut désigner l'humanité entière ou se réduire au « voisin », voire au « frère ». Et chouchouter seulement son « frère », ça laisse une jolie marge pour s'adonner à la tuerie extra-muros… Dans certaines régions du monde, les zélotes traînent la patte. Ils rechignent encore à déroger aux classiques égorgements, sous prétexte que les infidèles ne feraient pas vraiment « partie de la famille ».

Les Tchèques, heureusement, adoptent en masse le principe de précaution : tout doux. « Autrui », admettons que ça désigne tout le monde.

Le chiffre des violences directes connaît un recul historique. Pour Eyaël et moi, ça se traduit ainsi : plus aucun réveil en pleine nuit sous les beignes, plus de crachats, plus de coups de pied dans nos paillasses. On nous laisse dévisser pépère les couvercles des poubelles à cadenas. Trois agents de police s'arrêtent même un soir pour nous demander si on n'a pas trop froid, là, sous le pont. La vérité ? De sourdes inquiétudes les empêchent de dormir, vu leur métier et les coups de matraque afférents. Surtout celui du milieu, Kazimir, un sacré teigneux qui a tapé dur lors des manifs de janvier. En somme : quidams, employés municipaux, flics, tous commencent à faire gaffe. Seuls ces foutus clébards nous emmerdent encore, chipent notre nourriture ou nous mordent les pieds pendant la sieste. Pas mystique pour un sou, le chien.

Au fil des jours, on remarque aussi que notre coupelle se remplit de pièces. Les passants ont désormais tous un petit geste. Bon Dieu qu'ils cogitent… Certains « généreux contributeurs » donnent par crainte : refuser l'aumône, cela ne reviendrait-il pas à *causer* une violence ? Mince alors, voilà qui risquerait de les conduire droit en Enfer ! D'autres donnent par ambition ; pour eux, « *Ne fais pas de mal* » ouvre naturellement sur « *Fais le Bien* », voici qui devrait les mener droit au paradis ! Bref, l'argent tombe. Oh, timidement, aucun billet dans notre chapeau… mais une pièce ou deux, parfois trois d'un coup. Et ça change sacrément la donne. Plus besoin d'attendre midi pour becqueter à l'œil dans les espaces-débats… Fini, nos infâmes petits déj' avec bouts de chocolat ukrainien calés entre deux Piškotis ! On a fait hier matin notre première emplette de luxe : cinq boîtes de *vrais* Pépitos dévorés en moins d'une minute, puis vomis aussi sec sur le parvis du Tesco. Trop de sucre, trop bon, surtout trop rapide. Il va vraiment falloir qu'on réapprenne à mâcher.

Eyaël et moi ne roulons pas sur l'or, soyons clairs. Les passants donnent juste ce qu'il faut pour qu'on bouffe aujourd'hui, mais qu'on ait besoin d'eux demain. Voyez le paradoxe : si par malheur on cessait d'être victimes de violences sociales, comment pourraient-ils nous en protéger ? Ils ont besoin de nous chaque matin, fidèles au poste et ventres creux.

Apparemment ça se paie en plusieurs traites, une datcha au paradis…

N'empêche, on se remplume. Dès qu'il y a assez de pièces à nos pieds, l'un de nous deux file à l'ukrainien du coin pour rapporter une friandise. Les petits plaisirs du corps refont lentement surface. Chapeau, Tesco, Pépitos : délicieux train-train qui se prolonge en douceur.

Côté humains, ça file droit. Début avril, Radio-Terre confirme : conflits internationaux gelés par les trêves, délinquance nationale en veilleuse, étranglements domestiques ajournés. La Règle d'or régente les cerveaux comme une institutrice d'antan, poussiéreuse et pas drôle. Asseyez-vous ! On lève le doigt avant de parler ! Plus personne n'ose trop faire le con, mais tous les doigts se lèvent en effet. On les entend couiner là-haut, toute la journée sur le pont Charles ! Quel dieu, madame ? Quelle religion ? Quelle branche de quelle religion ? Est-il suffisant de retenir les mandales ? D'ailleurs, peut-on toujours éviter la violence ? On commet forcément des impairs au cours d'une vie, non ? Une baffe improvisée, un coup de boule qui part tout seul… N'y a-t-il aucun moyen de se rattraper ? En suivant, par exemple, une seconde Règle d'or ? Il doit forcément exister d'autres points communs à toutes les religions ! Allez, en cherchant bien… D'autres pistes, d'autres plans, d'autres garanties pour un au-delà confortable, nom de Dieu !

Mi-avril, leur Grand Concile Œcuménique remet donc le couvert. Cette fois ça se passe à New York :

dix jours d'arguties tout à fait prometteuses… Sans succès.

La seconde piste est défrichée ailleurs, grâce à l'obstination d'anonymes théologiens amateurs. Ni flashs ni micros. C'est en ligne que tout se dénoue, via ces milliards d'internautes soudain fascinés par les textes sacrés, les mythes. En chasse, jour après jour, écumant les versets, les sourates. Ces rats de bibliothèques virtuelles déterrent leur trésor en un rien de temps : la fameuse « Seconde Règle d'or ». Et là, suivez bien, parce qu'elle vaut le détour.

Chez les chrétiens, l'Évangile selon Saint-Marc donne le ton :

Il est plus facile à un chameau de passer par un trou d'aiguille qu'à un riche d'entrer dans le royaume des Cieux.

Depuis des siècles, les mystiques de tout poil se disputent là-dessus. Être riche, est-ce condamnable ? Jésus *possédait*-il ses sandales ? Bouddha, sa toge ? Mahomet, ses chèvres ? Ulysse, Pénélope ? Pénélope, son métier à tisser ? Pour certains, n'importe quel bien matériel empêche l'élévation de l'âme. Pour d'autres, l'enrichissement personnel ne pose absolument aucun problème éthique, ils le clament même haut et fort chaque matin, bras tendus vers le château de Prague :

God gave me my money!

Or les théologiens en herbe viennent de faire une découverte balèze : si le cursus post-mortem des riches fait débat, celui des *pauvres* met tout le monde d'accord… Aucune religion, aucun mythe ne les égratigne, eux ! Partout on les choie. Officiellement, la pauvreté est certes une injustice à réparer, pas un objectif à atteindre… Ouais, officiellement… Parce que dans les textes, « dénuement » rime quand même avec « bon plan ». C'est écrit partout, suffit de lire ! La Seconde Règle d'or prend donc officiellement forme le lundi 2 mai :

Heureux les miséreux, les portes du paradis leur sont grandes ouvertes.

L'aphorisme crée des vocations soudaines. On voit débarquer sur le pont Charles une horde de « nouveaux pauvres ». Encore plus arrogants que les nouveaux riches, ceux-là… Maison, voiture, cartes bancaires, fringues, ils abandonnent tout ça pour s'installer dehors. Oui, dehors ! Chez nous, carrément ! Haillonneux, sordides… Il faut les voir mendier la pièce, ces parvenus… Du bout de la main, du bout des lèvres, comme s'ils allaient se salir à toucher l'argent. Il faut les entendre râler quand un passant donne trop ! Et couiner, marmotter, snober autrui avec ce petit air contrit du type qui a tout perdu – un air supérieur, insupportable.

Cette concurrence déloyale nous met en rogne. Si les nouveaux pauvres persistent à rabrouer les âmes « trop charitables », on va vivre de quoi, Eyaël et moi ? On harcèle un chouia les mendiants du secteur, parfois même on confisque leurs maigres aumônes, mais ils s'en foutent… Tant qu'ils perdent de l'argent, pour eux tout va bien. Du matin au soir, nous agitons la coupelle en levant haut le carton préparé dans l'urgence :

Pauvres c*onfirmés – trois ans d'expérience*
Ici, vous pouvez donner trop

Eyaël tient le message à bout de bras une heure durant, puis c'est mon tour. On finit nos journées avec les biceps en compote. Fumiers de nouveaux pauvres…

Heureusement, ça ne dure pas. Leur enthousiasme s'essouffle au bout de quinze jours. On note alors un net retour à la normale – nombreuses paillasses inoccupées, couvertures en laine d'Écosse abandonnées sous le pont. Le modèle théorique du nouveau pauvre vient de s'écrouler sans un bruit. Pourquoi ? À cause de son versant pratique, pardi ! Nuit après nuit le vent glacial dessèche, craquelle la peau qui bientôt part en croûtes sous vos ongles noirs. Puces, punaises et tiques grouillent dans les moindres replis de vos fringues puantes. Là-dessus, la faim vient en vautour vous fouiller le ventre de son bec vorace… Rien de plus féroce, rien de plus perfide que cette bestiole invisible. Vraiment, sale déconvenue pour les nouveaux pauvres. Acheter une place au paradis, d'accord, mais vivre pour ça l'enfer sur Terre ? Non merci. Après avoir goûté une petite quinzaine aux pavés gris, à la vermine, ils vomissent d'un coup ce trop-plein de misère écœurante… Et repartent la queue basse, confus, tournant dans tous les sens la Deuxième Règle d'or : « *Heureux les miséreux* »… Ça s'ouvre comment, ce truc ? Il doit bien exister une clef, une astuce pépère qui évite de passer par la trop douloureuse case clodo !

Marrez-vous, mais pour les plus nantis, la combine en question rapplique très vite. Et juste derrière, l'idée de génie qu'Eyaël et moi attendons depuis trois ans… Terre ferme en vue ! Fin de la galère !

Forcément, il a fallu arroser ça. Je reprends une aspirine, et je vous raconte.

PIÈCE _ 15

— Attention au trottoir… On pose à trois, prêt ? Un… doucement… deux… là, contre la porte… et trois !

— C'est tout ?

— Du rapide, je vous l'avais dit. Un grand merci, jeune homme !

— Bah, pensez donc… À peine cent mètres depuis votre voiture… Et elle est plutôt légère, cette commode…

— Légère, mais fragile ! Alors avec mon épaule en vrac…

— Voulez encore qu'on la monte à l'étage ? Je suis un peu pressé, mais…

— Ne vous embêtez pas. De toute façon, c'est mon pote qui a les clefs de l'immeuble…

— Dans ce cas…

— Vous m'avez fait gagner dix bonnes minutes, c'est déjà pas mal !

— Content d'avoir rendu service…

— Tenez, pour votre peine.

— Qu'est-ce que… ?

— Un petit billet.

— Je… C'est trop !

— J'insiste.

— Non, non, vraiment… Bonne journée, m'sieur !

— Attendez, jeune homme ! Vous avez une épouse, une petite amie ?

— Une fiancée… Pourquoi ?

— Alors j'ai quelque chose dans mon sac qui pourrait… Voici ! Tout neuf, hein, jamais sorti de l'emballage.

— Joli !

— Simple, élégant. Nos clientes adorent.

— Y a écrit quoi ?

— « Adesso e sempre *». En italien ça veut dire « En cet instant et pour toujours »… Objet collector de la Saint-Valentin, je travaille chez Chanel… Et ce n'est pas seulement un cœur !*

— Ah non ?

— Non, ça s'ouvre par le milieu. Hop : clef USB dernier cri. Prenez, je vous dis, il m'en reste une caisse entière.

— Je ne sais pas trop…

— En plus, regardez, l'emballage est abîmé… On va sans doute devoir jeter.

— *Ça serait du gâchis...*
— *Alors je fous ça à la poubelle, sûr ?*
— *Non, non, donnez !*
— *Eh ben voilà... Au moins ça fera une heureuse.*
— *Et comment ! Merci, m'sieur... Je cours, hein, je suis en retard !*
— *Offrez aussi des fleurs ! Deux preuves d'amour, c'est mieux qu'une !*
— *J'y penserai, m'sieur !*

— Allô Jaouen, tu m'entends ?
— Je t'entends. Alors ?
— Le fiancé a mordu.
— T'es un chef, Mouss !
— Si tout roule, sa zouz pourrait utiliser la clef USB dès demain matin…
— Je croise les doigts… L'accès au disque dur sera direct ?
— Depuis mon poste à la caserne, oui. Et je t'ai déjà expliqué, ça donnera accès à *l'ensemble* de leur réseau : téléphonie, fichiers, mails, messageries directes…
— Aucun risque qu'ils repèrent l'intrusion ?
— C'est une maison d'édition, pas une ambassade.
— Parce qu'elle est méfiante, la fiancée, j'en ai fait les frais lundi dernier : pas de signature du juge, gna-gna, pas de cachet officiel, gna-gna…
— L'amour est myope, Jaouen. Elle verra que dalle.
— Proverbe arabe ?
— « L'amour est myope », ou « Elle verra que dalle » ?
— Quoi ?
— Rien, juste une vanne. Je te trouve fatigué, ces derniers temps…
— Nerveux.
— T'inquiète. Tu l'auras bientôt, l'adresse de ton Baudelaire.
— Trois ans que j'attends ça.
— Alors tu vas être servi. Dis, j'ai encore pas mal de taf à boucler avant midi…
— Je te retiens pas, Mouss.
— 20 heures au *Colibri* ?
— 20 heures au *Colibri*.

SESSION 15

PASSE-PASSE

PB79702497-15CD

Fin mai, Jaroslav Adamov surgit sur le pont Charles. Comment le décrire… Physiquement, rien de plus facile – carrure d'athlète, moustache anglaise, bronzage impeccable, yeux bleus. Peignez là-dessus chapeau Fedora, costard de flanelle blanche, pompes en croco, vous tenez l'image. Moralement, c'est plus délicat. Désormais persuadé de *l'existence de Dieu*, il n'en demeure pas moins convaincu de *l'existence des banques*… Entre les deux, son cœur balance. Aspirations divines, aspirations terrestres, le bonhomme gère dans l'urgence sa toute récente schizophrénie.

Je le reconnais au premier coup d'œil. Chaque fois que j'ai surfé sur un téléphone volé, je suis tombé sur une flopée d'articles *people* à son sujet. Adamov est une figure emblématique de la jet-set pragoise. Chanceux en amour comme en affaires, depuis des années il transforme en or absolument tout ce qu'il touche. Et toutes *celles*. Jugez plutôt : les statues grandeur nature de ses conquêtes féminines grimpent à quinze carats chacune, question dorures, pour un poids total avoisinant les dix-neuf tonnes. La sculpture bling-bling, c'est son classique cadeau de rupture, une bagatelle à l'aune de sa fortune et de son patrimoine immobilier – pas moins de vingt résidences rien qu'à Prague. Au printemps dernier, les tabloïds tchèques l'ont d'ailleurs couronné « Milliardaire le plus sexy de Bohème »... Adamov est le parfait exemple de l'homme à succès.

Théoriquement dans la merde, donc. La Seconde Règle d'or lui cause bien des nuits blanches.

On l'observe de loin, curieux. Le larron chemine avec méthode : arrêt devant un premier mendiant, brève conversation, carte de visite, poignée de main. Puis il passe au clodo suivant. Nouvelle conversation, nouvelle carte. Il lui faut presque une heure pour arriver jusqu'à nous deux. Dès qu'il est assez proche, on se jette sur ses pensées. Ce qu'on y lit ? Pas du tout en accord avec son faux air placide. En panique, le bonhomme. Espoirs fous et trouilles se chicanent sans relâche au fond de ses pupilles rétrécies... Ça mord, ça couine, ça cavale de partout, un vrai foutoir.

Brûler-trop chaud... Dépossession-accès... Proprio-fagot... Aiguille, chameau... P'tit coin d'paradis... Tout petit chameau, énorme aiguille... Soufre, souffrance...

On repère vite sa grosse pensée chafouine. Difficile de ne pas rire quand elle cesse finalement de gigoter. Question combine, une belle bête : Adamov cherche des types assez naïfs pour endosser à sa place le rôle du riche dans la parabole biblique. Bref, il cherche des chameaux de paille. On le laisse causer deux minutes sous la bruine. Il faut jouer l'étonnement, froncer les sourcils, s'émouvoir du baratin, se faire répéter les choses. L'arsouille nous propose d'emménager près du métro Anděl et de devenir propriétaires pendant douze mois… Tout ça gratis.

— En somme, dis-je, vous nous refilez un gîte ?

— Pas un gîte, mes braves… une villa !

— Pendant un an ?… (Je feins l'hésitation.) Et après, on se retrouve à la rue ?

— Du tout ! Contrat renouvelable ! Si tout se passe sans accroc, dans douze mois on prend les mêmes et on recommence !

— Elle ressemble à quoi, cette villa ?

Ses yeux s'illuminent d'un joli bleu Majorelle. On pêche là-dedans de splendides images, treilles, rosiers, petit bassin azur à l'abri de hauts buissons, trois bancs. Il nous décrit ça rapidement :

— La villa est au cœur de la Zone Respect. Quatre cents mètres carrés, grand parc fleuri… L'ancienne Résidence Mozart, vous voyez ?

Évidemment qu'on voit. Depuis un an, impossible pour nous d'approcher le secteur. Des panneaux « harcèlement zéro » y sont placardés partout. En clair : manche interdite. Allez mendier là-bas, les flics débarquent dans la demi-heure et vous chassent à coups de botte –bien dans le gras des fesses, hein, pour pas faire mal… Face à la bouille câline d'Adamov, on continue quand même de jouer les idiots.

— Zone Respect… Villa Mozart ? Non… Pas vraiment.

— Un bijou, mes braves ! J'ai même fait construire une annexe au bout du jardin…

— Quatre cents mètres carrés, dites-vous ? C'est un peu grand…

— Ne risque-t-on pas de s'y perdre ? grince Eyaël.

Nous lui rendons la partie facile. Adamov peut à présent abattre sa carte maîtresse.

— Justement, non… Vous deux, vous occuperez la petite annexe.

— La petite annexe ?

— Tout ce qu'il y a de plus moderne ! Un étage, trois chambres… Parfait pour deux ! Plus intime, comprenez ? Vous aurez d'ailleurs votre propre entrée par la rue Duškova.

— Qu'en sera-t-il des charges ? demande Eyaël. Eau, gaz, électricité…

— Prépayées !

Je veux encore savoir si on aura la télé.

— Évidemment, me rassure Adamov.

J'insiste :

— Accès aux plates-formes cinéma ? Vieux films, vieilles séries ?

Trois ans que je rate *Les Feux de l'amour*, je brûle secrètement de savoir ce qu'Ashley est devenue…

— Mais oui, mon brave. Abonnement Twitch-Classique, Netflix, Amazon…

Il ne ment pas. Ses images mentales montrent même un gigantesque écran plat dans un salon coquet, juste à côté d'une chambre avec un grand lit que je n'ai pas le temps de mesurer, mais ça ressemble à du King Size. Eyaël brandit sa boîte de Pépitos.

— Et en ce qui concerne la nourriture ?

Ce roublard d'Adamov a réponse à tout.

— Prise en charge ! Livraisons gratuites à votre porte. Fruits frais, boissons, vous commanderez en ligne tout ce qui vous chante…

— Fréquence ?

— À vous de voir !

On simule encore la méfiance, pour la forme.

— Et vous… Qu'est-ce que vous y gagnez ?

— Oui, qu'est-ce que…

Adamov soupire, s'accroupit.

— Mes braves… Est-il sage d'inspecter de trop près les dents d'un cheval donné ?… (Il lève sa paume gauche.) Saint-Jérôme.

— Vous nous offrez *aussi* un cheval ?

Le bonhomme réfléchit une seconde.

— J'ai bien un haras du côté de Brno… Ça vous intéresse ?

— Faut voir…

— Signalez-le à mes avocats.

— Ben… Dans ce cas…

Nous faisons durer le suspense un petit instant, avant de céder. D'accord ! On emménage ! En « Zone Respect » en plus, la classe ! On ne connaît pas, mais le nom nous plaît ! Quelle générosité ! Quel altruisme ! On ne tarit plus d'éloges, qu'il esquive à peine.

— Allons bon… J'aide mon prochain, voilà tout…

— Mais vous conservez l'usufruit de la villa, résume Eyaël.

— De *votre* villa ! Et puis vous le dites vous-mêmes : trop grande pour deux ! (Il se relève, on pue vraiment trop à son goût.) J'y serai, moi, un *invité d'honneur* !

— Seul dans un palace pareil, tellement de pièces vides… Vous allez tenir ?

Sa bobine de martyr s'allonge encore un brin.

— J'essaierai. En attendant… (Ses bras s'ouvrent.) Je donne !

— Et pour que les choses soient tout à fait claires, dis-je, vous devenez notre locataire permanent ?

— *In-vi-té* ! corrige-t-il. Pas d'histoires d'argent entre nous !

— On vous fait une sacrée fleur, du coup ?

Il valide la formule sans l'ombre d'une hésitation :

— Voilà ! Je n'aurais pas mieux dit, vous me faites *une fleur* !

Une, deux, trois secondes de préparation mentale, et on se met tous deux à chialer comme des bienheureux.

— Dieu vous bénisse !

— Vous êtes un ange !

Adamov nous retourne son sourire charmeur. On voit bien les canines, quand même :

— Allons…

Sacrée paire de neuneus, ces deux-là...

Il finit par sortir la petite carte de visite déjà refilée aux quinze autres clodos du pont.

— Voici l'adresse du cabinet.

— Du cabinet ?

— Mes avocats. Quelques documents à parapher, une formalité. Prenez, mes braves ! (Il hésite un instant.) Et n'oubliez pas de mentionner le haras. Vous savez lire et écrire, oui ?

— On sait.

— Tant mieux.

Je vois dans ses pensées la montagne de paperasses préparées par son équipe. Cinquante-sept dossiers au total, un pour chaque bâtisse sur le sol européen. Rien n'y a été laissé au hasard. Techniquement dépossédé, Adamov conservera ses points de chute habituels. Non plus « *propriétaire* », mais « *invité permanent* » partout. Il envisage d'ailleurs semblable acrobatie avec ses comptes en banque, son staff y planche. Comptes réguliers, comptes offshore, tout cela sera bientôt mis aux noms de vingt pensionnaires de l'hôpital psychiatrique Bohnice, dont il deviendra l'humble « *tuteur* ». Adamov gardera ainsi l'accès libre à sa fortune. Un coup de maître. Quant aux vingt multimillionnaires en camisole de force, aucun souci : assommés de cachetons neuroleptiques, ils seront trop occupés à se baver dessus pour chercher l'entourloupe. *Heureux, les miséreux*... Adamov remet ses gants, pas question non plus de chopper la lèpre.

— Topez là ?

Eyaël tope. Moi, je rate la paume de peu, mais il n'y a pas de deuxième essai. Le bonhomme lorgne déjà un autre duo de clochards, un peu plus loin sur notre droite.

— Que diriez-vous de poursuivre cette conversation au sec ?

— Avec vous ?

Il ajuste sa veste.

— Avec mes avocats... Au fait, vos papiers sont en règle ?

La question qui fâche, pas dit que nos faux passeports tchétchènes soient tout à fait nickels. Je croise le regard embêté d'Eyaël.

— Ben…

— Pour être francs…

Adamov coupe court à nos explications vaseuses.

— On vous fera passer chez le coiffeur, avant la photo.

— Chez le coiffeur ?

— Pour raser tout ça, annonce-t-il.

Depuis trois ans je m'y suis habitué, moi, à la barbouze et aux cheveux longs qui grattent.

— Raser, vous dites ?

— Boule à zéro.

— La barbe aussi ?

— La barbe aussi. Et chemise blanche, photo, tampon, quelques billets à la préfecture… puis le tour est joué ! On ne va pas s'embêter pour si peu, hein ?

— Ce serait ballot, convient Eyaël en me poussant du coude.

— Parfait ! se réjouit notre homme. Entre le coiffeur, les photos, les signatures, allez… ça devrait être plié en trois heures.

— Seulement ?

— Mais oui ! Et juste après ça, vous recevrez les clefs de la villa… Enfin, les clefs de l'annexe. (Il nous glisse un regard entendu.) On se comprend ?

Mille fois oui, on se comprend ! Un *in-vi-té* a le droit, lui aussi, à sa vie privée ! Nous deux, on se contentera de l'annexe et d'un petit bout de jardin, sans jamais mettre un pied dans sa grande villa… pardon, dans *notre* grande villa. Adamov lâche un rictus satisfait.

— Ne traînez pas trop. Avant midi, idéalement ?

J'examine la carte laminée.

— Rue Vítězná ?

— Numéro douze… (Il désigne l'autre bout du pont.) Remontez jusqu'à la place et prenez la première à gauche, direction Újezd.

— Jusqu'au bout ?

— Un peu avant.

— C'est tout près, alors ?

— Cinq minutes à pied ! (Il nous considère tour à tour.) Dans votre état, comptez plutôt vingt minutes… Tenez, l'agent d'accueil vous fera servir une boisson chaude, ça vous requinquera.

— Et à manger ?

— Aucun problème.

— On pourra aussi prendre une douche ?

Oh les boulets…

— Pas dans le cabinet d'avocats, non… Ce soir, quand vous serez installés chez m… chez vous ! (Ses grands yeux azur passent de l'un à l'autre.) Alors ?

Eyaël et moi saisissons en même temps l'image mentale bleutée, celle de la salle de bains au sous-sol de l'annexe. Carrelage indigo, douche à jets rotatifs, coin sauna et jacuzzi couvert d'émaux azur. On est debout dans la seconde.

Pour une surprise, c'en est une belle : la foi soudaine des humains est en train de nous sauver. Leur foi, leur peur, leur indécrottable roublardise – cette Sainte Trinité vient à nous comme une grâce, un éblouissement… Si on ignorait que toute icône religieuse est le portrait raté d'un collègue en galère, si on ignorait que cette Terre doit la vie à une lointaine tablée de Dirlos gras et gros, alcoolos de surcroît, on se mettrait sans doute à genoux devant Adamov… et bras tendus au ciel on chanterait « Dieu soit loué ! » en une centaine de langues anciennes.

On se contente de remercier la bêtise humaine. En tchèque.

Ça se dit « *Děkuji vám* ».

P I È C E _ 16

« 10 h 30 sur Radio Ézanville... La toute jeune coalition islamo-chrétienne de France appelle les librairies à retirer des étagères tout exemplaire du *Mal des fleurs* avant le lundi 11 mai, faute de quoi elle portera plainte pour "apologie de la violence", "outrage aux mœurs" et "outrage à la morale publique". De leur côté, les éditions Vaillant semblent hésiter sur la stratégie à adopter. Tôt ce matin, près de cent manifestants se pressaient devant leurs locaux du 15 bd Raspail, Paris 7e. Contactée par la rédaction, la directrice éditoriale n'a pas souhaité répondre à nos questions. Quant à Chabriel Baudelaire, il aurait discrètement déménagé cette nuit afin d'échapper à ses détract... »

— Jaouen ! Retire tes écouteurs !

— Quoi ?

— La clef transmet depuis ce matin, on a l'adresse de ton gus ! Rue Becquerel, à deux pas du Sacré-Cœur.

— Trop tard, Mouss…

— Hein ?

— Il vient de changer de planque. J'apprends tout ça à la radio, en plus. Même les pigistes locaux ont deux longueurs d'avance sur nous…

— Attends un peu avant de chouiner, y a autre chose : Chabriel Baudelaire est l'heureux propriétaire d'une toute nouvelle Tesla, modèle S ! Cadeau des Éditions Vaillant à leur poète favori. J'ai pêché la carte grise dans une pièce jointe datée du mois dernier !

— Et en quoi ça nous arrange ?

— Sérieux ? Tu ne vois toujours pas ?

— Ben non.

— Schéma du boxon : qui dit bagnole, dit plaque d'immatriculation… Tu suis ?

— Jusque-là, oui…

— Or, qui dit plaque d'immatriculation…

— … dit bagnole ?

— Mais non ! Qui dit plaque d'immatriculation… Allez, Jaouen, fais un effort, merde… Regarde-moi : Major Moussa Benyazid, tu me remets ?

— Ben oui.

— Et c'est quoi, mon taf ?

— Nom de… Vigifrance !

— Dans le mille ! Cela dit, va falloir manœuvrer dans les règles…

— Du genre ?

— Du genre « Mouss se couvre en cas d'inspection surprise »… Alors tu remplis *d'abord* une requête officielle Vigifrance pour le YO-666-DA…

— Je note !

— Puis tu ajoutes ta signature et tu imites celle du capitaine, comme d'hab'.

— YO-666-DA ?

— C'est ça… Ensuite tu me l'envoies, et alors seulement je soumets le numéro de plaque à Vigifrance. L'algorithme va nous localiser ça en un rien de temps…

— T'es une crème, Mouss !

— « T'es une crème, Mouss » ? Tu l'as préparée longtemps ?

— Deux ou trois jours.

— Ah oui, quand même…

— J'attendais le bon moment.

— T'es un vrai artiste, Jaouen… Au fait ! Juliette vient de me l'offrir, ce fameux recueil !

— Juliette, Juliette… La dingo du service Action ?

— En personne.

— Elle lit ?

— Oui.

— Et elle t'offre des poèmes ?

— Elle a même griffonné un petit mot sur la première page, vise un peu… Là : *À Moussa, en espérant que ces vers te plairont autant qu'à moi.*

— Juliette a écrit ça ?

— Avec un cœur à côté de son nom, regarde !

— Juliette la din… ? C'est pas un cœur, ça, c'est un cul.

— C'est un cœur.
— Un cul.
— Jaloux, va !
— Du tout. Je te rappelle que je suis marié… et qu'avec Cerise ça se passe très bien.
— Ouais… Visiblement, la belle Juliette kiffe les grands basanés aux yeux de biche plutôt que les petits Blancs dans ton genre…
— Tu vas le lire, ce recueil ?
— Qu'est-ce que tu crois ! Derrière mon physique de fier guerrier berbère se cache une âme sensible. Je vais même prendre des notes, comme ça le week-end prochain Juliette et moi on tiendra salon. En tout bien tout honneur, hein : café, biscuits, poésie…
— Et ?
— Et rien, ça va sans doute se finir au pieu.
— Tu m'étonnes. C'est un cul.
— Achète des lunettes, Jaouen, c'est un cœur. Bon, tu penses à la requête Vigifrance ?
— Je t'envoie ça tout de suite.
— Et 20 heures au *Colibri* ?
— 20 heures au *Colibri*.

SESSION 16
SUR LE BOUT DE LA LANGUE

PB79702497-16CD

Notre première semaine dans l'annexe Mozart ? Une ode à la glandouille. Eyaël squatte le jacuzzi du sous-sol pendant qu'un étage au-dessus je me crame les neurones aux *Feux de l'amour*. Un tiers de saison en cinq jours, je ne fais pas semblant : quatre-vingt-cinq fois quarante-deux minutes de déclarations enflammées, de coups de foudre et de torchons qui brûlent. Ashley est impériale – plus cruelle que Médée, plus sournoise que Iago, presque aussi fêlée que Mitraillette. Dès le petit-déj' dans sa luxueuse villa de Genoa City, elle ourdit, séduit, trahit, fait une courte pause à midi où elle reprend deux fois du caviar, puis elle enchaîne sur un après-midi de trahisons. Et le soir venu, verre de chardonnay en main, elle pleurniche seule au bord de sa piscine. Mais avec moi ça ne prend pas, ses larmes de crocodile ! Oh que non ! Je me surprends souvent à grommeler les mots de Mitraillette, doigt accusateur tendu vers l'écran : « Chipie des bois, va ! » Bon Dieu, comme j'aime la détester, celle-là. Si elle existait, si j'étais humain, je l'épouserais rien que pour pouvoir divorcer.

De temps à autre, Eyaël et moi on s'aventure jusqu'aux combles. On jette un œil paisible au grand chêne du jardin – des piafs ont construit leur nid presque à la cime. Pigeons ramiers selon moi, tourterelles des bois selon Eyaël. On les écoute roucouler cinq minutes, rêveurs, puis on retourne à nos horizontales flemmardes. À la moindre fringale il suffit de décrocher le téléphone : pizzas, sushis, salades, le service prépayé assure n'importe quelle livraison vingt-quatre heures sur vingt-quatre. En soirée, on se lâche aussi bien comme il faut sur le pinard. Un peu trop, même. Nos soudaines idées « géniales » ne le sont pas forcément toutes. Celle de jeudi, par exemple… Commandé à minuit, le gros carton de biscuits assortis nous est livré vers une heure du matin. On le déballe dans la cuisine en trépignant comme des gosses. Eyaël ratisse les placards tandis que je ramène deux-trois produits de la salle de bains. On fait le tri à même le sol. Bouteilles, emballages plastiques, cartons partout, un vrai chantier. Notre idée géniale ? Une « preuve » enfin digne de ce nom, issue d'un *blind* test mené avec la rigueur intellectuelle d'un Scribe, putains de Scribes. Oui, on en tient une bonne. Il faut un moment pour agencer les échantillons en lignes à peu près droites sur la grande table de la cuisine. Ça donne, de haut en bas :

Ligne Piškotis tchèques (intacts)
Ligne Spéculos moldaves (intacts)
Ligne Faworkis hongrois (brûlés)
Ligne Rogalykys ukrainiens (savonnés)
Ligne Boudoirs slovaques (ramollis à l'eau chaude)
Ligne Biscottes biélorusses (intactes)

Ligne Kolachy slovènes (frottés à l'ail)
Ligne Raspukli keksi croates (saupoudrés de lessive)
Ligne Sablés tchétchènes (intacts)
Ligne Toruńs polonais (intacts)
Ligne Pryanikis russes (vaporisés d'eau de Cologne)
Ligne Combinaisons diverses (émiettés)

Eyaël s'installe face aux biscuits, je lui bande les yeux… Et je pose le premier morceau sur le bout de sa langue tendue. Méthodique, notre expérience. Carnet en main, je coche les cases à mesure qu'il évalue de zéro à vingt son envie de gerber. On conclut cette phase avec les mélanges de la douzième ligne. Il retire le bandeau, se lève. À mon tour. Une heure encore, tout ça sans jamais oublier de picoler. On fait la synthèse des notes vers 3 heures du matin. Ça donne une belle courbe de Gauss sur un graphique sans appel : le Piškoti est *de loin* le plus dégueulasse. Satisfaits et soûls comme des cochons, on part se coucher sereins. Et vive la science, nom de Dieu.

Au petit déjeuner du lendemain, la gueule de bois est terrible. La mauvaise conscience aussi. L'état de la cuisine achève de nous plomber le moral. Je passe un rapide coup de torchon puis je balaie un chouia pendant qu'Eyaël met la table. Une fois assis, on se retrousse les manches. Fini la déconnade ! Aucune excuse, désormais ! On est nourris, logés, il *faut* rouvrir d'urgence le dossier « balise Oméga »… Quand on veut, on peut ! Du moins en théorie… Car trente millions d'euros, ça reste quand même une sacrée somme.

— Nous pourrions dévaliser une banque ?

Je garde la tête vissée sur mon bol de café.

— Oublie, Eyaël.
— Pourquoi ?
— Suicidaire.
— Nous l'avons déjà fait, proteste-t-il. À Paris, rue du Tertre…
— Avec l'appui du Service Prévisions… Rappelle-toi… Nuit d'orage, foudre, court-circuit du système d'alarme…
— C'est vrai…
— On avait débarqué pile à l'heure indiquée par les Scribes : aucun client, premier gardien perdu dans les yeux de la guichetière… Deuxième gardien retenu chez lui parce que son môme avait la grippe… Coffre grand ouvert…
— Tu as raison…
— Sans compter que la maréchaussée venait d'être déployée à cent kilomètres de là… Un braquage sur le papier, peut-être, mais dans la pratique ça ressemblait plutôt à un retrait… Tu me passes le beurre ?
— Oui, oui…
— Et puis c'était le Paris de 1917 ! En 2033, les banques sont autrement plus…
Il me tend la petite assiette de beurre.
— Si nous montions une entreprise ?
— Notre propre boîte ?
— Exactement !
— Par exemple ?
— Voilà… J'y pense depuis un moment déjà… Nous pourrions proposer des services de traduction.
— Google fait déjà le boulot, Eyaël, et pour pas un rond. (Je récupère l'assiette.) Sois gentil, passe aussi la confiture…

Eyaël lève un index catégorique.

— Google Translate propose des traductions vraiment limites, Raphaël. Et dès que tu sors des sentiers battus, c'est une vraie cata ! J'ai vérifié !

— Bon, bon… Qu'est-ce que tu suggères ?

— Je suggère qu'on se spécialise… (Il désigne les pots.) Fruits rouges ou mirabelles ?

— Mirabelles… Et on se spécialiserait comment ?

— En ciblant les langues anciennes… Araméen, hébreu antique, étéocrétois…

Ça me réveille d'un coup.

— Étéocrétois ?

— Oublie un instant l'étéocrétois… L'araméen et l'hébreu devraient intéresser les services publicitaires des grandes marques…

— Du genre ?

— Coca-Cola, Pépito, Apple…, énumère-t-il. Et Piškoti, pourquoi pas ! Nous traduirions leurs slogans…

L'esprit toujours embué, le bout du couteau tremblant, j'entame mon laborieux beurrage de biscotte.

— Je veux dire… Pourquoi ces boîtes-là voudraient-elles soudain des… des slogans en… disons araméen ?

— Langue biblique, Raphaël !

— Et donc ?

— Rends-toi compte ! Son usage au quotidien rassurerait tellement l'humanité ! (Il agite le pot de confiture.) Même chose pour l'hébreu des origines ou le grec ancien… Langues bibliques ! Quant aux langues préhelléniques, je parie qu'elles vont très vite susciter l'intérêt, elles aussi…

La biscotte se brise d'un coup sous mon couteau, saloperie de beurre pas assez mou.

— Vraiment ?

— En Europe elles sont les langues des mythes fondateurs ! Minotaure, Troie, sphinx, Toison d'or… Tout cela sent bon les dieux de l'Olympe !

J'essaie avec une autre biscotte.

— Admettons, et alors ?

— Alors, imagine l'aura des grandes marques auprès de leur clientèle : « Nos slogans sortis de la bouche des dieux ! » Et imagine surtout *notre* aura auprès de ces grandes marques !

— Corrige-moi si je me trompe… On proposerait aussi l'arabe littéraire du VIIe siècle, Coran oblige… Le tangoute et le qiang, Tao To King oblige, *et cætera* ? Les langues des textes sacrés ?

— Voilà ! L'idée te plaît ?

La deuxième biscotte se brise en morceaux sous la pointe de mon couteau.

— Moyen.

— Pourquoi ?

— Offre incomplète, dis-je en attrapant une troisième biscotte. Y a des tas de religions ou de mythes *sans* textes sacrés.

Eyaël hausse les épaules.

— Pour tout ça, ciblons la langue parlée au moment de leur apparition sur Terre… Crois-moi, de l'à-peu-près suffira !

— … Étéocrétois, donc ?

— Forcément, grimace-t-il.

— Remarque, pour les Piškotis ça irait comme un gant… Dis, la confiture ?

— Tu saisis, Raphaël ? Les humains auront l'impression qu'un dieu leur chuchote *peut-être* à l'oreille ! Et « peut-être », pour eux c'est mieux que rien ! Non ?

— Ça se défend…

— Dieux uniques, dieux de l'Olympe, dieux nordiques, égyptiens, hindous, mayas… Nous allons donner une voix à chacun des fantasmes terrestres !

— Tu crois les humains flippés à ce point ?

— C'est une vraie question ?

— Ben…

— Tu les as vus et entendus comme moi ! Des machines à trouille !

— Écoute, oui, peut-être…

Il me tend le pot, ravi.

— Traducteurs associés ?

— À voir… Pas certain que la traduction rapporte tant que ça…

— Associés, oui ou non ?

— Oui…

— Royal ! Je vais déjà démarcher quelques marques !

— Au téléphone ?

Eyaël fait non de la tête.

— Surtout pas ! À ton avis, quelle serait leur réaction si je leur annonçais de vive voix qu'on maîtrise chacune ces langues quasi perdues ? Qu'on les *maîtrise*, Raphaël ! Alors que les meilleurs spécialistes humains galèrent à aligner trois phrases de suite ?

— Je vois, ils croiraient au canular… Du coup ?

— Tout ça par mail, vingt traductions rares d'un texte choisi par mes soins. Je vais leur donner des exemples concrets du travail que nous sommes en mesure d'accomplir… Charge à eux de les soumettre sans rien dire aux érudits, et de voir si ça passe pour des originaux.

— Ce sera le cas, je me fais aucun souci là-dessus… Tu vas traduire quel texte ?

Sa voix tremble un instant.

— Celui d'une chanson qui me rappelle Ihab… Tu sais, les vagues dont tu parlais…

— Besoin d'aide ?

— Non, je m'y plonge seul… (Il se ressaisit.) La chambre libre ferait un espace de travail idéal. Plein sud, spacieuse… Il suffira de démonter le lit. Tu me donneras un coup de main pour descendre le gros bureau des combles ? Et pour mettre un petit coup de peinture, aussi, la tapisserie est vraiment laide…

Pas facile d'ouvrir le pot de confiture, je dois y aller comme une brute.

— Faut déjà… qu'on ait des clients… (Le couvercle cède enfin.) C'est les fruits rouges, ça… Tu me passes la mirabelle ?

— Conviens que l'idée est fabuleuse !

— Fabuleuse, je ne sais pas… Intéressante, à la limite…

— « Intéressante » ? Moi je te dis qu'on peut faire fortune ! Ne sous-estime pas la frousse, Raphaël ! La puissance de la divine pétoche !

— Tentons le coup, alors…

Je me penche pour attraper l'autre pot de confiture.

Eyaël se frotte les mains, rêveur.

— Et si les collègues peuvent s'y mettre avec nous, imagine ! Jackpot assuré ! Balise Oméga, Raphaël ! Retour à la Maison-Mère… Enfin affranchis, tu te rends compte ?

Je marque une pause. Tiens, justement, en parlant des autres Boueux… Comment les localiser ? La rue, on a essayé du temps de Mitraillette, ça ne marche pas.

— Une campagne publicitaire, peut-être…, suggère Eyaël.

L'idée ne m'enchante guère.

— Pas sûr que ça fonctionne…

— Cette fois sur des affiches géantes, Raphaël… Du sumérien plein les yeux !

Mission beurre-confiture accomplie, je trempe ma biscotte intacte dans le bol de café. Une campagne à grande échelle, oui, pourquoi pas… L'idée n'est ni mauvaise, ni gratuite malheureusement. Enfin, pour être franc, dur d'y voir clair avec cette fichue gueule de bois. Eyaël comprend, c'est une crème.

— Tu préfères en reparler ce soir ? Ou demain ?

J'ouvre une bouche vorace, ratant de peu la moitié de biscotte ramollie qui tombe d'un bloc dans mon bol de café.

— S'il te plaît.

— On a de l'aspirine, tu sais… (Il désigne le buffet.) Tiroir de gauche.

On finit le petit déjeuner en silence. Nos bols restent sur la table, on verra plus tard pour la vaisselle. Et rebelote : je me vautre dans une série de siestes à rallonge parmi les cartons de pizzas, les emballages de biscuits et les dialogues des *Feux de l'amour*.

— Come on, Kim! *Vous aurez toute la semaine pour bronzer.*

— *J'y compte bien.*

— *Venez, vous dis-je... L'eau est tellement bonne !*

— *Vraiment ?*

— *En tout cas, moi j'y retourne !*

— *J'envie votre énergie, Ashley... Votre énergie... et votre silhouette de rêve...*

— *Taisez-vous donc !*

— *Seulement si vous me donnez votre secret.*

— *Mon secret ?*

— *Oui... Un corps pareil...*

— *Le sport, mon amie, le sport ! Vous venez ?*

— *J'arrive !*

Mine de rien, la scène me laisse songeur…

PIÈCE_17

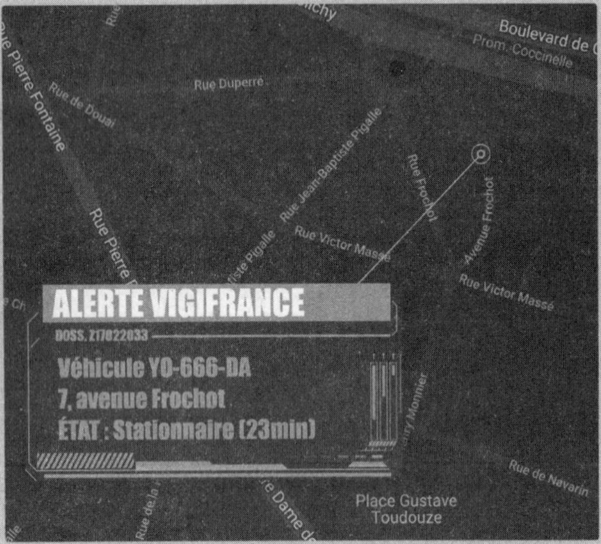

— Approche, Jaouen… Approche et admire.

— YO-666-DA… La Tesla de… ?

— Gustave du Castel Beaupaire, alias « Shamil Zelimkhanov » sur son faux passeport tchétchène fabriqué à Prague, alias « Chabriel Baudelaire » dans les fichiers des Éditions Vaillant.

— L'info est solide ?

— Du béton. Véhicule en stationnement repéré y a vingt-huit minutes. Coincé, l'oiseau… « *Exilé sur le sol au milieu des huées, Ses ailes de géant l'empêchent de marcher.* » Majestueux, non ?

— Pas mal.

— Et signé Chabriel Baudelaire, mon pote ! Ce sont les derniers vers de *L'Albatros*. D'habitude la poésie ne me fait ni chaud ni froid, mais là… J'ai passé la nuit sur le bouquin !

— Sérieux ?

— Jaouen, je te jure, prends n'importe lequel de ses poèmes : une tornade…

— Ouais… Surtout utile pour coincer Juliette, j'ai l'impression.

— Pas uniquement. Ces poèmes-là, Jaouen, c'est… C'est autre chose.

— C'est-à-dire ?

— Comme si jusqu'ici… Comme s'ils avaient *manqué*, je ne sais pas l'expliquer autrement…

— Ils sont bons à ce point ?

— Fabuleux, *wallah* ! En plus, certains évoquent le pays de mes parents…

— Faut arrêter de voir l'Algérie partout, Mouss.

— J'invente rien ! Prends *Spleen*, par exemple : « *Tu n'es plus qu'un granit entouré d'une vague épouvante, assoupi dans le fond d'un Sahara brum…* »

— Connais pas. L'avenue Frochot est une voie privée, je me trompe ?

— T'es pas d'humeur causante, toi…

— Pas vraiment. Alors, l'avenue Frochot ? Voie privée ?

— Exact. Un petit paradis vert au cœur de Pigalle.

— Il ne s'emmerde pas, le salaud. Aucun respect pour la Seconde Règle d'or.

— « *Là, tout n'est qu'ordre et beauté, luxe, calme et volupté* »…

— Taser, lacrymo, pinces… Équipement non létal, donc conforme à la Règle d'or numéro un. Je suis prêt.

— T'as vraiment un cœur de pierre, Jaouen.

— Tu m'accompagnes, oui ou non ?

— Évidemment ! Je compte bien faire dédicacer mon exemplaire… Quand la belle Juliette verra ça… Signé de la main de Chabriel Baudelaire en personne… De l'amour, rien que de l'amour !

— Allez, Mouss. On fonce.

— « *Et je plongerai ma tête amoureuse d'ivresse, dans ce noir océan où l'autre est enfermé* »…

— Mouss !

— Quoi ?

— Taser, lacrymo, pinces ! On y va, là !

SESSION 17
MARTINGALES

PB79702497-17CD

La cuite monumentale de jeudi a sérieusement chamboulé nos plans. Mon corps, ça va à moitié, mais celui d'Eyaël est perclus de douleurs, de migraines. On doit se résoudre à passer une semaine supplémentaire de repos. Sans alcool, cette fois. Je coule donc des jours taiseux devant l'écran géant du rez-de-chaussée, chips, bouteille de lait et télécommande à portée de main. Eyaël n'est jamais très loin : soit il ronfle à l'étage, soit il barbote dans le jacuzzi. Vers midi puis en début de soirée, il vient s'écraser sur le sofa pour regarder avec moi les infos. On ne raterait ce cirque-là pour rien au monde. Les nations sont en train de se réinventer en douce sous nos yeux médusés – Coalition islamo-chrétienne (IC) en France, Hindi islamique au Pakistan (HI), Shintô-bouddhiste au Japon (SB), et ainsi de suite. Fatalement, ça construit de partout… Mini-pyramides en Égypte, statues d'Asgard chez les Scandinaves, temples olympiens sur le littoral grec. Chaque pays se maquille en fonction de son propre paysage politico-religieux, de son histoire. Tout cela en accord avec les deux Règles d'or : symboles de paix omniprésents (colombes, cœurs, branches d'olivier) et signes ostentatoires de pauvreté (fenêtres cassées des temples, sandales usées aux pieds des statues). Au flash-info du mardi midi, l'interview d'une architecte égyptienne nous laisse pantois... Face caméra, elle explique tranquillou que la construction d'une pyramide est *par essence* symbole de restriction budgétaire, donc de pauvreté – dix mille pierres utilisées le premier jour, puis huit mille, sept mille... jusqu'à l'unique pierre du sommet qui vient sceller une ode au manque de moyens.

L'actualité se transforme en feuilleton. Décors exotiques, personnages improbables, dialogues inouïs et coups de théâtre... Le tout servi à un rythme terriblement addictif, impossible de décoller les yeux de l'écran. Résultat, au bout d'une semaine : vingt-cinq bouteilles de lait et quarante-deux paquets de chips pour moi ; presque soixante-quinze heures de ronflette pour Eyaël, dont dix dans le jacuzzi.

Bien agréable, cette semaine-là... Bien agréable, mais peu hygiénique, je mets ça sur le tapis dès le samedi suivant. Avec une routine pareille, nous claquerons d'un arrêt cardio-vasculaire avant d'avoir acheté le premier fusible de la balise Oméga. Eyaël surtout doit faire gaffe : son corps fragile requiert un minimum d'entretien.

— Je ne suis pas vieux, regimbe-t-il.

— T'es pas tout jeune non plus.

— Et donc ?

L'espace d'une seconde, je revois Kim en maillot de bain, penchée sur le plongeoir de sa piscine – saison 28, épisode 2 des *Feux de l'amour.*

— Le sport, mon ami, le sport !

Eyaël, lui, est moins branché septième art. On dirait même que ça l'emmerde.

— Les sessions de jacuzzi me font déjà beaucoup de bien, Raphaël… Le sauna aussi.

Il se met à mouliner des bras pour montrer à quel point il respire mieux depuis huit jours.

Moi, je persiste à croire que ça ne suffit pas : il est grand temps de se refaire une santé.

— Sans non plus jouer les triathlètes, hein ? s'inquiète-t-il.

— Du tout…

J'accroche au mur le plan de Prague dégotté ce matin dans le foutoir du grenier. Je pose là-dessus un œil militaire, voyons voir… Un parcours s'ouvre au nord jusqu'aux hauteurs de la colline Petřín ; on pourra même sprinter dans la descente ! Six ridicules kilomètres allerretour, du gâteau ! Prêt ? Eyaël approuve mollement.

— Tu me laisses au moins finir mon café ?

— Mais oui, on n'est pas à l'armée.

— Si tu le dis…

Vingt minutes plus tard, nous inspectons les armoires des trois chambres. Elles fourmillent d'équipements en tous genres, ceintures banane, débardeurs estampillés « Marathon de Prague 2028 », shorts, baskets dernier cri. Eyaël découvre même casquettes et Ray-Ban au fond d'une malle. Ça nous donne fière allure, sérieux. Deux légionnaires des temps modernes… On s'admire une dernière fois dans le miroir de l'entrée puis j'ouvre la porte, un brin solennel.

— Après toi ! Le sport, mon ami, le…

Eyaël passe en trombe sous mon bras tendu. J'ouvre des yeux ronds tandis qu'il dévale la petite pente du jardin. La vache, c'est vrai qu'il est rapide. J'avais oublié ça…

— Je t'attends ou pas ? hurle-t-il en franchissant le portail.

Il disparaît déjà derrière la haie en se marrant comme un bossu. À nous deux, Quasimodo… Je referme et me lance à sa poursuite.

Laborieux, j'avoue. Ces trois années de jachère sous le pont ont salement changé la donne. Même mon corps a du mal à tenir le coup. Eyaël, n'en parlons pas, ça l'esquinte tant qu'on doit conclure la virée en tram. Nous voici de retour face au plan de la cuisine, en nage, fourbus. Voyons voir… Le parcours sud semble moins violent, quand même… Oui, plus raisonnable. Si on retient ce tracé, la ligne d'arrivée devrait correspondre au seuil de la hospoda[1] locale. Ça nous fera sortir, au moins, et l'on pourra s'y offrir un plat bien mérité après l'effort. « Repos du guerrier », « repas du guerrier », kif-kif… Toujours étendu sur le carrelage, Eyaël acquiesce d'une voix éteinte – va pour le parcours sud. Seul pépin : ces virées quotidiennes au resto ne seront pas gratuites. Nous sommes officiellement propriétaires d'une villa, certes, mais toujours sans le sou. Je mets donc en ligne les photos de trois ou quatre vieilleries du grenier, que des larrons empressés viennent embarquer dans l'après-midi… Je sonde par curiosité les pensées du dernier acheteur, un antiquaire de Prague 8 qui joue les néophytes et fait son possible pour imiter l'accent

1. Brasserie tchèque. (*N.d.A.*)

américain : notre horloge vaut plusieurs fois le prix fixé. Tant pis, les billets tendus suffisent amplement à financer notre petit programme de remise en forme.

Eyaël passe le dimanche après-midi sur ses vingt traductions, qu'il envoie en soirée à une flopée de multinationales… Patience. Ça mordra, ou pas. En attendant, place au sport ! On se plie à l'exercice dès le lundi matin : séance d'étirements, trois tours complets du grand jardin, remontée au trot de la rue Duškova, dix flexions sous l'enseigne « *Kafka má koně* », et bonjour patronne, deux jus d'orange s'il vous plaît.

L'endroit nous séduit d'emblée… Ici, les classes sociales se côtoient sans manières, les conversations mijotent à l'aise, les plats sont mitonnés avec amour… Ici, personne n'enquiquine ceux qui font verre à part. Ici, on respire. Un deuxième chez-nous, en somme, sans piège télé ni malbouffe. Autant dire qu'on revient dès le lendemain.

Nous prenons nos habitudes à la table unique de l'étage, juste à côté d'une grande fenêtre qui donne sur notre annexe, à cent mètres. De là-haut, on jouit aussi d'une vue imprenable sur les deux salles. La taulière nous laisse y traîner des plombes depuis notre incursion dans ses souvenirs d'enfance. On l'a apprivoisée en silésien, langue de feu son père… Nos échanges lui remontent chaque fois des souvenirs poignants : sortie d'école, la cloche vient de sonner, elle se jette avec bonheur dans les bras de papa… C'est surtout Eyaël qu'elle bichonne, à cause d'une vague ressemblance, mais elle m'aime bien aussi. Dès qu'on entre, elle salue ses « deux p'tits lièvres », je renvoie un compliment fleuri et on discute cinq minutes avant de récupérer nos jus… Ça crée toujours un beau moment.

Cerise sur le gâteau : au *Kafka*, les palabres sont encore plus jouissifs que sur le Pont-Charles. On n'aurait pu rêver meilleur poste d'observation. Dans les deux salles et au comptoir, tout le monde cause « preuve divine ». Comment s'organiser au quotidien ? Du matin au soir défilent arguments, contre-arguments, menaces de torgnoles aussitôt suivies d'une tournée générale pour se faire pardonner, Première Règle d'or oblige.

Eyaël remarque vite une chose… Les habitués des courses de chevaux dominent les débats. Surtout là-bas, au comptoir. Normal, les ficelles du problème ne leur sont pas tout à fait inconnues. Elles se traduisent même facilement en termes hippiques, ce que fait volontiers le grand Vítek à longueur de journée. En bref : parcours semé d'embûches, de type *steeple-chase* ; côté jockeys, pas mal de dignitaires religieux aux discours légers, prometteurs ; côté divinités, quelques canassons en surpoids à dix contre un, mais une bonne trentaine de champions donnés favoris par les bookmakers mystiques. Pour couronner le tout, une place unique à l'arrivée… Une seule vraie question, alors, côté parieurs : comment maximiser les chances de gains dans cette gigantesque course divine ?

Quand on débarque au petit matin du mercredi, une première martingale mystique circule déjà entre les pintes. Elle suggère une tranche horaire pour chaque dieu. Toutes sortes de grilles sont tracées sur les ronds à bières du *Kafka*. Vítek, en sa qualité de plus ancien parieur du bar, propose même un emploi du temps type :

Lundi, dieu chrétien, picole autorisée. Mardi, dieu musulman, abstinence, mais on peut y aller franco sur les sucreries… Mercredi, dieu juif – c'est moins chaud que vendredi-samedi. Jeudi, bouddhisme, on en profite pour passer chez le coiffeur. Vendredi, dieux vikings, possible de distribuer quelques claques *dans un cadre sportif*. Samedi, dieux de l'Olympe, ça s'arrose. Dimanche, dieux égyptiens, à cause des chats et tout on peut faire la grasse mat'…

Cette martingale n'enthousiasme pas grand monde. Trop de divinités sont laissées de côté… Il va falloir resserrer tout ça. Ce filou de Vítek revient au front dès le lendemain :

— Lundi matin, dieu chrétien ; sur le coup de midi, Anubis, Bastet et sa bande d'animaux des bois ; après-midi, dieux grecs, on peut picoler ; forces chamaniques en soirée, fumette. Mardi matin, Gaia ; Thor et Odin à la pause-déjeuner…

Les clients du *Kafka* ronchonnent : ça donnerait des emplois du temps de malade ! Comment suivre tant de confessions ? Impraticable, une martingale pareille, trop chronophage… De surcroît maladroite, remarque un client slovaque : à miser sur *chaque* grande religion, en fin de course on aura forcément consacré la majeure partie des jetons aux divinités perdantes ! C'est mathématique ! Et le Vrai-Dieu ne prendra-t-il pas ombrage de s'être vu attribuer un cinq à sept riquiqui en milieu de semaine ? Touché. Même les amateurs de paris risqués décrochent. À terme, l'accueil du dieu gagnant promet d'être glacial. Ou brûlant. Désagréable, en tout cas.

Les habitués replongent le nez dans leur verre pour picoler avec application.

Vendredi midi, l'obstination tchèque est enfin payante. Une nouvelle martingale vient de voir le jour. Elle arrive tout droit des casinos de Genève. Bien plus commode, celle-là. Optimale, en fait. Au *Kafka*, c'est encore Vítek qui résume l'astuce. Plusieurs religions revendiquent un dieu unique ? Alors commençons par admettre qu'il puisse exister plusieurs « dieu unique ». Ça bouscule un peu les habitudes logiques et la grammaire, cette histoire de *multiples* dieux qui seraient *le seul* à exister, certes… Mais on innove, là ! Une pâte souple, voilà pour la recette de base. La touche habile consiste à y ajouter un ingrédient extrareligieux… Un petit plus qui a fait ses preuves dans les moments les plus sombres de l'Histoire européenne : la neutralité suisse. Concrètement ? Cela revient à célébrer toutes ces divinités *de loin*. À ne jamais prendre parti pour l'une ou l'autre.

— En clair ? interroge la cliente de la table juste en dessous. Parce que moi, j'y comprends rien…

— Eh bien, hésite Vítek, on opte plutôt pour un… un « package mystique ».

Elle plisse le nez.

— J'ai dit « en clair », pas « en anglais »…

— Tu ne fréquentes aucune église, Masha ! Aucun temple, aucune mosquée… Tu te souviens du confinement 2020-2024 ?

— Oui.

— Là c'est pareil… (Il se tapote la tempe.) Tu restes chez toi !

— Et tu es ici chez toi ! souligne la patronne en caressant le zinc.

— Alors tu ne préconises plus de prier chaque jour une divinité différente ? s'enquiert Eyaël, qui s'amuse beaucoup depuis une semaine.

Vítek lève la tête vers l'étage.

— Surtout pas, malheureux ! Aucune prière ciblée ! (Il revient à la foule du rez-de-chaussée.) On ne change quasi rien à notre routine, messieurs-dames ! C'est la routine qui nous change !

— Justement…, glapit le Tchèque malingre aux faux airs de Constantin Ier. Question routine… On fait comment pour la picole ? Parce que c'est interdit dans beaucoup de religions…

— Mais accepté dans d'autres ! proteste la patronne. Regarde l'Ancien Testament, par exemple… La première chose qu'a faite Noé juste après le déluge, c'est quand même de planter une vigne !

— N'importe quoi !

— Sur le mont Loubar, même !

Vítek agite les mains.

— Pour la picole, Honza, tu mets de l'eau dans ton vin.

— De l'eau dans mon vin ?

— Oui, tu mets de l'eau dans ton vin, au sens propre. De cette manière tu ne craches à la gueule d'aucune divinité… Tu montres même que la picole, *c'est pas vraiment ton truc*… (Mouvement de menton vers la patronne.) Zuzana, tu n'as rien contre ?

Elle se fend d'un petit signe de tête. Ça passe, s'il faut elle est même prête à baisser un chouia ses tarifs. Une voix fluette jaillit du fond du bar :

— Et le sauciflard, les saucisses, les boudins ? Ça aussi, certaines religions l'interdisent…

— Tu le manges, ton cochon… (Vítek brandit l'index.) Mais en faisant la grimace ! Pareil, *c'est pas vraiment ton truc* !

— Et l'agneau cuit dans le lait de sa mère ?

— Là, tu évites.

— Et le shabbat, on le respecte ?

— Oui, hors culte : on glande dès qu'on peut glander, pas uniquement le samedi.

— Et le ramadan ?

— À notre sauce aussi, tout au long de l'année pendant la sieste.

— Et pour la Deuxième Règle d'or, demande l'Albanais du comptoir. « Heureux les miséreux », *et cætera*… On fait comment ?

Vítek jette un regard à la cantonade.

— Personne ici n'est à la rue, c'est vrai… Mais regardez-nous… On est loin d'être riches… (Il se tourne vers l'Albanais.) Même toi tu galères sur le plan financier, maintenant que tu n'as plus personne à buter… Vrai ou faux ?

— C'est le bruit qui court…

— Du coup, reprend Vítek, on ne vient pas loin derrière les « miséreux »… Il faudra juste un peu forcer pour passer par le trou de l'aiguille… Mais tant qu'on ne roule pas sur l'or, ça devrait être faisable…

La salle entière murmure, intéressée. Zuzana pose son torchon. Elle s'avance sous la ligne de pintes.

— Développe encore un peu ?

— Il faut rester *à peu près* dans le coup, martèle Vítek. Aucun de nous ne va essayer de devenir une sainte ou un saint ! Trop dur, trop risqué ! Non, on suit *grosso modo* les deux Règles d'or, c'est déjà pas mal. Sans faire non plus trop de zèle là-dessus… La grande idée, en fait, c'est une toute petite idée !

L'Albanais finit son café d'un trait.

— Alors au juste… C'est quoi, Vítek, la grande petite idée ?

— La grande petite idée, triomphe Vítek, c'est de ne pas se spécialiser. Têtes basses, épaules basses ! Restons moyens en tout, messieurs-dames : ni vraiment violents, ni vraiment riches, ni vraiment impliqués dans une religion spécifique. Discrets, quoi ! (Il sert à la ronde son beau sourire de filou.) La grande idée, c'est de passer de *justesse* au paradis. Pas avec les honneurs, non, mais simplement de passer !

— Pour revenir à cette histoire d'alcool… Il y a déjà de l'eau dans la bière, non ? fait remarquer un client du comptoir en tendant sa chope vide.

Zuzana confirme, plein d'eau dans la bière ! Techniquement, plein d'eau aussi dans le vin ou dans n'importe quelle autre boisson servie au *Kafka* :

— H_2O, ça s'appelle ! C'est toléré partout, ça !

Et pour lever le moindre doute, elle offre sa tournée.

Même Moraves et Pragois acceptent de trinquer ensemble, beau présage d'un succès national.

Les infos du week-end viennent confirmer tout ça. En Tchéquie, la « formule suisse » ravit à peu près tout le monde. Et sur le plan théorique, à la fin du mois le gouvernement retient officiellement les Deux Règles d'or un chouïa remaniées :

Évite de faire du mal

N'accumule pas trop les richesses

Suivies d'une troisième :
Geste barrière : respecte Dieu(x) en gardant tes distances

Voilà pour les grandes lignes de la nouvelle religion tchèque. Plusieurs dieux uniques, neutralité suisse, saupoudrage moral. Question liturgie, rien de plus simple… Chaque soir à 20 heures tapantes, se mettre à la fenêtre ou au balcon pour applaudir. Les claquements de mains monteront tout seuls au ciel, où ils sauront bien trouver le destinataire adéquat. Cette nouvelle religion d'État porte un joli nom : le *polymonothéisme*.

À part en Slovaquie, où la *Voie tchèque* est *illico* adoptée, le polymonothéisme suscite au mieux des haussements d'épaules. La majorité des nations européennes se contentent de prendre acte, indifférentes. Vingt millions d'habitants au total en Tchéquie et Slovaquie ? Allez, quantité négligeable ! Seule la France se déclare « préoccupée » par le programme religieux tchèque, qu'elle juge « inapproprié ». Il faut dire que là-bas, les événements viennent encore de prendre un tour inattendu… Le pays de Voltaire mise à présent son va-tout sur les trois religions du Livre, au détriment de toutes les autres. Les instances juives ont rejoint hier la coalition islamo-chrétienne. Ces vieux frères ennemis avancent dorénavant main dans la main, fiers membres du tout nouveau – et très puissant – « JIC » : judaïsme, islam et christianisme. Les fondations de leur nouveau lieu de culte parisien sont coulées en plein cœur du Marais : la fameuse Grande Cabane, tout à la fois église, mosquée et synagogue. Aucune icône, aucun meuble, aucune musique là-dedans. La Grande Cabane, c'est une gigantesque dalle recouverte de terre battue, quatre hauts murs en bois d'olivier, et un toit percé qui laisse passer la lumière du jour. Pas d'office. En entrant, les fidèles retirent leurs chaussures, longent les quatre murs et ressortent par l'unique porte. L'idée, c'est de « faire le tour » : une fois qu'on a ainsi rendu hommage aux trois religions du livre, eh bien oui… on a « fait le tour » de ce qui existe. Ce concept tout con est appuyé par une campagne médiatique hors de prix… Les émules ne tardent pas : Espagne, Portugal, Italie et Allemagne sont sur le point de reconnaître officiellement le JIC. La nouvelle profession de foi : « Il n'y a qu'un dieu, et c'est grosso modo celui du Livre ». « Grosso modo », je n'invente rien… On croirait entendre les anguilles de notre Service juridique…

Bref, un peu partout dans le monde, les croyances passent rapidos sous le bistouri local. Officiellement, tout va pour le mieux : chaque nation rassemble une poignée de divinités choisies dans un souci « fédérateur ». Et ces nouvelles super-religions se regardent déjà en chiens de faïence. Il ne faut pas trois semaines pour que mes craintes se confirment.

Winter is coming

titre en juin le journal officiel du JIC français, avant de lâcher quelques vannes sur « le délire viking ». La Norvège, l'Islande, la Suède et la Finlande se déclarent « amusées » par ce qu'elles appellent « une pitrerie délicieuse et typiquement française ». Tout ce temps, plus au sud, la Grèce ressuscite en chantant ses dieux de l'Olympe. De l'autre côté de la Méditerranée, les Égyptiens se lâchent aussi : leur mégapyramide sera-t-elle construite *en face* ou *sur* la grande mosquée du Caire ?

Pour le moment ça plaisante, ça se moque ou ça rit jaune… « Ambiance bon enfant », ressasse Radio-Terre. Les commentaires pleins de fautes qu'on lit sur Internet racontent pourtant une autre histoire. Cousue de fil rouge, celle-là, au fil des siècles j'ai connu assez de guerres de religion pour être capable d'en repérer une au berceau. À présent j'en ai le cœur net. Eyaël et moi étions vraiment à côté de la plaque : l'interview de Camille Landru n'a pas anéanti la Grande Croisade. Exaltation, Inquisition, Dépression, nos Scribes avaient parfaitement anticipé les trois paliers. Or la pression grimpe déjà sous les caboches humaines. Combien de temps avant que les rires ne deviennent cris de rage ? Qu'on passe des tapes dans le dos à celles sur les deux joues ? Avant que la Première Règle d'or ne vole en éclats ? Trois, quatre ans ? Cinq ans au plus ? Notre certitude : fatwas, excommunications, purges, bûchers, le grand pétage de plombs est au coin de la rue.

Avec ce compte à rebours lancé, pas question de traîner dans les parages… Eyaël suggère à nouveau qu'on braque une banque. Je fais la moue, il louvoie : et si on visait petit ? Les agences du coin, plus modestes, sont sans doute aussi moins dangereuses ? J'accepte d'y faire un tour… Tu parles, toutes ont des systèmes d'alarme dernier cri et la puissance de feu d'une frégate. On se ferait allumer dans la seconde. Du point de vue légal : double suicide. Du point de vue pratique : bouts de cervelle un peu partout sur le guichet. Eyaël finit par se ranger à mon avis. Il faut d'urgence trouver une autre astuce.

Or mi-juillet, alors qu'on est toujours en rade d'idées, voici que tombent enfin les premières offres pour nos services de traduction. Du lourd, chacune, avec des chiffres à plusieurs zéros et de vraies chances de culbutes… Eyaël fait les calculs : on est encore très loin du compte, mais si nous tirons notre épingle du jeu, que la mayonnaise prend et que les autres nous retrouvent… Qui sait ? En tout cas, c'est déjà un pas dans la bonne direction ! Première lueur d'espoir ! *Hallelujah !*

Je reprends un verre de lait, et je vous raconte.

PIÈCE_18

JOURNAL OFFICIEL JIC-France
Mercredi 11 janvier 2034

Un vers difficile à saisir…

Chabriel Baudelaire se soustrait à la Haute Cour de Moralité depuis des mois. Le poète n'a répondu à aucune des injonctions officielles. Ce matin, sept avocats attendent sur le parvis du tribunal. Ils ouvrent un épais dossier alléguant la « phobie administrative » de leur client, ainsi que son inaliénable « droit à la Retraite mystique » (art. 21 de la Nouvelle Constitution) :

« M. Baudelaire ne se cache pas… » *déclare Me Michel Zwingler.* « Il médite et il prie dans une Cabane personnelle, dont il ne souhaite pas divulguer l'adresse. »

« Notre client se présentera quand il aura fini de prier », *ajoute une autre avocate, Me Pauline Boulet.*

Pour Kévin Pinard, 1er Inquisiteur au Parquet de Paris, ces arguments ne tiennent pas.

« Ne soyons pas naïfs ! *(...)* Chabriel Baudelaire se croit au-dessus des lois humaines et divines, voilà la vérité ! »

Le Mal des fleurs *est selon lui doublement criminel :*

- *Outrage à la morale publique et aux bonnes mœurs*
- *Incitation à la violence psychologique (violation patente de la 1re Règle d'or)*

De leur côté, les avocats de Chabriel Baudelaire se disent confiants. Leur plaidoirie devrait entièrement reposer sur le fait que le recueil est une « éclatante apologie de la 2e Règle d'or ». Face caméra, ils citent à l'envi Le Joujou du pauvre, À une lionne illustre *ou* La Mort des pauvres.

Kevin Pinard s'indigne :

« Apologie de la pauvreté ? Quand on sait que les majors du cinéma se disputent les droits audiovisuels du *Mal des fleurs* ? Quand on sait que "Chabriel choc" est depuis peu une marque de cosmétiques et une ligne de vêtements ? Que le fameux "joujou du pauvre" (NDLR : petit rongeur en silicone, 9 € 99 TTC) est déjà en vente un peu partout dans les magasins de jouets ? Quand on sait que Chabriel Baudelaire touche là-dessus une commission de 12 % ? Apologie de la pauvreté, vraiment ? Laissez-moi rire ! »

Afin de prévenir la fuite à l'étranger du poète et homme d'affaires, Kévin Pinard exige un gel préventif de ses avoirs. Une telle mesure semble peu applicable dans l'immédiat : on parle de trente-huit millions d'euros répartis dans plusieurs comptes offshore. Les pays de la Zone JIC devraient valider de facto les décisions de la justice française, mais ceux des Zones BH (Bouddho-Hindouiste) et TJ (Tao-Jaïnisme) seront sans doute moins coopératifs... On anticipe aussi le refus catégorique des enclaves scandinave (Zone Odin) et égyptienne (Zone Râ).

En attendant l'ouverture imminente du procès, la police française poursuit sa traque. Jean-Philippe Jaouen, récemment promu capitaine et bombardé à la tête de la toute nouvelle BRS (Brigade de Répression des Sacrilèges, Paris 15e) a lancé ce matin un vibrant appel à la population :

« *(...)* Si vous repérez l'individu, contactez-nous immédiatement ! Faisez-le pas pour la police, non ! Faisez-le pour la France, et faisez-le pour Dieu ! » (sic)

Les Éditions Vaillant annoncent...
Suite de l'article réservée aux abonnés.

— Cerise ! On parle de moi dans le Journal officiel !
— Où ça ?
— Ici, regarde… Même qu'ils me citent !
— Rhô… Comme je suis fière de toi, mon Loulou…

SESSION 18

TRADUTTORE, TRADITORE

PB79702497-18CD

Le vendredi 22 juillet, nous recevons un courriel signé Charline Pigeard. Cette chargée de communication chez Pépito-France nous adresse un message plein d'entrain. La candeur du ton nous séduit d'emblée. Agrémenté d'anecdotes croustillantes, de détails à la limite du hors-piste, son texte retrace le long trajet suivi par le dossier d'Eyaël. Aucun filtre, la Charline, tout y passe. Elle ne cache rien de ses doutes initiaux. Car oui, Charline Pigeard a d'abord cru à un boulot d'amateurs, forcément pourri. Deux quidams inconnus dans le monde universitaire et pourtant spécialistes de langues quasi oubliées ? Vingt traductions d'un vieux tube signé Richard Cocciante, par-dessus le marché ? À d'autres ! La chronologie des événements vaut le détour, Pigeard nous la raconte par le menu… Tout commence mi-juin, quand elle fait suivre les documents d'Eyaël à Lutz Bauer, son *alter ego* autrichien. Évidemment, elle se garde bien d'y insérer le texte original en français. Pour tout commentaire, un malicieux :

Très signalé ! ^^ Langues divines ! -))

Juste une farce, en somme, d'où les ^^ et le -))... Si *au moins* l'une de ces traductions moisies permet de deviner le titre de la chanson, se dit-elle, Bauer devrait se marrer comme une baleine... Ah oui, parce qu'il y a encore une petite histoire, là-dessous, que l'intarissable Charline Pigeard nous détaille sans pudeur : elle et Bauer ont vécu jadis une soirée brûlante à l'issue d'un colloque Pépito... L'équipe entière avait fini dans une boîte rétro du Marais où le DJ passait la ritournelle en boucle. Julie du service compta et la stagiaire Pépito-Bosnie s'étaient même embrassées là-dessus... Moitié sérieux, moitié cuits, tous avaient dansé jusqu'au petit matin.

J'ai attrapé un coup d'soleil
Un coup d'amour
Un coup d'je t'aime
Mais tu n'es pas là...

Un moment fort pour l'équipe Pépito, des ragots pour dix ans ! Des petits secrets, aussi... Bref, Pigeard envoie son courriel potache, et passe à autre chose. Ce qu'elle ignore : comme dans la chanson, Lutz Bauer « n'est pas là », il vient de partir en vacances. C'est la secrétaire viennoise qui réceptionne le message et diligente *illico* une expertise auprès des linguistes les plus éminents. Peu importent les ^^ ou le -)), en Autriche « Très signalé » ça veut dire « Tu vérifies ça *schnell* ». Les vingt pièces jointes naviguent donc de boîte mail en boîte mail. Pigeard reçoit les premiers comptes-rendus sur son bureau moins de quinze jours plus tard. Ce qu'elle y lit lui coupe la chique : le travail d'Eyaël a bluffé les linguistes aux quatre coins du monde. *Le Coup de soleil* est chaque fois passé pour l'original de tablettes récemment exhumées – une ode à la féminité venue du fond des âges…

J'dors plus la nuit j'fais des voyages
Sur des bateaux qui font naufrage
J'te vois toute nue sur du satin
Et j'en dors plus viens m'voir demain

Pas un des cent douze experts n'a douté de l'authenticité des documents soumis. La claque… Voilà des lustres qu'ils attendaient tous une découverte pareille ! Le sens de certains mots a parfois échappé, mais ils sont parvenus à identifier par recoupements chacune des langues à l'œuvre : protoélamite, étéocrétois, cypro-minoen, ougaritique… Alors, la semaine dernière, branle-bas de combat chez Pépito-France. Pigeard contacte d'urgence le siège de Chicago. Cette fois, elle joint aussi le texte original, et son message est sans équivoque :

Très signalé. Langues divines.

Les Américains ne traînent pas. Trois jours s'écoulent, criblés de réunions au sommet et de contre-expertises. Résultat ? À Chicago, le conseil d'administration jubile. Aux anges, tous : P.-D.G., actionnaires, conseillers financiers… Ces « traductions divines » seront de véritables bombes publicitaires pour les Zones JIC, TJ, BH, Râ ! Plus puissantes encore que le formidable « Ay Pepito » abandonné à regret dix ans plus tôt…

Charline Pigeard nous propose donc une visioconférence. Dès ce midi, est-ce envisageable ? Si nous prenons en charge la traduction de slogans en langues quasi oubliées et potentiellement divines, Pépito se montrera reconnaissant… très reconnaissant, même ! Suit un tableau dédié au budget prévisionnel. Eyaël lit les chiffres à voix haute, avant de conclure :

— Merde alors…

C'est la deuxième fois que je l'entends jurer, à partir de maintenant j'arrête de compter.

Pour la réponse, tout doux. Nous pesons chacun de nos mots. D'accord pour une visio… Dans l'immédiat c'est un peu compliqué, disons lundi matin ? Pas question de passer pour des larbins ou des morfales, payables à coups de lance-pierre. Laissons-les un peu mariner. Et ça se fête, on est bien d'accord. Je fais donc un saut dans les épiceries fines du centre-ville, pendant qu'à l'étage Eyaël démonte le lit surnuméraire…

Le soir venu, toast ! Fromages autrichiens, saucissons hongrois, la cuisine déborde de victuailles. J'aurais pu commander tout ça en ligne, vrai, mais le bol d'air m'a ragaillardi ; voici des siècles que je ne me suis pas senti aussi léger. On s'assied avec un soupir d'aise, et je sabre le champagne.

— Parfums de fleurs blanches, mon ami !

Le bouchon fend les airs sous les applaudissements ravis d'Eyaël.

— *Nif'h'chitakra 'h blerk !* triomphe-t-il en levant haut son verre.

Ça me refroidit d'un coup.

— Pas en étéocrétois, je t'en prie…

— Pourquoi ?

— Tu sais pourquoi.

— Allez…

— Non, Eyaël. Vraiment trop crade.

Mon coup de gueule ne gâche pas son entrain.

— *Salutem ? Cheers ? Kampaï ? Salam ati ? JaraamaTchin ? Lekh-ayim ? Skol ? Tim-Tim ? Stin Ygeia MasSaha ? Saude ? Salud ? Mazel Tov ?…*

Il serait capable de tenir une heure, j'abdique :

— Va pour le français… Équipe parisienne, non ? Alors « santé » !

— À la balise Oméga ! claironne-t-il.

— À la balise Oméga !

On savoure en silence, Eyaël nous ressert.

— Juste *intéressante*, mon idée ?

— Pas mauvaise…

— Développe ?

— Judicieuse.

— Est-ce tout ?

— Fabuleuse, ça te va ?

— Douce musique à mes oreilles ! D'autant que j'ai encore une surprise… (Il sort de sa poche un papelard soigneusement plié, l'agite près de son oreille.) Et même deux ! C'est tombé pendant ton tour en ville… Devine !

— T'es un Boueux, Eyaël, pas un humain. Alors non, je ne peux pas lire tes…

— Nous avons reçu deux autres offres ! s'exclame-t-il.

— Sérieux ?

— De Pilsner et Volkswagen !

Il me lit en vitesse les courriels imprimés. Enthousiastes, eux aussi, avec plus de filtres que celui de Charline Pigeard, mais tout aussi prometteurs…

Je suis tellement fier de mon petit Eyaël. Nos verres s'entrechoquent.

— Balise Oméga, nous voici !

— *Nif'h'chitakr*... (Il lève la paume.) Pardon... Santé !

À situation exceptionnelle, mesure exceptionnelle :

— Allez... C'est bien pour marquer le coup (Je prends une profonde inspiration.) *Nif'h'chitakra 'h blerk.*

Eyaël, soudain pensif, suspend son geste.

— ... Il faudrait dire « *Naf 'h* », d'ailleurs...

— Tu crois ?

— « *Chitakra 'h* » indique le mouvement avec perte de possession, ce qui donne un semi-ablatif, non ?

— Pas faux... Du coup, « *'h blirk* » plutôt que « *'h blerk* », je me trompe ?

— En effet... (Il lève de nouveau son verre.) *Naf'h'chitakra 'h blirk !*

— *Naf'h'chitakra 'h blirk!*

Pour la petite histoire, en étéocrétois ça signifie mot à mot : « Vide cette chiasse dans ton gosier qui pue ».

— J'aurai besoin de tes deux bras, Raphaël...

— Pour ?

— Descendre le bureau des combles. Tu m'aideras aussi à repeindre les murs ?

— Volontiers... Tant qu'on évite le rouge...

— Toujours ta peur du feu ?

— Ma *méfiance* du feu... (Je finis mon verre.) T'as pensé à un nom, pour notre boîte ?

Il gratte un instant sa barbichette grise :

— Pas encore...

— Il nous faut un nom qui claque…
— Un nom *simple*, marmotte-t-il.
— Voyons…
— Du facile à retenir…
— … qui résonne d'un accent familier aux oreilles humaines…
— En zone JIC et Polymono, surtout… D'après les retours, c'est le marché de la peur le plus réactif…

Dix minutes plus tard, nous faisons bonne pioche. Aucun verset biblique n'évoque les multiples langues de Babel, vrai. Le texte dit même tout l'inverse : une seule langue dans cette tour, les choses ne se gâtent qu'*après* l'abandon forcé du chantier. N'empêche, la mémoire collective a retenu de travers cet épisode débile, autant jouer là-dessus… Sans oublier d'y ajouter une touche familiale. C'est ainsi que *Babel Brothers* vient au monde, entre deux verres. Un beau bébé joufflu capable de brailler la vie en trois cent cinquante langues sacrées… De quoi être fiers, non ? On le baptise illico au champagne et on lève derechef nos verres : *Naf'h'chitakra 'h blirk*, Planète Bleue !

Le lundi matin à 8 heures pétantes, première visioconférence avec Charline Pigeard. À midi et à 14 heures, même danse avec les responsables de Volkswagen, puis de Pilsner. Tous trois proposent un tour d'essai rémunéré, avant de sceller le partenariat. Il ne s'agira d'ailleurs pas de simples traductions, mais de « Services d'ajustements mystiques » : slogans imposés à traduire en quinze langues mortes, dix accroches à inventer, dix jours pour rendre notre travail. Tous promettent des sommes rondelettes si on s'active vite et bien. Dont acte. Nos travaux sont prêts dès le lendemain. Juste avant de les poster, on s'aperçoit quand même qu'il nous manque encore une chose, si on veut être payés : un compte en banque. On file donc à l'agence du coin signer des tas de papelards, puis vers midi on envoie la sauce : RIB, traductions, accroches.

Nos trois tours d'essai sont validés le jeudi soir. Sourires, signatures numériques, échanges de politesses, à-valoir solides…

Et on passe au gros œuvre.

Les mois suivants filent à une vitesse folle. Du boulot jour et nuit, pas le temps de souffler. Combatifs, passionnés, on pêche les contrats les plus juteux dans le torrent de mails quotidiens… Et devis après devis, signature après signature, chaque sou est mis de côté. Il faut refuser un paquet d'offres, faute de temps. Ça me fait mal au cœur de voir filer tous ces contrats. Les traductions s'enchaînent à un rythme dingue et nos clients sont persuadés que *Babel Brothers* emploie une division entière de linguistes. Tu parles, on abat tout ce travail à deux. Si seulement les autres Boueux pouvaient nous donner un coup de main… En s'y mettant à douze, on brasserait tellement d'offres ! L'acquisition de ce foutu Californium demanderait quoi ? Deux ans, trois ans à la limite ? Quatre ?

— Tu rêvasses, Eyaël.

— Pardon, je m'y remets…

Comme sur un disque rayé de la Belle Époque, ces deux répliques passent en boucle.

D'entrée de jeu, les hiéroglyphes marchent fort. Eyaël décroche une avalanche de contrats auprès de multinationales cairotes. Tape-à-l'œil et vendeur, l'égyptien antique séduit à peu près tout le monde. Hors langues bibliques, il devient même notre produit phare pour les deux Amériques, loin devant le protomaya ou l'étéocrétois. En Asie centrale aussi, ces hiéroglyphes font un carton – l'annonce d'une alliance prochaine entre la coalition Tao-Shintô et les Servants de Râ vient d'y faire exploser nos commandes. Partout ailleurs l'araméen bat des records. Du jamais-vu ! Le comble ? Les majors elles-mêmes surpaient leurs commandes auprès de *Babel Brothers*. Elles exigent d'acheter à prix d'or ces traductions qui voici trois ans leur auraient coûté trois fois rien. Leur stratégie marketing est redoutable. L'astuce consiste à nous payer trop, à le faire savoir, puis à laisser cogiter les acheteurs : *Si ces foutus slogans ont coûté si cher, c'est que la marque tient une info, non ? Langue divine ? Peut-être, sans doute ! Autant avoir ça à portée de la main, dans mon placard ou mon frigo !* Bref, la peur mijote, pour bouillir et déborder moins d'une semaine plus tard – ruée vers les magasins où les chalands s'arrachent le produit en question. Les chiffres d'affaires de nos clients décuplent.

Forcément, beaucoup d'érudits tentent de nous chiper les gros morceaux. Ces charognards rôdent sans arrêt autour de nos langues mortes… L'odeur du fric, comprenez. Pas de bol : bancales, mal ficelées, leurs traductions se font régulièrement tailler en pièces. Il faut dire qu'en dehors des sentiers battus (arabe classique, hébreu mishnique, sanskrit, tangoute, latin classique et grec ancien) personne ne peut rivaliser avec *Babel Brothers*. Les déconvenues à répétition de nos concurrents directs nous font une pub d'enfer. Autre atout de notre boîte : elle offre un contact unique pour un éventail linguistique *absolument total*. Choisissez dix, vingt, cinquante langues quasi perdues si ça vous chante, on vous fournit des accroches conformes aux règles d'or et garanties sans fautes. Moi, je travaille plutôt la Première Règle d'or. Les boîtes européennes ont déjà retenu quatre de mes slogans. En français, ils donnent :

Tefal, y a pas de mal
Tropicana, sans sucre, sans violence
La paix, la paix, Lapeyre
Nespresso : faire le bien, se faire du bien

Eyaël travaille davantage la Seconde Règle d'or. Et lui aussi a connu de beaux succès.

Piškoti, pauvre petit biscuit
Biscottes minceur Heudebert : riches en rien
Louis Vuitton, ruinez-vous pour de bon
Pernod Ricard, l'apéro des tricards

En ce qui concerne la fumeuse Règle d'or numéro 3 adoptée en Tchéquie et en Slovaquie, routine-routine : n'importe quelle référence au sacré convient tant qu'elle reste vague. Certains clients soumettent d'ailleurs leurs accroches toutes prêtes, on s'occupe juste du maquillage linguistique. Les trois dernières ont fait sensation à Prague :

Goulash Bratři, Dieu(x) que c'est bon
CSA Czech Airlines, rien que le ciel
Pilsner, un petit goût de paradis

Si *Babel Brothers* surfe en vrai roi sur la vague divine, c'est justement parce que nos « Services d'ajustements mystiques » dépassent maintenant de loin la traduction pure. Nous montons aussi bannières ou cliparts adaptés aux alphabets latin, cyrillique, arabe, aux alphasyllabaires brāhmī, thaï, khmer, aux sinogrammes, aux hiéroglyphes égyptiens, hittites, minoens, olmèques... Ma passion pour le graphisme paie enfin ! Pas que j'aie été forcément doué au départ, hein... mais huit cents millénaires de gribouillages, ça vous forge une patte d'artiste. Et ce n'est pas tout. Nous enregistrons également des accompagnements audio que les marques reprennent en interne avec les voix de célébrités diverses, stars du foot, du cinéma. Tout ça finit en spots publicitaires dont les clients raffolent. Seul l'étéocrétois a causé quelques heurts : intimidant, trop sale. Lorsque j'ai transmis les premiers MP3 à Dobry-Piškoti Prague et à Pilsner, leurs services marketing ont cru à un problème technique. « *Fichier corrompu* », a prévenu l'un, tandis que l'autre signalait des « *crachotements parasites sur la piste audio* ». Compris. J'ai renvoyé une version moins gutturale et sans postillons, complètement fautive ; elle a satisfait tout le monde.

Une mine d'or, je n'exagère pas. Religion et capitalisme forment un couple tellement glamour...

La Première Règle d'or neutralise les conflits, jamais le commerce n'a été aussi florissant. Les vieilles poudrières de la planète sont resplendissantes. Fini, les *no man's land* criblés d'obus, il faut voir ce que sont devenus le nord de Gaza ou les points chauds du Cachemire indien : marchés ouverts, parterres de fleurs et jardins suspendus… Pour le moment, c'est à qui montrera qu'il est plus pacifique que les enfoirés d'en face. Quant à la Seconde Règle d'or, sa défiance envers l'argent donne un formidable coup de fouet à la consommation. Se débarrasser de ses épouvantables petits sous, c'est le nouveau mot d'ordre. Or pour dépenser, il faut gagner, et ce jeu de bascule fait tourner le système… Prononcer le divorce d'un couple pareil ? Pour la machine libérale, hors de question !

Début décembre 2033, on a mis assez de côté pour battre le rappel. Il est temps de casser la tirelire.

— Opération « Coup de pub » ? demande Eyaël en me tendant le relevé de compte.

Je lis attentivement, plusieurs fois, puis je rends le feuillet :

— Du sumérien plein les mirettes, mon ami…

Notre épargne de trois cent mille euros part dans l'achat de quarante bâches publicitaires améliorées. Quinze mètres sur dix, triple bordure de néons sur les cunéiformes géants. Eyaël commande ce qui se fait de mieux en matière de taille et de mauvais goût. Elles occupent à présent des coins stratégiques à Paris, Berlin, Moscou, Cracovie et Prague. Les mots VILLA MOZART – RUE DUŠKOVA – PRAGUE clignotent sous un message très simple :

Balise Oméga quasi prête, frères Boueux. Venez.

Ce petit mensonge sur l'avancée des travaux devrait pousser les collègues à rappliquer encore plus vite... Voilà pour notre bouteille à la mer. Notre compte en banque est redescendu à zéro, mais l'emplacement et la maintenance de nos encarts monumentaux sont assurés jusqu'à la fin de l'hiver 2034. Quant au gramme de californium, on a bon espoir. Zuzana nous a récemment mis en cheville avec l'Albanais du *Kafka*, reconverti dans l'import-export depuis la crise de l'assassinat ciblé. Un pro, le type, qui s'est rencardé avant de répondre. Et c'est oui. Pour tout isotope à usage militaire, on aurait dû se la mettre sous le bras, mais le Californium n'entre pas dans cette catégorie. Hors bâtiment, il ne sert strictement à rien. L'import est donc possible, avec pour seul obstacle son prix exorbitant. Trente-cinq millions d'euros, voilà ce qu'exige l'Albanais, bascules comprises. La livraison sera express. On a sondé son esprit en profondeur : le bonhomme ne ment pas. Revendu par les gigacimenteries de Novoïavorivsk, en Ukraine, le colis suivra la filière du JIC polonais (Cabane de Krynica-Zdrój), transitera par un temple polymonothéiste à la frontière slovaque, et sera livré à Prague en moins d'une semaine.

Il ne nous reste plus qu'à bosser. Tant mieux : une foule de dossiers urgents s'empilent dans le couloir... C'est reparti pour nos folles journées de labeur avec une pause à midi et une autre à 18 heures, toujours devant les infos. Pour l'instant, ça tient. Les humains fourbissent encore petites vannes ou allusions fielleuses...

On a le temps de voir venir le deuxième palier, je dirais, mais par précaution Eyaël suggère qu'on assemble déjà la balise Oméga. Aussitôt dit, aussitôt fait. Le boîtier en zinc trône désormais sur notre bureau. N'y manque plus que ce fichu gramme de Californium. Chaque fois qu'on lève le nez, que la fatigue nous susurre de prendre une pause, un coup d'œil sur la balise suffit à nous motiver.

— Tu rêvasses, Raphaël.

— Pardon, pardon…

Et courriels, coups de fil, slogans, bannières, je m'y remets d'un coup de cravache.

En semaine, le boulot se prolonge jusque très tard dans la nuit. Le plus souvent, lorsque vers 2 heures du matin je relève la tête, Eyaël est endormi sur sa chaise. Menton baissé, il alterne ronflements et babillages. Impossible de comprendre, mais bon Dieu qu'il a l'air heureux dans ces moments-là. Heureux, et impossible à réveiller. Il a pourtant tout essayé, cafés serrés, ginseng, vitamine C. Rien à faire, sa coquille résiste mal à la fatigue. D'habitude je l'appelle une fois, deux fois, puis je soulève son corps qui ne pèse rien. Je le porte jusqu'à son lit. Là, je lui cale entre les pognes ce vieux foulard rouge qu'il a gardé en poche ces trois dernières années. « Un porte-bonheur tout bête », selon lui, qu'il fichera à la poubelle « à la première occasion ». Moi, je connais assez sa bouille pour savoir quand il ment. Ma main au feu que c'était le foulard d'Ihab. Yeux toujours clos, Eyaël serre ça bien fort. Je lui pose deux doigts sur le front, fais de beaux rêves mon frère, j'éteins la loupiote. Ensuite, retour au bureau pour finir deux-trois dossiers dans un silence de plomb. Pas évident de travailler seul… Doucement, tout doucement le sommeil gagne du terrain. Vers 3 heures du matin j'entends claquer au vent les premières drisses, j'inspire à fond, me sers un autre café… Pas question de dormir ! Et puis ça revient par vagues lancinantes au bout d'un quart d'heure, murmures de la côte, parfums d'embruns, sourire de Maasikah sous le petit prunier tordu… Soudain goût sucré du miel à ses lèvres chaudes.

Tu aimes ? Dis, tu aimes ?

En général je me réveille à l'aurore, stylo en main, la joue collée sur un dossier en retard. C'est l'heure où Eyaël remonte les bols de café chaud.

— Tu as encore dormi ici, Raphaël ?

— Non.

Lui aussi connaît assez ma bouille pour savoir quand je mens. Quand j'ai chialé, aussi. Il a toujours l'élégance de passer à autre chose.

— Je t'ai déjà mis le sucre.

— Merci.

Il s'installe face à moi pour causer des traductions en cours, du temps qu'il fait… Et c'est reparti pour une journée de labeur. Routine, douce routine…

On ne s'autorise qu'un écart, un seul, début 2034. Après six mois d'abstinence, on s'offre même une cuite d'anthologie. Faiblesse d'ivrognes ? Rien à voir. Imaginez-vous bloqué trois années consécutives dans une chambre d'hôtel en pays étranger. Quelle serait votre réaction si neuf zozos venaient soudain frapper à votre porte ? Pas vos amis proches, certes, mais des collègues de travail depuis… oh, disons depuis huit cent mille ans ? Admettez que vous sortiriez le champagne… Et c'est justement ce qu'on vient de faire.

Vous connaissez la musique : je reprends une aspirine, et je vous raconte.

PIÈCE_19

Courriel posté le 13/02/2034 à 21 h 55

De : M le Lumineux

À : Babel Brothers

Objet : C'est qui l'patron ? ^^

Mes p'tits anges déchus,

Alors comme ça, c'est vous deux qui pondez la plupart des « slogans divins » ? Dire qu'il y en a plein mon placard depuis des mois ! D'habitude, j'ai vraiment d'autres choses à foutre que de lire des paquets de pâtes ou des conserves, mais hier… Disons qu'il y a des jours où on bouquine ce qu'on peut, me jugez pas. Bref, j'ai suivi mon instinct. Deux-trois recherches en ligne et je suis tombé sur le site BABEL BROTHERS. Siège social pragois ? Banco ! Ça ne pouvait être que mes deux affreux ! J'ai quand même parcouru les échantillons, pour être sûr. Verdict : on reconnaît ta patte, Eyaël, sur les textes un peu plus longs t'as encore traduit comme un goret ! Une belle marrade -)

En tout cas, je vois que vous avez bossé… Mais devinez quoi ? Moi aussi ! Eh ouais… Vous croyiez que je me gratterais les roupettes à Paris, rien d'autre ? Ben non : j'ai eu une activité parallèle… et sans me vanter, elle a été rentable. Comme les chiffres c'est toujours mieux que les lettres, je viens à l'instant d'exécuter un gros virement pour Babel Brothers. Le transfert devrait être validé d'ici une semaine (huit comptes offshore, il faut le temps).

Vous saurez quoi faire avec l'argent. Alors fini les traductions à deux sesterces, les gars, on s'active ! Vous m'achetez ce foutu gramme de machin et balise-balise, ô ma balise ! Retour à la Maison-Mère !

Si tout se déroule comme prévu je devrais être à Prague le 5 mars au plus tard. J'attends encore mon nouveau passeport, impossible de quitter la Zone JIC sous mon identité actuelle… La BRS ratisse tout Paris et chaque matin je change de planque, croyez-moi c'est du sport. Le petit flic blondinet qui me colle aux basques est un coriace… Pas le couteau le plus aiguisé du tiroir, clairement, mais il a du flair.

Passons. J'ai bien hâte d'entendre vos voix ! La vie en solo, je vous jure… Un calvaire. Et tout ce temps, aucune nouvelle de mes deux affreux ! Tu avais pourtant noté mon adresse mail, Raph ! Sur un paquet de clopes, même ! Alors les premiers mois, eh bien je vous ai maudits… Puis j'ai fini par me dire qu'Eyaël avait dû fumer les clopes et jeter le paquet. Quand même… SuckMitraillette@gmail.com, c'était si dur que ça à retenir ?

J'essaierai encore de vous joindre au téléphone ce soir ou demain, mais avec les appels hors Zone systématiquement filtrés, ça prend des plombes avant d'établir une connexion. Je ferai au mieux. En attendant, envoyez déjà par mail votre adresse à Prague.

J'arrive. Tenez bon !
Mitraillette.

PS : Raphaël, tu feras sans doute un peu la gueule quand tu sauras d'où vient l'argent… Cela dit :
1. C'est moi le chef d'équipe.
2. Pas trop le choix. Je suis comme le roi d'un pays pluvieux, Riche, mais impuissant, jeune et pourtant très vieux. Tu piges ?

— Tiens, Jaouen… Baudelaire nous a peut-être filé entre les doigts, mais on n'a pas tout perdu ! Perquisition finie, j'ai pu récupérer ça sur l'ordi avant qu'il change son mot de passe…

— Fais voir.

— Courriel adressé à un certain « Raph » et à un autre avec un prénom chelou. Peut-être les deux autres gars d'Ézanville, y a trois ans ? Tu te souviens des blazes ?

— Hans Haenardt et Glen Briot, rien à voir.

— En tout cas, les deux zigotos sont gérants d'une boîte tchèque, *Babel Brothers*. Baudelaire prévoit de les retrouver à Prague très bientôt… Ici, quatrième paragraphe : « *le 5 mars au plus tard* ».

— On sait où à Prague, exactement ?

— Pas encore. J'ai téléphoné à la boîte en me faisant passer pour un client. Tu parles, impossible d'obtenir une adresse. Le gars m'a dit : « Tout par mail. »

— Et t'as contacté la police tchèque ?

— Évidemment… Elle tient « gracieusement » ses fichiers à notre disposition, mais pas question qu'elle nous les envoie. Non, « ils doivent être consultés sur place ».

— Bref, la police tchèque nous dit merde.

— Ou tout comme.

— À Prague, donc… Dis, Mouss… tu as peur en avion ?

SESSION 19

SI PAR UNE NUIT D'HIVER
NEUF VOYAGEURS...

PB79702497-19CD

Les collègues Boueux ont débarqué hier soir devant l'annexe. Ils ont fait ça proprement : à l'improviste et en pleine tempête de neige.

Trois ans qu'on n'avait pas connu une météo pareille… La température extérieure atteignait les moins quinze. Eyaël et moi bossions à l'étage parmi les piles de dossiers et les tasses vides. Entre nous, la cafetière ronronnait comme un gros chat. Depuis l'aurore on enquillait les traductions. Déjeuner, dîner, on avait tout sauté pour finir avant minuit. Vers 23 heures, c'était quasi plié. J'ai réécouté mes enregistrements, deux pubs en araméen destinées au marché JIC. Juste en face, Eyaël fignolait son clipart animé pour Adidas Norvège, un petit bijou : Mjöllnir sous les éclairs avec des runes en surbrillance. J'ai appuyé sur pause.

— Qu'est-ce qu'il fout ?

— Qui donc ?

— Le livreur ! Une heure qu'on a commandé les pizzas…

Eyaël n'a pas décollé le nez de son écran.

— Patience, Raphaël…

— Et si je rappelais ?

Il s'est contenté de sourire. Moi, je me suis remis au boulot pour oublier la fringale. Quand deux minutes plus tard la sonnette du bas a retenti, taïaut ! Écouteurs, micro, paperasse, tout est resté en plan. Eyaël aussi devait avoir les crocs parce que le temps que je me lève, il était déjà dans le couloir.

— Prends un pourboire ! a-t-il lâché sans même se retourner, Je t'attends en bas !

— Merde… On a de la monnaie ?

— Le bol !

— Où ?

— Sur le bureau !

Nouveau coup de sonnette. Eyaël dévalait les escaliers.

— J'arrive !

Je lui ai emboîté le pas trois secondes plus tard. Volée de marches, attention-à-la-dernière-elle-est-vicelarde, couloir obscur, dérapage à droite sur le carrelage glissant, porte de la cuisine, virage à gauche et vestibule… Quand j'ai déboulé derrière Eyaël, il venait d'ouvrir la porte. Mon enthousiasme a fini en gadoue. Aucun livreur sous la lumière crue du porche. À la place, neuf silhouettes en hardes, épaules basses, chapeaux enfoncés jusqu'aux cils criblés de flocons, joues écarlates fendues par le gel. Quatre hommes et cinq femmes, à vue de nez… mais à cause de la crasse, des rafales de neige et de mon énorme déception, je pouvais me tromper. Les cinq de devant tenaient à peine debout. Derrière eux, c'était encore pire : un petit loustic vacillait, maintenu par ses compères guère plus solides que lui. Neuf loques, pas de doute, on aurait dit nous deux l'an dernier. J'ai rempoché le pourboire... Et merde, des nouveaux-nouveaux pauvres, venus faire étalage de leur misère : *Voyez tout ce qu'on n'a pas !* Ces dernières semaines, on en avait vu défiler tant à la porte de l'annexe... Fermés, hautains, sirotant à petites gorgées leur épouvantable bonheur : *L'aumône, messieurs ?* Bien entendu, il fallait dire non. Or trois fois de suite on avait commis l'irréparable, sous forme de gros billet gentiment tendu. Sacrilège ! Et cris d'orfraie, crachats, le tout ponctué d'injures à faire rougir un Vigile. Bref, on avait créé un beau cirque.

Désormais, plus de faux pas, Eyaël et moi étions d'accord. On ménagerait la susceptibilité des nouveaux-nouveaux pauvres. Du temps où leurs confrères nous menaient une concurrence déloyale sur le pont Charles, on leur avait cherché des noises, mais à présent c'était de l'histoire ancienne... Pourquoi gâcher l'ambiance ? Puisque ça les rendait heureux, d'être malheureux !

Eyaël a réagi au quart de tour. Il les a envoyés paître d'un revers de main théâtral.

— Allez ouste ! Du vent, les saltimbanques !

J'ai grimacé. « Allez ouste » ? Sans doute pas assez dur pour satisfaire son monde... D'ailleurs les silhouettes restaient figées, taiseuses... Aucune trace de joie sur leurs visages meurtris. De les voir aussi mal en point, ces sordides, ça me fendait le cœur. J'ai pourtant joué la comédie jusqu'au bout :

— Barrez-vous ! C'est Zone Respect, ici, vous savez pas lire ?

La loque du milieu, un petit bout de femme sans âge, a gémi quelques mots faiblards. À cause d'une soudaine bourrasque de neige, toutefois, impossible de comprendre. J'ai répondu « Walou ! » à ses paroles blanches. Je jouais sur du velours, là : avec « Macache ! » et « Zobi », « Walou » est le mot chouchou de ces adorateurs du Rien.

— Vous aurez… Vous aurez peau de chagrin ! a conclu Eyaël.

Il a même eu l'élégance de piquer le chapeau du loqueteux le plus proche – cadeau ! Puis il leur a claqué la porte au nez. Je dois reconnaître que la chimie humaine a ses atouts : une bonne action dans un corps pareil, ça vous injecte une merveilleuse dose d'endorphines. On s'est regardés, ravis. Soyons clairs, nous pensions *vraiment* leur avoir fait plaisir… Alors quand la sonnette a de nouveau retenti, insistante, j'étais convaincu qu'ils voulaient dire merci. Allez, on serait grands princes… On allait le paver en beauté, leur chemin de croix pour le paradis.

— Seau d'eau ? ai-je chuchoté.

— Bien froide ! s'est réjoui Eyaël, toujours partant dès qu'il peut aider son prochain.

C'est un ange, Eyaël. Il a filé vers la cuisine :

— Tu retiens ces braves gens deux petites minutes encore ?

— Je vais tout faire pour !

J'ai sorti le grand pépin jaune du porte-parapluies… avec l'intention d'y aller doucement, quand même, juste quelques coups dans les mollets. Je veux bien faire plaisir, mais faut pas non plus pousser. J'ai rouvert la porte, parapluie brandi. Les silhouettes se tenaient serrées, à deux pas, frémissantes et malingres comme des arbrisseaux noirs.

— Alors, les gueux ? J'ai pourtant été assez clair !

— Ra… aël ? a gémi la petite femme.

Foutu vent, je n'entendais pas la moitié de son charabia.

— Y a pas de Raël ici !

Le grand maigre a fait un pas maladroit vers l'avant, main sur le cœur.

—… suis… Hilda… Ber…

— Hildebert ? Connais pas ! Écoutez, je peux vous refuser l'aumône encore deux minutes, mais j'ai du boulot… Ou alors repassez demain et on prendra le temps ?

Aucune réaction. J'ai enchaîné :

— On dit vers 20 heures ?

— Berl… Hildar ! a-t-il gueulé.

Moi, j'ai entendu « Bérilda » : désolé, toujours pas.

— Bordel de Ruche ! s'est-il énervé entre deux bourrasques. Hildar ! La Berlinoise ! La petite aux antennes de traviole !

Profitant de l'accalmie soudaine, l'estropié du fond s'est approché à son tour.

— Et moi, Samyaza, cheffe d'équipe…

Derrière, d'autres noms tremblants sont sortis des corps pâles : Enoch, Tsadqicl, Ifrit, Asbeel…

– Tu ne nous remets vraiment pas, sous ces coquilles ?

J'en ai lâché le parapluie. La maigrichonne de droite tendait un bout de papier fripé. J'ai illico reconnu l'un de ces foutus messages qu'on avait laissés partout sur les murs, du temps de Mitraillette. Nos signatures délavées frissonnaient sous ses doigts couverts d'engelures.

— Le colosse ? a souri le blafard du milieu.

— Et le vieillard…

— Et… Et l'enfant laid ? Raphaël, Eyaël, Gabriel ? C'est bien vous, hein ?

— Dis-nous…

Je suis resté bouche bée.

— Tente donc de lire nos pensées, a gémi un autre.

Je venais justement d'essayer… Mais rien, un mur blanc. Seule explication possible : aucun humain parmi eux… Là, sur perron enneigé, ce ne pouvait être que les neuf collègues. Je me suis mis à chialer toutes les larmes de ma coquille. Le hoquet soudain m'empêchait d'articuler. Je suis quand même parvenu à ouvrir les bras.

— C'est… moi… frères et sœurs !… Raphaël… C'est moi !

Ils se sont alors agenouillés dans la neige, tous, comme si j'avais coupé les fils qui tenaient debout leurs carcasses fourbues. Alléluia ! Trente bonnes secondes, ils ont couvert le sol de leurs baisers gercés. Je vous passe les cris de joie, les larmes – enfin les miennes, surtout, parce qu'eux n'avaient rien bu depuis quarante-huit heures, je l'ai appris après. Accroupi à un mètre, je bredouillais :

— Entrez, entrez vite… Ne restez pas dans ce froid…

Si maigres, si fragiles… Je n'osais en prendre aucun dans mes bras par crainte de briser un os. Eux, ils embrassaient toujours la pierre blanchie du porche.

— Merci !
— Vous nous avez… attendus… !
— Merci, merci !
Eyaël est revenu de la cuisine à ce moment-là, seau en main. Il a déboulé en chaussettes sur le carrelage du vestibule, a glissé sur un bon mètre, s'est rattrapé contre le mur, avant de foncer droit jusqu'au seuil pour leur lancer en pleine gueule cinq litres d'eau glacée.

Voilà qui a officiellement ouvert notre séance de retrouvailles.

Il a fallu les faire entrer d'urgence. Une fois au sec, ils ont en vitesse retiré leurs fringues. Allez, tout le monde à poil ! Direction le jacuzzi du sous-sol ! Ils y ont barboté deux heures, serrés comme neuf maigres sardines d'une conserve périmée. Malgré nos règles strictes, on les y a laissés engloutir les pizzas. Il flottait déjà tellement de crasse, là-dedans, alors cent grammes de miettes en plus… J'ai quand même activé un changement d'eau. Eyaël et moi dansions d'un pied sur l'autre au-dessus du jacuzzi : souhaitaient-ils autre chose ? Du pain, du lait… ? Ils avaient assez ? Un peu de musique, peut-être ? Hildar a amorcé son débriefing, entre deux parts de pizza… Eyaël l'a mise à l'aise : rien ne pressait, vraiment, on ferait ça plus tard ! Comme elle insistait, on s'est laissé glisser contre le mur.
— Raconte, ai-je dit.
— Oui, raconte…
Et c'est vrai qu'on était curieux. Hildar a brossé à grands traits les trois dernières années : contact établi avec les équipes pragoise et berlinoise dès

l'hiver 2031, à Berlin justement, près de la statue équestre de Frédéric le Grand… Tout ça grâce à nos petits papiers ! Leur décision de rester sur place s'était révélée payante, puisque l'équipe polonaise les y avait retrouvés neuf mois plus tard, à l'automne 2032… Eux, ils venaient d'écumer une année durant les rues parisiennes… Tsadqiel a évoqué l'attente interminable, la lente clochardisation, leurs malheureuses tentatives au poker et la ruine inexorable. Et puis, vol après vol, tuile après tuile, la disgrâce et le froid, le silence… Jusqu'à la semaine dernière, quand Enoch avait repéré notre gigantesque encart en sumérien sur Alexander Platz.

Balise Oméga quasi prête, venez !

— Au fait, a dit Enoch, il n'y avait aucun contact téléphonique sur vos néons roses…

— Juste une adresse à Prague, a confirmé Ifrit. Sans numéro non plus…

— Vous ne savez pas faire les chiffres, en sumérien ?

— Numérotation additive en base soixante, est intervenu Asbeel, après soixante ça passe au positionnel…

— Et pour le zéro vous auriez fait un cercle, on aurait compris…

Bref, même après avoir repéré notre encart sur Alexander Platz, ils n'étaient pas encore certains d'être sortis d'affaire… Le trajet aussi avait posé problème. Deux pattes folles dans le groupe, parcours à pied impossible. Neuf dégaines à faire peur, auto-stop improbable… Ils avaient donc mendié sans relâche et dû piquer quelques sacs avant de pouvoir s'offrir le train Berlin-Prague. Et puis, au bout du chemin, j'avais ouvert la porte… Samyaza a remis un coup de savon sur sa barbe fournie.

— D'ailleurs on peut la voir, cette balise Oméga ?

— Bien sûr ! a dit Eyaël. Elle est à l'étage.

— Et où est-ce que vous avez chopé les schémas d'un truc pareil ?

Ils ont ri comme des baleines quand j'ai expliqué notre cuite près de l'auditorium, la leçon du Scribe et notre chanson hip hop. Il a fallu qu'on la fredonne pour eux. Un franc succès, neuf fans enthousiastes dans le jacuzzi cradingue… Et nouveau changement d'eau. Fin du périple, s'est ravi Tsadqiel, vive l'équipe pragoise ! Les « douze salopards » fouleraient bientôt le sol de la Maison-Mère ! Grâce à nous trois !

— À nous *deux*, a corrigé Eyaël.

— Mais… et votre chef d'équipe ?

À mon tour, pour le débriefing. J'ai raconté les parkings souterrains, les chiens errants, nos engueulades quotidiennes à cause des Piškotis, puis le départ abrupt de Mitraillette à l'été 2032. Direction Paris, c'est tout ce qu'on savait. Les collègues ont tiré des bobines interloquées.

— Mitraillette ? En solo sur la route ?

— Et seul à Paris ?

— Vous pensez qu'il s'en est sorti ?

— Qu'il est même *arrivé* là-bas ?

— Nous, on ne le connaissait pas trop, mais…

— Vu sa réputation de casse-cou…

— Bah, possible qu'il ait trouvé un abri, votre chef d'équipe…

— On ne sait jamais…

— Un petit boulot tranquille, une planque… ?

— … Un miracle ?

— Ne vous inquiétez pas, les gars…

— Il va revenir, votre chef d'équipe…

J'ai levé la main : inutile de nous ménager. Ni Eyaël ni moi ne nous faisions trop d'illusions. Mitraillette était sans doute mort. De faim, de froid, plus probablement de coups et blessures… Sa coquille tatouée devait déjà pourrir quelque part entre ici et Paris ; la planète Bleue serait son tombeau, on s'était fait à cette idée. Ça a joliment plombé l'ambiance. Dix secondes, on n'a plus entendu que la tuyauterie, les remous du bain et l'éclat des grosses bulles en surface. Cela dit, a soudain proclamé Eyaël, haut les cœurs ! Nous étions onze, désormais, alors si tout le monde y mettait du sien… il y aurait bientôt assez d'argent dans les caisses de *Babel Brothers* pour acheter le gramme de californium : nous pourrions enfin rentrer à la Maison-Mère et révéler la vérité sur notre exil ! Être officiellement affranchis, même… Fin du Service Spatial Universel ! Or ça, ce serait le plus bel hommage qu'on puisse rendre à Mitraillette ! Un bon gros pied de nez aux Dirlos, aux Vigiles, à tous ceux qui nous avaient lâchement abandonnés sur Terre ! À la mémoire de Mitraillette, frères et sœurs ! La tirade a regonflé d'un coup le moral des troupes. Tous ont repris d'une même voix :

— À la mémoire de Mitraillette !

J'en ai profité pour activer un troisième changement d'eau. Les collègues avaient encore des tas de questions sur notre train de vie, forcément : la villa, le jacuzzi, nos fringues de grands bourgeois, par quel miracle avait-on mis la main sur pareil trésor de guerre ? J'ai raconté la rencontre avec Adamov sur le pont Charles : le chas de l'aiguille, les chameaux de paille… Puis l'idée géniale d'Eyaël, la mise en place de *Babel Brothers*, et enfin la pluie de contrats.

Le débriefing s'est prolongé une bonne heure.

— Y a des vêtements propres ? s'est enquis Ifrit en sortant du jacuzzi.

Ça m'a fait tout drôle. Ifrit, je l'avais toujours connu dans son enveloppe originale : trois cents kilos de mauvais caractère. Même les Vigiles veillaient à ne pas trop l'emmerder, celui-là. Mais dans ce corps de strip-teaseuse polonaise, pour une fois il éveillait chez moi autre chose que de la peur. J'ai répondu que les armoires regorgeaient de fringues en tous genres, il n'aurait qu'à se servir. Quant aux couchages, à la bonne franquette : des tas de couvertures traînaient un peu partout, il suffirait d'en empiler trois-quatre pour faire un matelas confortable… Et j'ai prévenu : pas touche à mon lit ! Si nécessaire je le partagerais avec l'un d'eux… Tiens, Ifrit, au hasard.

Une fois remontés dans la cuisine, on a sorti les petits bols. Allez, vin chaud pour marquer le coup, et après tout le monde au pieu ! Notre remarque au sujet des Piškotis est innocemment revenue sur le tapis. L'équipe polonaise voulait savoir : dégueulasse à ce point, le Piškoti ? Plus encore qu'un Toruń ? L'équipe pragoise a validé : un petit enfer de bouche. Les Berlinoises restaient sceptiques – difficile, selon elles, de faire plus vomitif qu'un Pfeffernüss. Et de fil en aiguille, l'esprit scientifique est revenu en force… On aurait cru un bon vieux débat dans les soutes de la Ruche, personne ne lâchait rien. Toruń, Piškoti, Pfeffernüss, lequel méritait donc le titre de biscuit le plus infâme ? Eyaël a décroché le téléphone et trente minutes plus tard, c'était reparti pour un *blind test*. Onze fiches pour évaluer de zéro à vingt l'envie de gerber, un bandeau, treize colonnes savamment arrangées. Je ne sais plus lequel d'entre nous a eu l'idée géniale d'ouvrir la première bouteille de vodka. Je me souviens que j'ai ouvert la troisième. Pour les suivantes, mystère…

Ce matin, j'ai repris connaissance sous la table de la cuisine… Fourbu, langue pâteuse, gueule de bois monumentale. Cadavres de bouteilles et verres renversés jonchaient le carrelage. Je suis sorti de là tant bien que mal pour aller récupérer le tube d'aspirine – deuxième tiroir de ma table de chevet. Ça n'a pas manqué, trois collègues ronflaient nus dans mon lit : Ningal, Tsadqiel et… Ifrit, les chacals. Mes fringues sorties de l'armoire gisaient en vrac sur les abat-jour, les meubles renversés, le tapis persan auréolé d'une énorme tache de vin. Il allait vite falloir mettre en place quelques règles élémentaires de « vivre-ensemble ».

Notre première réunion officielle s'est tenue sur les coups de 10 heures. Après un café serré et une tournée d'aspirines, nous avons réparti les couchages – trois dans les combles, deux autres dans le salon en plus du sofa, deux encore dans la cuisine, un dernier dans le vestibule. J'ai aussi commandé neuf ordinateurs portables. Pour l'instant, calepins et stylos étaient à disposition sur la petite table. Eyaël a géré la réunion d'une main de maître : topo limpide sur le fonctionnement de *Babel Brothers*, cadence attendue concernant les traductions, les slogans, les bannières, les enregistrements audio, processus de vérification en trois temps. Chaque étape devrait être validée par lui ou moi, clair ? Les collègues hochaient la tête.

— Clair.

— C'est vous les chefs.

— Votre boîte, vos règles.

— Ça nous va.

Et dorénavant, a poursuivi Eyaël, boulot-boulot ! Douze mois, voilà notre objectif-californium ! On ne lâchait rien ! Haut les cœurs ! Pour Mitraillette ! Les collègues ont approuvé un peu plus mollement que la veille, gueule de bois oblige. Eyaël est alors passé à son domaine de prédilection, le montage des bannières 3D. Fébriles mais studieux, les collègues ont pris des notes.

Vers midi, on avait fait le tour.

— Des questions ?

Aucune question, sauf de la part d'Asbeel, qui voulait connaître l'heure des repas. Eyaël a rapidement expliqué le principe des commandes en ligne prépayées : un coup de téléphone dès qu'il aurait faim, son repas serait livré dans l'heure.

— Même des sushis ?

— Sushis, petits fours, a confirmé Eyaël, tout ce qui te plaira.

— Vraiment ?

— Il faudra juste manger en travaillant comme un esclave et rogner à mort sur tes heures de sommeil.

Asbeel en a pleuré de joie.

— D'autres questions ?

Il n'y en avait plus. Sur un signe d'Eyaël, j'ai donc distribué les premiers dossiers. Chacun a pris connaissance du sien, un petit quart d'heure. Hormis deux ou trois détails techniques, tout semblait clair. Les collègues approuvaient silencieusement en tournant les pages… Travaux en olmèque, protoélamite, étéocrétois, cypro-minoen, ougaritique ? Du gâteau, en somme, à la portée de n'importe quel Spécialiste Maintenance. Tout le monde s'est levé pour aller bosser dans son coin.

Et vogue la galère.

Vers 16 heures, je suis descendu voir les collègues. L'équipe polonaise bûchait au bas des marches.

— Besoin d'aide ?

Ifrit m'a commandé un café serré, avec trois sucres et un nuage de lait. Ben voyons… J'ai poursuivi ma tournée, direction le vestibule. Là non plus, mes conseils avisés en matière de traduction n'ont pas trouvé preneur. Petit détour par le salon, sans succès. Dans la cuisine, je suis tombé sur Samyaza en larmes. Effondrée sur sa chaise, dévastée, la pauvrette tremblait de partout.

— Ah ! Si t'avais entendu ses poèmes, à mon Pierrot ! Ces louanges qu'il me chantait !

Derrière elle, Hildar lui massait gentiment les épaules.

— Je sais… Respire, ma belle…

— « Mignonne », qu'il disait, « Allons voir si la rose… »

— Mais oui, mais oui… (Hildar m'a jeté un regard inquiet.) Il est vraiment temps qu'on se barre.

— Qu'est-ce qui ne va pas ?

— Ces coquilles, voilà ce qui ne va pas ! Cette fichue chimie humaine…

Et comme je préparais le café, Hildar m'a conté par le menu les déboires de Samyaza. Sa dépression nerveuse, ses crises d'angoisse, ses insomnies. Tout ça à cause d'un troubadour croisé en 1545 au château de Blois. Impossible de l'oublier ! Lui, ses poèmes, sa moustache et son petit cul… Il suffisait à présent d'un ciel étoilé ou d'un air de harpe pour ramener Samyaza au fond du gouffre. D'ailleurs elle était loin d'être la seule. Ça avait été une véritable hécatombe, sur Terre, et cela dès le début du chantier.

— Les deux tiers des Boueux déployés ici-bas sont tombés amoureux, tu te rends compte ?

— Les deux tiers ?

— Sans doute plus… Enfoirés de Dirlos ! Le service Bio leur avait forcément pondu une note sur le danger sanitaire des coquilles humaines… (Elle a serré les poings.) L'amour, là-dedans, c'est pire que l'amiante.

On a encore causé quelques minutes. Hildar voulait savoir si j'avais été « souffrant », moi aussi. J'ai dit que non. Elle m'a quand même listé les symptômes, au cas où : sommeil facile, bonne humeur dès le réveil, langue rose, appétit solide…

— Une sacrée saloperie, a-t-elle conclu.

Les larmes de Samyaza ont coulé de plus belle. Elle s'est mise à bredouiller des phrases criblées de hoquets. Une histoire de vêprée, de séchoir, de marâtre nature et de verte nouveauté, rien de clair. Hildar a repris son massage.

— Allons, allons…

J'ai servi le café. Trois sucres, un nuage de lait, un discret filet de salive, et je suis sorti en douce. Au bas des marches, j'ai tendu son café à Ifrit, puis je suis remonté finir mon enregistrement pour Macintosh-Hongrie.

Nous avons fait une courte pause en début de soirée, trente minutes devant les infos. Visiblement, la température venait encore de monter d'un cran du côté de Rafah, pile à la frontière entre l'Égypte et la bande de Gaza. En cause, trois pyramides récemment érigées sans permis, qui selon Jérusalem grignotent dix bons mètres en zone neutre. Le JIC palestino-israélien exige un démantèlement immédiat de ces « hérésies » et en appelle aux « bonnes manières ». Rien à faire, l'Égypte campe sur ses positions. Les JIC arabe, européen et américain y mettent leur grain de sel, renouvelant leur soutien inconditionnel à leurs « frères israélo-arabes ». Quant à la Zone Odin, elle rappelle haut et fort le sacro-saint principe de souveraineté nationale. Interrogées à ce sujet, les autorités des Zones BH (Bouddho-Hindouiste) et TJ (Tao-Jaïniste) annoncent très diplomatiquement qu'elles s'en foutent un peu : c'est loin de chez eux, tout ça.

Nous avons éteint la télé là-dessus, et retour au boulot.

Il est presque 23 heures. Cinq nouveaux messages sont apparus dans la boîte mail de Babel Brothers. Je parcours rapidement les titres.

« *[Adidas] Contrat Zone JIC* »
« *[Coca-C...] Contrat Zone Râ* »
« *[X Trek] Voyagez léger* »
« *[Roulet...] Casino en ligne* »
« *[M le L...] C'est qui l'patron ? ^^* »

Je supprime à la volée les trois derniers, sans doute des pièges à cons. Pour Adidas et Coca-Cola, on verra demain. Crevé. Je pose l'ordinateur sur ma table de chevet, et j'éteins. Une pensée bête, tiens : demain, c'est la Saint-Valentin… 2030-2034… Une rose, deux roses, trois roses, quatre ans déjà… Quatre vers résonnent dans l'obscurité soudaine, décousue, tandis que je m'éparpille.

En vain j'ai voulu de l'espace
Trouver la fin et le milieu
Sous je ne sais quel œil de feu
Je sens mon aile qui se casse

Divin Baudelaire, mieux qu'une berceuse… Je me laisse tomber vers les abysses.

Tant pis si je ronfle.

PIÈCE_20

KAFKA MÁ KONĚ

BAR-RESTAURACE

MENU

Sobota–Neděle (4-5 března 2034)
Samedi-Dimanche (4-5 mars 2034)

PŘEDKRMY/ ENTRÉES

1/ Carpaccio THOR, Balzakové pesto, kapari, parmezàn, rukola
(Pesto au basilic, câpres, parmesan, salade roquette)

2/ Bruschetta BOUDHHA, Rajčata, česnek, toskánské pesto „Salsa Verde"
(Tomates, ail, pesto « Salsa Verde » de Toscane)

3/ Sýr SHIVA, Pikantní domácí nakládaný hermelín
(Fromage Hermelín mariné dans du piment maison)

POLÉVKY / SOUPES

4/ Polévka MAZU, Sametová drůbeží polévka
(Velouté de volaille)
5/ Polévka ARTEMIS, Hovězí vývar s masem a zeleninou
(Soupe au boeuf et aux légumes)

HLAVNÍ CHODY / PLATS PRINCIPAUX

6 / Smažený VISHNU, Smažený sýr, vařené brambory, ovocný kompot
(Fromage pané, pommes de terre bouillies, compote de fruits)

7 / Guláš JESUS, Jehněčí maso, rajčata, paprika, aromata
(Goulasch servi dans un pain de campagne / Agneau, tomates, poivrons, aromates)

8/ Salát ANUBIS, Salát s hruškami, gorgonzolou, oříšky a ořechovým dresinke
(Cresson, poires, gorgonzola, noix et vinaigrette aux noix)

9/ Omeleta HSIEH T'IEN-CHUN, staromódní omeleta s bramborami, špenátem, žampiony a sýrem *(Omelette à l'ancienne : pommes de terre, épinards, champignons, fromage)*

10/ Ryba ATHENA, Grilovaný losos se salátem a dresinkem
(Saumon grillé avec salade et vinaigrette)

DEZERTY / DESSERTS

11/ Palačinky ADAM a EVA, Dvě malé palačinky plněné tvarohem s flambovaným ovocem *(Deux petites crêpes farcies / Fromage cottage aux fruits flambés)*

12/ Zmrzliny VŠECH BOHŮ, Výběr : Čokoláda, vanilka, jahoda nebo pistácie
(Glace, deux boules au choix : chocolat, vanille, fraise, pistache)

— Elle était pas censée ramener un menu en français, la taulière ?

— Ne t'énerve pas... Il y a une ligne en français sous chaque plat.

— Où ?

— Sous chaque plat, je viens de te dire. C'est à l'envers, mais je lis ça d'ici... là, là et là...

— ... Ouais... Ouais, d'accord, Mouss... Faut vraiment une loupe, admets. Bon... Pendant ce temps tu gardes un œil sur le jardin ?

— Je ne quitte pas l'annexe des yeux.

— Tu sauras reconnaître Baudelaire, s'il débarque ?

— Entre mille. « *Le regard singulier d'une femme galante, qui se glisse vers nous comme le rayon blanc* ».

— C'est encore de lui ?

— Exact.

— Par rapport à *L'Albatros*, bof-bof. Alors... Je me laisserais bien tenter par un petit goulash, moi... Leur machin Vishnu a pas l'air trop mal non plus...

— Bof-bof, tu trouves ?

— Carrément.

— Eh bien va le dire toi-même à l'auteur... Sauf erreur de ma part... il est en train d'ouvrir le portail de l'annexe.

— Nom de...

— Qu'est-ce que tu fais ? Reste assis ! On n'est pas en Zone JIC, ici !

— Et alors ?

— Alors je te rappelle que les flics tchèques nous *tolèrent*, rien de plus ! On respecte l'accord !

— Tu plaisantes ?

— Je ne plaisante pas du tout, Jaouen... On passe un coup de fil au commissaire Novotny, comme convenu à l'aéroport, et on attend ses gars pour l'intervention... Rassieds-toi, ça prendra un quart d'heure au plus.

— Passe ton coup de fil si tu veux, Mouss... Moi j'y vais !

— Ne fais pas l'idiot Ja... Jaouen ! Jaouen !

SESSION 20
À CRAN

PB79702497-20CD

On dira ce qu'on veut des Boueux, qu'on est menteurs, bornés, râleurs, impulsifs, bavards, parfois violents. Pour chacun de ces défauts je plaide coupable. Il y a toutefois une qualité qu'il faut nous reconnaître : on sait bosser. Or toute la semaine nos collègues triment dur… Enoch monte neuf bannières en six jours à peine ; chacune pique l'intérêt de gros clients jusqu'ici plutôt frileux. Tesco et Microsoft en veulent encore dix autres comme celles-là, notre prix sera le leur ! Asbeel et Ifrit font un carton avec leurs hiéroglyphes animés. Hildar, elle, maîtrise déjà comme personne l'art du slogan. Il faut dire qu'après deux cents missions, les humains et leurs turpitudes, elle connaît – quinze nouveaux clients souhaitent qu'on assure leur prochaine campagne avec des accroches du même tonneau… La venue de nos neuf collègues crée un vrai tremblement de terre dans le monde de la pub, et ça se comprend : ils turbinent autant qu'un bataillon d'érudits sous cocaïne.

Eyaël vient donc de revoir ses estimations à la hausse. Quinze millions avant l'automne, si le rythme est maintenu ! Ça s'arrose, non ? Tout le monde se frotte les mains… Et comment ! C'est d'ailleurs l'occasion rêvée pour déboucher un petit Bordeaux… Juste un fond de verre chacun – nous sommes d'accord là-dessus : notre prochaine cuite, ce sera post-transfert et sur les vertes prairies de la Maison-Mère… Pas avant, pas ailleurs. Quant au petit tonneau en bois qu'on a déjà rempli de Château Petrus hors de prix, pas touche : on ne le sortira qu'au moment du départ.

— À la mémoire de Mitraillette !

— À la mémoire de Mitraillette !

Je contacte l'Albanais pour le prévenir : d'ici la fin de l'année, on pourrait bien sceller l'affaire. Une sonnerie, deux, le type décroche. Il se montre cauteleux, d'abord. Trente-cinq millions, c'est une somme… A-t-on vraiment les reins assez solides ? Pour être franc, il rechigne à s'organiser en amont si on n'allonge pas l'oseille en fin de parcours…

— Un acompte me motiverait… Comprenez ? Disons… deux millions ?

— Je comprends…

Je note ses coordonnées bancaires et lui dis que je le rappelle. Les collègues et moi discutons ferme… Faut-il céder aux exigences de l'Albanais ? À mon humble avis, oui. Eyaël et moi avons sondé son esprit en profondeur, au comptoir du *Kafka* : cimenteries d'Ukraine, poste-frontière slovaque, filière Polymono, filière JIC, il a effectivement le réseau nécessaire… J'ai beau tourner le problème dans tous les sens, je ne vois pas d'autre choix que de lui verser son acompte. Pareil saut de l'ange ne fait pas l'unanimité. Hildar est même très réticente, parce que le type pourrait décider au dernier moment de garder l'argent sans rien livrer ; on se retrouverait, nous autres, le bec dans l'eau.

— Aucun moyen de verrouiller sa loyauté ? demande-t-elle. Qu'avez-vous lu d'autre, dans ses pensées ?

Moins d'une demi-heure plus tard, une jolie somme est transférée sur le compte *offshore* de l'Albanais. Tous les fonds de *Babel Brothers* y passent. Lors du deuxième coup de fil, le type est ravi. Oui, il a vu, l'acompte a bien été transféré… Il va donc relancer ses contacts ukrainiens pour qu'ils préparent déjà notre colis.

— Autre chose ? s'enquiert-il.

Hildar me pousse du coude.

— Dis-lui, me chuchote-t-elle.

Je couvre le téléphone avec la paume.

— Ce n'est peut-être pas nécess…

— Dis-lui ! gronde Ifrit.

Pas très à l'aise, j'annonce à l'Albanais qu'on a encore un petit détail à clarifier…

— Je vous écoute, chante-t-il.

— Oh… Une formalité… Vous allez rire…

Je lui récite alors les noms et adresses de huit cousins ou neveux qu'on a pêchés dans ses pensées lors de notre première rencontre au *Kafka*. Je conclus d'un mielleux : « Pas d'entourloupe ? » Sa voix se tend, mais il comprend… Non, pas d'entourloupe. D'ailleurs, dans un souci de transparence réciproque, lui aussi a une info à partager… Si on lui fait faux bond et qu'il passe pour un guignol auprès de ses contacts ukrainiens, il nous rendra une petite visite à l'annexe. Je lui réponds que je comprends. Pas d'entourloupe.

Sur ces mots doux, je raccroche. Les collègues ne me quittent pas des yeux.

— Alors ?

— Alors c'est une affaire qui roule !

On met les verres vides dans l'évier, et au boulot.

— À Mitraillette !

— À Mitraillette !

Bon Dieu que c'est bon de respirer l'optimisme ! De lever le nez pour humer une brise qui souffle enfin dans le bon sens… Comme un rayon de soleil sur nos visages, un peu de chaleur sur nos bobines fatiguées !

Sauf que voici dix minutes, le ciel a brutalement viré à l'orage.

Eyaël vient de rameuter tout le monde dans le salon. Il est livide. Son doigt fébrile désigne l'écran géant : a-t-on vu ? Oui, on a vu, difficile de passer à côté. C'est partout sur les réseaux sociaux, j'en causais à l'instant à l'étage avec Enoch et Hildar… Les humains ont encore grimpé d'un cran dans la dinguerie. Voire de deux ou trois. « *L'affaire des caricatures* » est en train de mettre le feu aux poudres dans les Zones Odin et Râ. L'objet du scandale ? Un dessin publié hier soir par le JIC français… On y voit une Walkyrie à poil dans un sauna, chevauchée par un fier cavalier à tête de chacal. Le tout assorti d'un texte suggestif :

L'été sera chaud !

Depuis l'aurore, les Scandinaves ne décolèrent pas. Croix et croissants brûlent devant les ambassades JIC à Oslo, Stockholm, Copenhague, Helsinki, Tallin, Riga…

Au Caire aussi la foule gronde, exige que des têtes tombent. En réponse, des cortèges de gueulards sillonnent les rues de Paris, bannières au vent :

Bastet, basta !
HORUS, ISIS = terroristes !
Non aux arnaques pyramidales !
Ni Thor, ni maître !
Walhalla = Disneyland !
Touche pas à ma Bible !
Je prends soin de mes saints !

En d'autres circonstances, ça nous aurait fait marrer… Là, non. On commence même à serrer les fesses. La Zone JIC envisage un blocus économique des Zones Odin et Râ. Elle demande aussi aux Zones BH, TJ et Polymono de prendre position. « Si vous n'êtes pas avec nous, vous êtes contre nous ! », vieille antienne qu'on a déjà entendue mille fois au fil des siècles, toujours annonciatrice d'un désastre imminent. Et oublions les combines légales pour malgré tout commercer hors Zone, parce qu'elles requièrent du temps… Or du temps, avec la guerre totale qui pointe le bout de son nez, c'est précisément ce qui nous manque.

Nous passons le reste de la journée dans les dossiers. Moroses, irritables. Nos doigts courent sur les claviers, mais le cœur n'y est plus. Deux millions versés en acompte à l'Albanais, pas de quoi pavoiser… Où gratter les trente-trois millions manquants ? En Zone JIC, Odin ou Râ, on va bientôt subir une terrible hémorragie de clients… Eyaël suggère une stratégie agressive : démarcher tous les clients possibles, même les plus miteux, avant que ce foutu blocus ne nous mette au régime sec. On l'adopte comme un pis-aller.

Vers 3 heures du matin, gros coup de pompe… Je pose l'ordinateur sur ma table de chevet. Plus un bruit à l'étage. Je descends à pas de loup, gaffe à la marche du bas, j'emprunte le premier corridor. Personne. Dans la cuisine, l'équipe berlinoise roupille entre les piles de dossiers. On n'entend plus que le bourdonnement paisible du frigo resté ouvert. J'embarque une bouteille de lait, un verre, je reviens vers le salon. Des papiers partout… Eyaël s'est endormi sur son clavier, Hildar dans le sofa, deux autres ronflent sous la bibliothèque. Lessivés, les collègues… Je remonte m'installer sur le lit, ordinateur portable à dix centimètres des yeux. Allez, un dernier effort. Et je continue d'écumer la messagerie *Babel Brothers*, spam après spam. Sans doute rien de très lucratif là-dedans, mais par acquit de conscience j'ai décidé d'en traiter un maximum avant de dormir. Clics, recherches rapides pour trouver des adresses de contact valides, et je chauffe à mon tour ces éventuels clients. Stratégie agressive, a dit Eyaël…

« *[Love &…] Trouvez l'âme sœur* »
« *[Garden] Jardinage facile !* »
« *[X Trek] Voyagez léger* »
« *[Roulet...] Casino en ligne* »

Comme je racole depuis midi et demie, la technique est rodée. Toutes ces boîtes ont droit au même numéro de charme. Je commence par un sifflet admiratif : cela fait des années que nous les kiffons. J'enchaîne avec une flatterie plus spécifique sur la qualité de leur produit – service de rencontre, outillage, sacs à dos, blackjack, c'est selon. Enfin, je roule du popotin : s'ils souhaitent traductions ou accroches publicitaires, *Babel Brothers* leur fera un sacré prix… Suffit de se renseigner un peu sur nous en ligne, on vaut vraiment le coup ! Alors tu montes, chéri ? Et je continue le tapin jusqu'au dernier courriel de la colonne, daté de dimanche dernier :

« *[M le L…] C'est qui l'patron ? ^^* »

Celui-ci me laisse un instant rêveur. Sans doute une énième pub pour audiolivres de développement personnel. Avec un titre pareil, la suite sera sans surprise : *« C'est toi le patron ! »*, *« C'est toi la cheffe ! »*, *« C'est toi le meilleur, la plus balèze, le plus sagace, la plus douée ! C'est toi-toi-toi ! »* Typique des bobards constamment servis aux humains entre zéro et seize ans. Et ils y croient, les bouts de choux ! Remontés à bloc ! Or à dix-sept ans, tous prennent la réalité en pleine poire. Le sevrage est brutal… Fini, les compliments gratuits. Autant dire qu'ils sont prêts à payer très cher pour qu'on les leur susurre encore. Une belle combine, ce développement de l'*ego*, la boîte qui a pondu le spam doit forcément rouler sur l'or. Bref : client potentiel. Je clique, le message s'ouvre… Et j'ouvre des yeux ronds. « M Le Lumineux » ? « Mes p'tits anges déchus » ? La mâchoire m'en tombe au fil des paragraphes, jusqu'à la signature finale… Branle-bas de combat ! Saut du lit, chausson droit, chausson gauche, me voici déjà dans les escaliers. Je pose un pied sur la dernière marche, branlante, bascule et m'écrase la bouille contre le mur.

— C'est Mi… !

La douleur, je ne la sens même pas. Je reprends ma course, nez en fleur, lèvres ouvertes.

— C'est Mitra… !

Et dérapages, glissades, je perds un chausson près du vestibule, un autre dans la cuisine. Rassemblement général ! J'allume toutes les lumières du rez-de-chaussée pour revenir au pas de charge vers le salon, où je martèle la table des deux poings.

— Debout ! Debout tout le monde ! Courriel de Mi… de Mitraillette !

J'entends des grognements partout, sur le sofa, sous la table, près de la bibliothèque. Deux visages bouffis émergent déjà des couvertures :

— T'as vu l'heure ?

— On peut plus dormir tranquille ?

Les autres collègues rappliquent en se frottant les yeux.

Nous sommes tous agglutinés autour d'Eyaël, cous tendus vers l'écran de son ordinateur. La colonne « Solde » indique un montant qu'on vient de vérifier dix fois. Aucun doute, depuis une heure le compte en banque de *Babel Brothers* est bien crédité de trente-sept millions d'euros. Trente-sept millions ! Hildar tire la manche de mon pyjama :

— Où est-ce que votre chef d'équipe est allé pêcher une somme pareille ?

Franchement, je n'en ai pas la moindre idée. Hildar me met son portable sous le nez.

— Parce qu'en post-scriptum, ton chef d'équipe a écrit : « *Raphaël, tu feras sans doute un peu la gueule quand tu sauras d'où vient l'argent...* »

— J'ai lu comme vous, mais…

— Attends : « *Je suis comme le roi d'un pays pluvieux, Riche, mais impuissant, jeune et pourtant très vieux. Tu piges ?* » (Elle me regarde avec des yeux ronds.) Alors… Tu piges ?

Non, je ne pige pas. C'est bien un truc à la Mitraillette, ça, cryptique à souhait…

— Même en creusant ? s'enquiert Tsadqiel.

— Puisque je vous dis que je sèche ! « *Je suis comme le roi d'un pays pluvieux* », c'est un vers de Charles Baudelaire… Mais ce que ça vient faire là…

— Charles Baudelaire ?

— Un Français qui n'a jamais rien écrit…

— S'il n'a rien écrit, comment ton chef d'équipe est en mesure de le citer ?

— Effet coccinelle, dis-je.

— Effet quoi ?

— Coccinelle.

— Papillon, tu veux dire ?

Hildar me regarde en coin.

— Ça va ? Ton nez, tes lèvres ? Tu veux pas t'allonger un moment ?

Eyaël met un terme au débat : nous aurons le fin mot de l'histoire à l'arrivée de Mitraillette, voilà tout. Pour l'instant il n'y a qu'une priorité, le californium. Et ça passe par l'Albanais. Il claque des doigts.

— Téléphone.

Les jours suivants sont une torture. Chaque sonnerie nous fait bondir : l'alarme incendie, celle d'un réveil, le téléphone ? Quel téléphone, le tien ? Non. Alors la sonnette d'entrée ? Est-ce l'Albanais ? Même le livreur de pizza ne nous enchante plus, on le reçoit avec des bobines déçues : *ah, c'est vous...* Quant aux nouveaux pauvres, on leur fait comprendre qu'on n'a plus de temps à perdre avec leurs salades. Eyaël est tellement sur les nerfs qu'à plusieurs reprises il les arrose d'une pluie de billets. Allez, trois mille euros en pleine face, qu'est-ce que vous dites de ça ? Faut voir comme ils détalent... Hier, j'ai même averti deux larrons : s'ils repassent, on leur lègue d'office la totalité de nos biens. Ceux-là aussi ont déguerpi en vitesse.

Ce matin à 6 h 07, je découvre un second courriel de Mitraillette, annonçant qu'il sera ici dimanche *après-midi*. Le sauf-conduit multizone, procuré par un « *admirateur secret très haut placé au ministère de la Moralité publique* », devrait lui permettre de franchir sans encombre les barrages routiers. Un « *admirateur* » ? Encore une énigme à la Mitraillette, voire une vanne tordue que je renonce à comprendre. Son courriel s'achève sur un post-scriptum sucré-salé : il nous embrasse, mais nous écorchera vifs si la balise Oméga n'est pas prête à son arrivée. Moi, je sors à peine du lit. Autant dire que sa menace passe mal. Elle me fout même en rogne. Pour qui il se prend, ce con ? Et surtout, pour qui il nous prend ? Pour ses larbins ? Je lui réponds en étéocrétois d'aller se faire cuire un Grec. Pas certain que ce soit l'expression d'usage ; tant pis, il décodera. J'ajoute qu'on partira sans lui s'il n'est pas là dimanche avant midi, alors qu'il se magne ! Je conclus par la formule étéocrétoise équivalente à « grosses bises » : « mille postillons sur tes joues grasses ». Ça lui fera les pieds. Là-dessus, je me sers un thé et je sors faire trois fois le tour du jardin. L'air est frais. Inspiration, expiration. Je me calme.

À mon retour, les autres me font une scène pas possible.

— On a lu ta réponse au message de Mitraillette !

— Comment oses-tu ?

— Après ce qu'il vient de faire pour nous !

— Et puis c'est ton chef d'équipe, merde !

Le ton monte. Ifrit, Asbeel et Hildar exigent que j'écrive *illico* un courriel d'excuse… Ce que je fais, de mauvaise grâce, après avoir échangé deux-trois baffes avec Asbeel. Nous nous réconcilions dans la cuisine autour d'un chocolat chaud.

— *Mea culpa*, Asbeel.

— Non, non… C'est vrai qu'il est con, ton chef d'équipe.

Bref, on est à cran.

Inutile de bosser, désormais, alors je fais les cent pas devant les infos. L'argent de Mitraillette est tombé à pic, vraiment : le blocus économique a pris effet ce midi. Dans la foulée, il fallait s'y attendre, dix clients ont annulé leurs commandes. Adidas, Coca, Macintosh, Nestlé… Nos contrats les plus juteux viennent de s'évaporer.

Et pour ne rien arranger, la Première Règle d'or commence elle aussi à ployer un peu partout dans le monde… En zone Râ, des colonnes de chars convergent déjà vers les postes-frontière. L'État égyptien évoque une « *pacification possible* » de la bande de Gaza. Jérusalem se réjouit de ce « *rendez-vous militarisé* », je cite. Tsahal précise d'ailleurs que « *la Première Règle d'or restera prioritaire* » : seuls les équipements, bâtiments et véhicules seront visés par son artillerie. Il est donc vivement conseillé aux civils et militaires égyptiens de se tenir très loin de tout ce qui est « *toits* », « *murs* », « *portes* » ou « *portières* » dans les semaines qui viennent... Loin de tout, pour être franc... Idéalement, qu'ils campent sur les dunes du désert libyque, « *très agréable en cette période de l'année* ».

Ailleurs, ça dérape aussi dans les grandes largeurs... Jeudi soir, la zone Odin déploie ses flottes civiles en Baltique et en mer du Nord. Les superpétroliers s'apprêtent à distribuer leurs cargaisons à qui voudra, pour un prix au ras des pâquerettes... L'Europe se cabre : il s'agit là d'une agression absolument contraire aux Règles d'or ! Cette vente à perte déréglerait l'ensemble de l'économie européenne ! Les conséquences seraient gravissimes ! Dévaluation, spéculations sur le prix du baril, éclatement de la bulle, récession et misère, on voit venir ça d'ici ! La zone Odin rétorque qu'en cas de famine, elle assurera une aide alimentaire partout en zone JIC. Oslo prévoit deux plats au menu humanitaire :

1. *Jarret de porc.*
2. *Agneau cuit dans le lait de sa mère.*

Paris et Londres s'enflamment. Les deux capitales proposent de livrer par voie aérienne une trentaine de têtes nucléaires instables dans les régions d'Oslo, Helsinki et Stockholm... Tout ça au nom de la science et dans un semblable « *esprit de partage* ». Aux dernières nouvelles, les frégates du JIC hésitent encore à envoyer par le fond les bâtiments scandinaves, toujours en zone internationale, mais dangereusement proches des ports européens.

Bref, le grand pétage de plomb vient de débuter en fanfare. Je comprends mieux les Scribes, à présent. Foutus humains… Jamais on n'aurait pu décrocher le triple A sur un chantier pareil…

Enfin, au petit matin du samedi 4 mars, le californium est livré. J'aimerais raconter la chose avec force retournements, coups fourrés et révélations soudaines… J'aimerais peindre des silhouettes en imper se faufilant dans l'ombre, des fausses mallettes volées, perdues, d'improbables mots de passe murmurés sur un pont brumeux… J'aimerais un récit trépidant qui rende justice au miracle qu'on a attendu quatre longues années… Eh bien non, encore une fois le réel nous crache à la gueule. Ça se fait le plus simplement du monde et en moins de trente secondes : deux coups de sonnette, je descends ouvrir à un rondouillard en jogging dépêché par l'Albanais ; bonjour-bonjour, il me passe d'abord sa petite caisse en plomb :

— Californium…

Il me tend ensuite son gros sac.

— Combinaison Hazmat de type 1. Salut.

Et il se tire en sifflotant. Moi, je retourne à la cuisine dans mon pyjama crade. Là, je lâche le sac, je pose la caisse sur la table. Aucune musique d'ambiance. Je me gratte la tête. Le moment est historique, tout de même, on en parlera encore dans cent mille ans… Pas question d'annoncer la nouvelle comme on livre un sac de patates… Je réfléchis vite fait.

« *Mes frères ! Mes sœurs ! L'heure est venue...* » Trop classique.

« *Il faut qu'on parle.* » Trop connoté, ils vont croire que je m'en vais.

« *Devinette ! Qu'est-ce qui rime avec "pomme" ?* » Trop simple, ils trouveraient *illico*.

« *Approchez ! Approchez, frères de boue !* » Trop marchand de patates, pour le coup.

« *En vérité je vous le dis, mes frères...* » Trop chiant, ils n'écouteraient pas.

Aucune idée, vraiment. Allez… autant gueuler leurs noms en tapotant un verre avec le dos d'une cuiller. *Ding-Ding-Ding*, si c'est bon pour un mariage, c'est bon pour un départ.

— Eyaël ! Hildar ! Enoch ! Ningal ! Samyaza ! Tsadqiel, Ifrit, Asbeel… euh… Machin et son pote !

J'entends grincer les ressorts du salon, Ifrit émerge du sofa.

— La raison de ce chahut, je te prie ?

J'indique la boîte en plomb.

— Notre ticket retour. (J'avance dans le couloir et me remets à brailler, sans cesser de faire tinter la flûte à champagne.) Tsadqiel ! Machin ! Eyaël ! Hild…

Eyaël surgit en haut de l'escalier, paniqué, veut savoir s'il y a le feu. Pas non plus très frais, il m'interroge du regard. Je ne réponds pas. À mon sourire, il comprend. Il comprend, oui, mais refuse encore d'y croire tout à fait. Ses lèvres tremblent quand il se penche à la rambarde.

— Je… Je descends la balise ? chuchote-t-il.

Je lève le pouce. Descends la balise, mon ami.

Onze petits papiers ont été jetés dans un grand bol. À moi l'honneur. Je pioche un nom à l'aveugle, pour annoncer d'une voix solennelle :

— Pachad !

Et je marque un temps d'arrêt… C'est qui, Pachad ? Les collègues désignent deux petits bruns qui prennent la poussière au fond du salon. Celui de gauche lève la main. Jusqu'ici je les surnommais juste « Machin » et « Truc », ces deux-là, pour une bonne raison : plus discret qu'eux, tu disparais. Des pros de l'évasion immobile. Lâchez-les dans n'importe quelle pièce, même sous vos yeux, moins de dix minutes plus tard ils font partie des meubles. D'ailleurs les seules fois où je me suis souvenu d'eux, c'était pour me rappeler que je les avais oubliés. « Pachad », donc… Désormais c'est noté.

— Bravo ! dis-je en lui tendant le petit papier. À toi d'insérer le californium dans la balise ! T'es content ?

Il approuve mollement.

— Oui.

— Des questions ?

— Non.

Eyaël saisit le gros sac, Enoch s'empare du petit caisson, et nous descendons tous à la cave. Là, entre quatre murs épais, on s'active autour de la combinaison Hazmat. Enoch et Ifrit aident Pachad à ajuster le barda sur la première couche protectrice. Ils s'y reprennent au moins dix fois. Entre les brides croisées de l'entrejambe, les agrafes, les boutons pression et les bandes Velcro, quel casse-tête… Chacun y va de son petit avis.

— Ça devrait pas plutôt passer par en dessous ?

— L'agrafe de droite sur celle du haut, je dirais…

— Du *bas*.

— Non, deuxième bride dans la boucle…

— Laisse-moi faire…

— Tourne encore un peu…

— C'est pas à l'envers, là ?

On passe ensuite aux bottes à clapets ajustables, rien d'évident non plus. L'autre se laisse faire, placide, tandis qu'on virevolte autour de sa combinaison Hazmat. Seule Samyaza reste adossée au mur, bras croisés. Elle ne comprend toujours pas pourquoi on s'emmerde autant. Selon elle, on devrait manipuler le gramme de Californium avec les doigts. D'ailleurs si on veut, elle s'en charge et c'est réglé… La radioactivité, plaide-t-elle, on s'en fout ! Ce n'est pas comme si on allait conserver ces fichues coquilles humaines ! Eyaël la fusille du regard. Il lui rappelle qu'on est censés « laisser les corps dans l'état où on les a trouvés en entrant ». Samyaza ricane.

— Parce que maintenant, on suit la Charte ?

— Oui, glapit Eyaël, on suit la Charte…

— Ah ouais ? Et dans la Charte… il n'y a pas aussi une règle qui proscrit l'exil des Boueux ?

— Exact, concède Eyaël. Et alors ?

— Alors merde à la Charte, grommelle Samyaza. Moi, je ferais ça avec les doigts.

— Ben moi pas.

— Ben t'es con.

Il faut encore vingt bonnes minutes pour activer l'appareil respiratoire autonome. C'est enfin prêt. Enoch tapote le dessus du casque.

— Ça va, là-dedans ?

— Oui.

— Tu sais quoi faire, hein ?

— Oui.

— Pense à sceller la balise dès que tu y auras plongé l'isotope.

— Oui.

— Tu évites d'irradier tout le sous-sol, hein ?

— Oui.

— Quand tu auras fini, laisse ta combinaison au bas des marches.

— Oui.

— Et tu refermes derrière toi les trois portes.

— Oui.

— Trop lourdingues, nos conseils ?

— Oui.

— Alors on te laisse ?

— Voilà.

On rabat la porte métallique sur le collègue en combinaison Hazmat. Le débat entre Eyaël et Samyaza reprend dans les escaliers. Il s'envenime même dès le premier sous-sol, insultes galloises contre compliments étéocrétois. Une fois dans la cuisine, je prépare une grande casserole de chocolat chaud. Les bols fumants passent bientôt de mains en mains et chacun boit à petites gorgées, en silence. Les nerfs se détendent.

Une demi-heure plus tard, Machin remonte à poil avec la balise. Le bouton carré clignote sous son nez

– rouge-vert, rouge-vert… On s'écarte pour le laisser passer.

— Pas de souci ?

— Non. Je mets ça où ?

— Sur la table, juste ici… Lentement, lentement…

Machin pose la balise en douceur. Eyaël se retourne vers Ningal, qui farfouille dans le buffet.

— Ça vient ?

— Un instant… Voilà, je l'ai. Château Petrus, m'sieurs-dames !

Et elle soulève notre tonneau. Asbeel l'aide à placer ça bien droit, juste au-dessus de la balise… à un centimètre à peine du gros bouton carré. Question poids, six kilogrammes à plein, mais moins de cent grammes à vide… Idéal pour activer la balise au terme d'une dernière tournée générale. L'idée vient d'Hildar, elle appelle cela la « roulette Ruche ».

— Doucement, Asbeel… Le robinet est dans le bon sens ?

Tout le monde confirme : robinet en bas.

— À trois ? souffle Ningal.

— À trois.

— Un…

— Deux…

— Trois.

Ils relâchent doucement, et le cul du tonneau vient se plaquer tout à fait contre la balise. Un premier « clic » fait vibrer la tôle. Désormais on ne touche plus à rien sauf au robinet ! On l'activera à tour de rôle lors d'une dernière tournée générale ici-bas. Château Petrus, santé messieurs-dames… Le tonneau perdra en masse verre après verre, jusqu'au moment-surprise où le bouton jaillira sur son ressort : deuxième « clic », flash, et torsion soudaine de l'espace-temps… Signal Oméga ! Retour au bercail instantané ! On applaudit Asbeel et Ningal, qui se fendent d'une belle révérence.

J'avise l'horloge : 11 heures.

— Et maintenant ? demande Enoch.

— Maintenant, dit Eyaël, on attend Mitraillette.

— Quartier libre, alors ?

Eyaël confirme : profitons de nos derniers moments sur Terre.

Cette bonne nouvelle ravit tout le monde. Ifrit, Tsadqiel et Ningal filent droit vers le salon. Ils s'emparent du plus gros matelas puis grimpent à l'étage en gloussant comme des poules. Samyaza descend remplir le jacuzzi, elle demande s'il y a des volontaires. Eyaël est partant, pour sûr, il finit juste son thé. Asbeel, Enoch et Hildar ont déjà mis leurs doudounes… Tous trois remplissent un sac de carottes et filent tout au fond du jardin pour façonner des Vigiles de neige. Je reste un petit quart d'heure à les observer par la fenêtre, puis je me prépare un autre chocolat. Là-haut, la musique poussée à fond couvre à peine les grincements du gros matelas. Je soupire. On a beau dire, mais les Polonais, c'est une équipe soudée… Un glapissement strident déchire soudain l'air. Ça vient du bas, cette fois. Eyaël, furieux, remonte en vitesse de la salle de bains. Il vient de découvrir Samyaza en combinaison Hazmat dans le jacuzzi. Leur engueulade promet du sport : il saisit le parapluie jaune du vestibule et redescend au pas de course en jurant qu'il va « la rosser, cette friponne radioactive ». Je me retrouve seul dans la cuisine avec Machin et Truc. Ma tasse est vide, je la pose dans l'évier.

— Vos prénoms, déjà ?

Tous deux ont une moue fatiguée.

— Tu t'en souviendras, cette fois ?

Je leur avoue que non. Et comme tous les trois on n'a ni envie de baiser, ni envie de se battre, on prend un énorme paquet de chips et on rejoint tranquillement le sofa. Machin allume la télé. Je fais un topo rapide sur la situation d'Ashley ; j'explique l'embrouille avec Malcolm et Kim en fin de saison 1, juste avant le retour de Brad. Important, Brad, parce qu'Ashley et lui sont en fait faux jumeaux… Et rejetons de Noah, le prof de tennis de la saison 2. Il faut aussi retenir trois noms pour bien saisir l'histoire : Devon, Abby et Summer.

— Vous vous souviendrez ?

Ils m'avouent que non.

— Casse pas ta tête, dit Machin. Lance ta série.

Sur ces mots sages, Truc ouvre le paquet de chips et on entame la saison 29 des *Feux de l'amour*… Coussins moelleux, amuse-gueules, plus aucune traduction à faire, que demande le peuple ? Je pousse un soupir d'aise en retirant mes chaussettes. Allez, pieds sur la table ! Un peu de détente bien méritée, nom de nom… Confession rapide : je ne suis plus du tout pressé que Mitraillette débarque. C'est parti pour un festin de délicieux coups tordus !

Forcément, la sonnette d'entrée retentit moins de dix minutes plus tard.

Je reprendrais bien un verre de Château Petrus avant de vous raconter, histoire d'entretenir le suspense, mais vous et moi on devine déjà qui se tient derrière la porte.

Chieur un jour…

PIÈCE_21

— Entrez, entrez donc ! Capitaine Vaouen ! Quel plaivir !… Voyez ? Nous trinquons entre amis…

— Gustave du Castel Beaupaire, Glen Briot et Hans Haenardt ! Vous êtes en état d'arrestation…

— Ranvez votre arme, capitaine, perfonne ifi ne va prendre la fuite… Confidérez-nous comme vos privonniers dofiles !

— Je… Restez assis, tous ! Et arrêtez de vous marrer, y a rien de drôle ! J'hésiterai pas à faire feu !

— Perfonne ifi n'en doute, capitaine.

— Je préviens quand même !

— On garde touf les mains bien en évidenfe fur la table, voyez ?

— Ouais… Je vous tiens à l'œil jusqu'à l'arrivée des renforts !

— Par curiovité… et après ?

— Après je vous ramène à Paris, qu'est-ce que tu crois ? Toi et tes deux complices, on a des choses à se dire.

— En fe cas, ve reprends un verre… Vous permettez ?

— Fais-toi plaisir, monsieur le poète.

— Mes convives auffi… Fa pove un problème ?

— Du tout… Tant qu'ils restent bien sages.

— Pas de problème… Tiens, Raph, finis ton verre… Et bravo, capitaine ! Vous v'êtes un fin limier ! Vamais vous n'avez laiffé tomber, contrairement à vos collègues… Allez, Famyava, Ningal, Mafin-truc… Cul-fec ! Toi auffi, Ifrit, cul-fec…

— Moi aussi, je dois reconnaître que tu m'as donné du fil à retordre.

— Merfi pour le compliment !

— C'en était pas un.

— Allez… Un petit verre, quand même ?

— Euh… Ça dépend. C'est du bon ?

— Fâteau Pétruf, grand cru 2025 !

— Eh ben… Y en a qui s'emmerdent pas… Ça rapporte, hein, la poésie !

— Capitaine… Fâteau Pétruf, oui ou non ? Le tonneau doit être quaviment vide, là… F'est maintenant ou vamais !

— Dans ce cas… Oui, va pour un fond…

— Grand verre ou petit verre ?

— Grand verre.

— Eyaël, donne un grand verre pour le capitaine… Merfi… On a dit « un fond » ?

— Juste pour goûter.

— Voilà-voilà… Comme fa ?

— Un peu plus…

— Un peu pluf, f'est vous le patron ! Vous m'en direz des nouvelles ! Encore une larmifette… Ouh là, rien que des gouttes… Aïe.

— Un problème ?

— Fa vient de faire « clic ».

— Clic ?

— Clic.

— Qu'est-ce que tu rac…

SESSION 21
NOS CLICS ET NOS CLAQUES

PB79702497-21CD

… chieur toujours.

— *Les frères Babel*, f'est bien ifi ?

Cette voix, je la reconnaîtrais entre mille. Je jette tout de même un œil à travers le judas. Pas de miracle, mon doux rêve de glandouille devant les *Feux de l'amour* vole en éclats : monsieur Casse-Cul, Casse-Pieds, Casse-Noisettes, Casse-Bonbons, voilà qui j'aperçois sur notre perron enneigé… En un mot : Mitraillette. Sa tête de fouine n'a pas pris une ride. Seul le costume a changé –flanelle blanche et chapeau melon. Il sonne encore, tambourine contre la porte.

— Allez, quoi ! F'est moi !

Connaissant l'arsouille, je suis sur mes gardes. J'ouvre précautionneusement.

— Je te préviens, Mitraillette, si tu essaies de me frap…

Il se jette à mon cou.

— Raph ! Mon Raph !

Je m'étais attendu à tout sauf aux effusions de joie. Il sent bon, en plus, alors je le serre fort en lui tapotant le dos. Je tapote aussi les bras, les jambes, les deux pans de sa veste – aucune arme. Il se dégage de mon étreinte et recule d'un pas.

— T'inquiète… (Il avise le fond du jardin.) Dis… F'est des collègues à nous, les trois gogols ?

— Pourquoi « gogols » ?

— De mémoire, les carottes fa fe met pas aux culs des bonhommes de neive… (Il réfléchit une seconde.) En tout cas pas fur Terre.

— Entre, Mitraillette…

— T'as pas répondu. F'est des collègues, oui ou non ?

Je confirme : Asbeel, Enoch et Hildar… Je porte d'ailleurs pouce et index à mes lèvres pour lancer un coup de sifflet. Là-bas, tous trois me font signe : ils arrivent. Je leur laisse la porte ouverte.

— Les deux autres équipes sont à l'intérieur, dis-je. Suis-moi.

Mitraillette m'emboîte le pas.

— Et il est là, l'autre couillon ?

— L'autre couillon ?

— Eyaël, pardi !

Si je me retourne maintenant, ça va mal finir.

— Avance.

— Alors il est là ?

— Tu verras bien.

Je le mène au salon tout en rameutant les collègues. Hildar, Asbeel et Enoch déboulent déjà derrière nous, essoufflés :

— Gabriel ?

— C'est bien toi ?

— … le Lumineux ?

À l'étage, la musique a cessé. Ningal et Tasdqiel descendent en caleçon.

— Mitraillette ?

Tapes dans le dos, poignées de mains, embrassades, tout le monde veut toucher « le Rédempteur ». Il râle un peu, doucement les gens… C'est de la flanelle, son costard ! Et pas trop de bises, ça pique ! Quand Eyaël remonte enfin de la salle de bains avec son parapluie tordu, Mitraillette fonce à sa rencontre.

— Eyaël ! Mon Eyaël !

— Gabriel !

— Viens faire la bive à ton fef d'équipe !

Eyaël se jette dans ses bras. Mitraillette le réceptionne, secoue, le fait tourner en toupie. Tous deux se marrent comme des larrons en foire.

— Alors ? La balive est prête ?

— Relâche !

— On va pouvoir rentrer à la maivon ?

—… J'ai… le tournis !

— Fais une autre bive, tiens !

Eyaël exulte, jure comme un centurion : *Scelestus, legirupa !* La balise est prête, oui, et par Hercule qu'il est heureux ! Mitraillette le repose.

— Me fais pas languir… Elle est où, fctte balive ?

— Un… Un moment…, hoquette Eyaël en se rattrapant au mur.

Il lui faut une petite minute pour retrouver l'équilibre. En attendant, Mitraillette est invité à nous suivre dans la cuisine. On se met tous à peu près en cercle autour de la table. Hildar s'improvise reine de cérémonie. Dès qu'Eyaël franchit le seuil, elle saisit un coin du drap blanc qui recouvre balise et tonneau.

— Attention aux yeux !
— Montre-moi fa…
D'un geste solennel, Hildar soulève le drap.
— Voici la bête !
Visiblement, notre petite mise en scène est loin de convaincre Mitraillette.
— Vous pouviez pas le mettre ailleurs que fur la balive, votre pinard ?
— C'est exprès ! jubile Tsadqiel. Le poids du tonneau rempli retient le bouton !
— Six litres, six kilos ! explique Eyaël.
— Mais dès que ça passera sous les trois cents grammes…, s'empresse d'ajouter Ifrit, Clic !
— « Clic » ?
— Oui, le bouton se relèvera… et signal Oméga !
Mitraillette hausse les sourcils.
— F'est débile.
— Mais non ! On va se servir à tour de rôle… Et qui déclenchera le signal ? Ben suspense, vu qu'on voit pas l'intérieur !
— C'est notre « roulette Ruche » ! minaude Hildar.
Mitraillette s'approche d'elle.
— Votre quoi ?
Pas peu fière de sa trouvaille, Hildar s'éclaircit la voix.
— Notre « roulette Ruche » !
— On dit « roulette ruffe », corrige Mitraillette. Fais voir un peu tes dents, toi ?

Tsadqiel vient d'apporter une douzième chaise. Allons, tout le monde en place ! Mitraillette couve la balise d'un œil curieux.

— Fa n'a pas été trop compliqué à activer, fe truc ?
— Compliqué, non… Surtout pénible.
Eyaël évoque alors le mal de chien qu'on a eu pour ajuster la combinaison Hazmat. Samyaza remet le couvert : selon elle, précautions inutiles. En T-shirt et sandalettes ça serait allé bien plus vite… Quelle importance si ces coquilles sont irradiées ? Mitraillette est plutôt d'accord avec elle, d'ailleurs il n'est jamais passé chez le dentiste : on ne nettoie pas un Kleenex usagé, bordel, on le jette ! Moi, je mets quelques secondes à faire le lien entre un Kleenex, un dentiste, un bordel et nos coquilles, mais je crois saisir à peu près l'idée. L'analogie pouvait être plus claire, quand même.
— Au fait, dis-je, tu nous révèles enfin d'où vient l'argent ?
Mitraillette hésite.
— Fi tu promets de pas péter un câble.
— Mais non…
— Promets ! insiste-t-il. Ta parole de Boueux.
— Promis…
— Dis les mots.
— Je te donne ma parole de Boueux, là, t'es content ?
— Dans fe cas…
Il pousse un long soupir, puis entame le récit de son périple en solo.
— Mon aventure débute en août 2032, en pleine canicule…
Je lui suggère gentiment d'aller droit au but. Grosse erreur, Mitraillette s'emporte.
— Une hiftoire fa a un début, un milieu et une fin, Raph… T'as pas lu Ariftote ?
— Si, je l'ai même rencontré…

— Menteur… En tout cas une hiftoire f'est pas d'abord une fin, pis un milieu et un début…

— Je vois.

— F'est pas non plus un milieu, un début, pis une fin…

— Je t'écoute, Mitraillette…

— Finon fa reffemble plus à rien, Raph. F'est dans le dévordre ! Tu comprends ?

— Oui, oui….

— Plus à rien reffemble fa tu comprends finon Raph ?

Je me demande soudain comment il a pu nous manquer à ce point, ces deux dernières années.

— Raphaël a saisi, souffle Eyaël… Commence par le début, si tu veux, quand tu es parti pour Paris.

— En embarquant les Piškotis, dis-je.

Mitraillette me glisse un regard noir.

— Tu fous-v'entends quoi, Raph ? Que ve les v'aurais volés… ?

— Disons… empruntés.

— F'est fa, *empruntés*… T'arrête de me couper la parole, maintenant ?

— Je me tais.

—… Ve divais donc… Mon aventure débute à Prague en août 2032. Moi, Gabriel le Lumineux, ve me retrouve au bord de l'autoroute, fimetière des folitudes preffées…

De métaphores en digressions, Mitraillette retrace alors sa traversée de l'Europe. Son récit mijote une bonne heure… et déborde. Il en fout partout. On a le droit à un rapport circonstancié de ses moindres faits et gestes, assaisonné d'interminables commentaires. Je vous ressers ça ici mais j'en filtre les trois quarts – surtout de la flotte, vous ne perdez pas grand-chose.

12 août 2032 – *Départ de Prague. Mitraillette est déterminé à trouver au moins une équipe avant de revenir ici. S'il réussit ce coup-là tout seul, jamais plus on ne le prendra pour un con. Son instinct lui chuchote de filer vers Paris. C'est vrai, quoi, on n'a jamais cherché là-bas ! Auto-stop sur l'autoroute E50. Un peu avant minuit, un routier ukrainien le fait monter dans son camion. Chouette type, enjoué. Bonnes blagues tout au long du trajet. Celle du sanglier, par exemple, d'ailleurs il faut absolument qu'il nous la raconte un jour. Personne autour de la table ne mord à l'hameçon.*

13 août, au petit matin – *Le routier lâche Mitraillette à Nuremberg. Un kilomètre à pied jusqu'au parking de la gare routière, main basse sur une petite Clio. Pas de clim', avec cette chaleur c'est plus une voiture, c'est un four : il y a vraiment des gens qui achètent n'importe quoi. Deuxième vol. La clim'. En prime, barres de céréales sur le siège passager et quelques billets dans la boîte à gants.*

14 août, matin – *Panne entre Nuremberg et Stuttgart. Auto-stop sous la canicule.*

14 août, fin d'après-midi – *Arrivée à Strasbourg, tournée des bars. Mitraillette récupère en douce cinq ou six cartes bleues. Ses potes de comptoir, cette nuit-là : Michel, Francis ou François, plus trop sûr, Abdel et*

Laurent, deux étudiants sympas... Branchés chimie, les jeunots. Ils ont même aménagé un labo personnel dans leur petit studio. Tous s'y rendent joyeusement vers minuit. Découverte de la MDMA.

14 au 24 août inclus – *Trou noir.*

25 août, matin – *Réveil à Amsterdam sans son blouson. Courbatures, mal au crâne. Toujours deux cartes bleues dans les chaussettes, les autres ont disparu. Visite de la ville, canaux, ruelles, très romantique, vol de moto. Longue description de la moto en question, un bijou.*

25 août, après-midi – *Traversée de La Haye, de Rotterdam, pause à Bruxelles. Moules-frites, trop salées. Bière pas mauvaise. Petite chambre d'hôtel dans le quartier d'Ixelles.*

27 août – *Arrivée à Paris. Plus un sou, les enfoirés des cartes bleues ont fait opposition. Squat dégueulasse du côté de Pigalle. Sa moto est volée dans la nuit. Mitraillette s'agace : de nos jours, Paris, c'est racaille et compagnie.*

Septembre-décembre 2032 – *En journée, Mitraillette s'improvise guide pour touristes japonais. Il parcourt avec eux le quartier de Montmartre. Sa maîtrise de la langue et ses mille anecdotes séduisent, pourboires généreux. Bien plus aimables que ces foutus Français, les Japonais. En plus ils savent faire confiance, eux. Aucune simagrée pour lui confier leurs sacs à dos* *pendant les petites pauses. Chaque soir, dans le squat de Pigalle, écriture de poèmes sur son nouvel ordinateur portable (japonais). Fin décembre, assez d'argent pour imprimer les vers puis faire relier le tout en cent cinquante exemplaires.*

— Tu as écrit des vers, Mitraillette ?
— Et comment !
— De la poésie ? s'étonne Eyaël.
— Ben oui, vous croyez quoi ? (Il se tapote le crâne.) V'ai un cœur qui bat, là-dedans…
On laisse couler.

Début janvier 2033 – *Manche devant la terrasse du* Scaramouche, *café branché de Montmartre. Au programme : chants sumériens pour se signaler aux éventuels collègues, parce qu'il ne perd pas le nord, et lecture de ses poèmes. Un chant en sumérien, un poème en français, rebelote. Ça plaît. Sept euros l'exemplaire, une affaire. Les livrets partent comme des petits pains.*

Son récit nous laisse sceptiques.
— Les gens ont acheté tes poèmes ?
— Bien fûr ! Beaucoup m'ont même avoué n'avoir vamais rien entendu d'auffi beau…
— Vrai ?
— Et f'est pas tout…

4 au 26 janvier 2033 – *Dans l'après-midi du 4, un quidam se présente à Mitraillette. Larmes aux yeux, le gars. Deux heures qu'il l'écoute. Ces poèmes en français l'ont bouleversé, y a pas d'autre mot… Et ça* *tombe à pic : il est éditeur. Il offre un contrat à signer là, maintenant. À valoir de mille euros en cash, carrément. Mitraillette empoche les billets. Là-dessus chambre d'hôtel, douche, achat de fringues propres, chemise italienne et tout. Dès le mercredi matin il peut s'installer en terrasse pour ses récitals poétiques. Au fil des jours il y fait de belles rencontres : Alix la bêcheuse, Servane l'intello, Athéna l'artiste, puis Colombe et Prune, les deux sœurs jumelles. Prune est super bonne, comme la plupart des Prune. Colombe, bof.*

L'envie de commenter nous démange encore, mais on se retient tous. Mitraillette poursuit sur sa lancée.

***14 février 2033** – Camille Landru, cette chipie des bois, publie sa « preuve divine ». Mitraillette y découvre un ramassis de foutaises qui le laissent froid. Les humains sont en revanche tous séduits. Il songe alors à Eyaël et moi. On a certainement lu ça à Prague, nous aussi... Notre moral doit être au plus bas... Il nous écrit donc une carte postale, rien que des mots gentils et des encouragements. Très peu d'insultes, vraiment. Il finit par déchirer, vu qu'il n'a pas notre adresse.*

***28 février 2033** – Publication du recueil aux éditions Vaillant, cette fois sous la forme d'un bel ouvrage broché. Au dos, sa photo. Chemise ouverte, poils au torse, la grande classe... Et un discret message en sumérien avec l'adresse du* Scaramouche, *vu qu'il ne perd toujours pas le nord.*

Quel mythomane… En ce point de l'histoire, son prétendu succès littéraire me fait doucement rigoler. Mitraillette, un artiste ? Je l'ai vu à l'œuvre, moi… Auteur de poèmes propres à troubler, à séduire ? Ben voyons ! L'arsouille nous mitonne un classique bourrage de mou. Je me garde toutefois de trop sourire, il prendrait la mouche… Suffit d'attendre la fin du conte. On fera le tri.

Mars 2033 *– Notoriété grandissante. Première télé de Mitraillette. De retour au* Scaramouche, *fête du slip. Alix la bêcheuse encense ces « vers sombres venus d'ailleurs ». Elle ne le lâche plus d'une semelle. Idem pour Alejandro, Ruth, Jean-Christophe et Kim. « Kim », c'est pas son vrai nom. Mitraillette explique pourquoi, je perds le fil.*

Avril 2033 *– Lectures publiques dans les librairies et les cafés huppés de Paris. Mitraillette est formel : la prodigieuse beauté de ses vers subjugue (pour toute cette phrase, Eyaël retranscrit). Autres rencontres. Enzo, Amandine, Greg, Blanche, Constance. Et Magali aussi… Ah, Magali… Bref, son recueil* Le Mal des fleurs *fait un carton.*

Le vertige me saisit aux tripes. C'est tellement énorme que j'hésite à demander. Je l'interromps quand même :

— Répète un peu le nom ?

— Magali.

— Non, celui du recueil…

— *Mal des fleurs*… Enfin, *Fleurs du mal*, quoi. (Il se recule vivement.) T'as promis que tu péterais pas un câble !

Je plaque mes deux paumes contre la table.

— Tu… Tu as osé plagier Baudelaire ?

— Ouh la, tout de fuite les grands mots ! On peut pas « plavier » un type qui n'a vamais rien pondu ! Car ve l'ai retrouvée, moi, la bio de ton Baudelaire… Même qu'il a vécu très vieux, mais pas en tant que poète !

La nouvelle me sidère.

— Je pensais qu'il avait été tué par une de nos équipes…

— Pas tué, *détourné*… Il a vufte pris une autre route dès 1840. Militaire de carrière.

Je sors illico le téléphone pour vérifier ça… Charles Baudelaire, trois lignes à peine sur Wikipédia : *Né à Paris le 9 avril 1821, mort à Versailles le 23 septembre 1904. Fasciné par son beau-père, le général Aupick, Charles s'engage à dix-neuf ans dans la cavalerie. Il sert en Algérie, en Espagne, en Crimée et au Mexique. Il est surtout connu pour avoir écrit, à la fin de sa vie, un* Traité sur la confiture de coings.

— Alors tu vois ? râle Mitraillette. V'ai rien volé, moi !

— Ton chef d'équipe n'a pas tort, grogne Ifrit.

— Sans Mitraillette, ajoute Hildar, faut reconnaître que les vers en question n'existeraient plus.

L'embrouille aurait redonné vie à ce qui n'en a jamais eu ? Idée tordue, mais séduisante… Elle me laisse encore un instant songeur.

— Moi aussi, intervient Samyaza, je dirais plutôt qu'il a sauvé Baudelaire…

— Il l'a carrément sorti des oubliettes, insiste Ifrit. Et avec trente-sept millions d'euros à la clef.

— Réfléchis deux secondes, Raph.

Tout compte fait, oui, pas bête… Pas bête du tout… C'est sans doute ce qui pouvait arriver de mieux au poète doublement maudit. Sinon à sa personne, du moins à son œuvre… Je cherche tout de même à savoir si Mitraillette a modifié des vers.

— Ben non, dit-il, pour quoi faire ? Bon, poèmes en dévordre, vu que v'ai picoré dans les trois recueils… mais à part fa, copie conforme.

Une seconde vie, en somme… L'impossible plagiat a tout simplement ressuscité les *Fleurs du mal*. Je suis à un cheveu d'en chialer de bonheur.

— Du coup, Raph, fa te met pas en rogne ?

— Écoute… Non… Non, au contraire…

— Férieux ?

— Sérieux.

Il ouvre grand les bras.

— Alors viens faire des papouilles à ton fef d'équipe ! (Il agite l'index.) Mais doufement, hein… F'est de la flanelle, mon coftard.

J'écoute le reste en souriant comme un benêt. Rêveur, quasi absent… Forcément, je rate une bonne partie du laïus, dont voici quand même les grandes lignes.

***Mai 2033** – Disney entre en scène. La major américaine lorgne les droits audiovisuels d'un poème en particulier :* Le Joujou du pauvre. *Mitraillette demande à lire un pitch avant de signer, pas question que le cinéma massacre son chef-d'œuvre. Il est vite rassuré : projet de dessin animé à cheval entre* Ratatouille *et* Les Misérables, *une pépite. Fin mai, c'est au tour de Colombia Pictures, qui jette son dévolu sur* L'Albatros. *Leur pitch : l'équipage du porte-avions USS John F.*

Kennedy torture un pauvre piaf (brûlé, irradié) qui acquiert bientôt des superpouvoirs (ailes de géant, pupilles lasers) et sème le carnage sur la côte californienne. Là encore un bel hommage à Baudelaire, tout à fait dans l'esprit du texte. Mitraillette signe illico.

Juin 2033 – *Lancement de la ligne de fringues « Chabriel choc » : crêpe ou mousseline de soie, fausses taches de vin, trous savamment ajustés, et la promesse que « ça tient froid ». En prime, vers du* Mal des fleurs *inscrits au dos... Et choisis par ses soins, s'il vous plaît ! Version T-shirt femme : « Même quand je marche on croirait que je danse » (Le « Je suis la pipe d'un auteur » a été refusé pour des raisons absconses) ; T-shirt homme : « Toujours je chérirai la mer » ; T-shirt adulte mixte : « Car j'ignore où tu fuis, tu ne sais où je vais » ; T-shirt enfant mixte : « Je suis un cimetière abhorré de la lune ». On se les arrache partout en France.*

Juillet 2033 – *Premières plaintes déposées contre* Le Mal des fleurs. *Motif : « Outrage à la morale publique et aux bonnes sœurs », une connerie dans le genre. Mitraillette lit en diagonale les multiples convocations des tribunaux, du charabia. Il écoute vite fait ses avocats, du charabia. Une chose est sûre : les bigots lui cherchent des noises.*

Septembre-Décembre 2033 – *Formation patiente à l'évasion fiscale.*

Janvier 2034 – *Formation accélérée à l'évasion tout court. Brigade de Répression des Sacrilèges aux fesses.*

Mitraillette doit quitter en catastrophe sa garçonnière de l'avenue Montaigne. Ça lui fait mal au cœur parce qu'il avait une sacrée touche avec Églantine, la voisine du premier. Désormais, changement de planque quotidien : rue Becquerel, avenue Frochot, rue Lamarck, quai Châtelier, boulevard Saint-Martin...

12-13 février 2034 – *Découverte du site Babel Brothers, contact rétabli. Commande d'un énième faux passeport via le dealer bosniaque de Magali. Ah ! Magali... La petite secrétaire chafouine des éditions Vaillant... Bref, préparatifs pour Prague.*

22 février 2034 – *Villa machin. Retrouvailles mi-figue mi-raisin avec les onze autres Boueux. Tous sont curieux comme des fouines. Réponse à la question : « D'où vient l'argent ? » Au passage, belle démonstration à Raphaël sur l'art de bâtir un récit : d'abord un début, ensuite un milieu, puis une fin. Aristote, quand même... C'est la base, non ?*

— Et voilà !

Le tonnerre d'applaudissements me réveille tout à coup.

— Allez ! Fa mérite bien un p'tit vus ! (Il se met à tripoter le robinet du tonneau.) Faut le tourner dans quel fenf, fe truc ?

— Vers la gauche.

— Mais attends encore un peu, Mitraillette...

— Oh que non, on n'attend plus ! Amenez vos verres !

Pas le choix, c'est lui le chef. On passe donc à la dégustation.

Une merveille, ce Château Petrus. Tout le monde savoure à petites gorgées… Sauf Mitraillette, évidemment, qui boit comme un trou et suggère déjà une deuxième tournée.

— Vos verres !

— Minute…

— Prends le temps, Mitraillette…

Mitraillette a du mal à piger. Pour lui, ça reste du jus de raisin, point barre. « Saveur », « nuances », « tonalités » ? On le fait marcher, non ? Les collègues n'en démordent pas.

— C'est parce que tu t'y prends mal…

— Fais lentement glisser sous ta langue, remue…

— Laisse-toi séduire par les arômes…

— Sur ton palais, aussi… Tu sens le fer, tu sens l'argile ?

— Terres généreuses de Pomerol… Caractère, sensualité…

— Comme un sourire, une caresse…

Mitraillette place son verre vide sous le petit robinet.

— Caractère, fenfualité, careffe… D'accord, d'accord… (Il nous considère par en dessous.)… Fa fait combien de temps que vous n'avez pas baivé ?

La question me laisse songeur. Difficile de répondre sans nuancer un brin. Personnellement, je dirais deux mille ans à la louche, à peu près cinq siècles pour Samyaza, un peu plus de trois ans pour Eyaël, mais pour l'équipe polonaise ça doit se mesurer en secondes… Quant à Machin et Truc, faudrait leur demander, et aux trois autres aussi… Et puis est-ce que ça compte, les ébats entre deux portes ? Le cas échéant, plus ou moins qu'une nuit d'amour ? Doit-on mettre des coefs avant d'établir une moyenne ? Or le problème, avec les résultats chiffrés, c'est leur opacité. Pas très pédagogique, tout ça, *quid* d'une appréciation toute simple ? Sans doute mieux. Moi, je dirais « Groupe hétérogène ». J'en suis là de mes réflexions quand un cri de guerre me percute les tympans.

— Que personne ne bouge !

Tous les visages se tournent. Au seuil de la cuisine, un blondinet nerveux agite son flingue du sol au plafond. Personne ne l'a entendu venir. Soit il est passé par les combles et a sauté la dernière marche, qui n'a pas craqué, soit il a traversé le vestibule sur la pointe des pieds… Ça signifie que les collègues ont oublié de refermer la porte… Bravo Enoch, Asbeel et Hildar ! L'humain nous tient toujours en joue. Il grommelle à présent les noms de nos vieux passeports parisiens.

— Gustave du Castel Beaupaire, Glen Briot et Hans Haenardt ! Vous êtes en état d'arrestation !

L'annonce fait sourire les collègues. La zone d'effet de la balise est d'environ cinq mètres : si l'humain approche encore d'un pas, c'est plutôt lui qui risque d'être embarqué… Ils y vont quand même mollo, question ricanements, parce que le petit flic n'est pas loin de commettre une bavure. *Gâchette, bastos, ligne de mire et bim-bam*, voilà ce qu'on pêche à la volée dans ses pensées confuses. Tout doux. Heureusement, Mitraillette prend les choses en main. Beau jeu d'acteur, il a gardé ce talent… Enjoué, détendu, confiant. Il chantonne des mots choisis : promis, on garde nos mains bien en évidence, soit sur la table, soit sur nos verres. L'humain se détend un brin, il retire même son index de la détente.

— Ouais… Je vous tiens à l'œil jusqu'à l'arrivée des renforts.

— Et après ? s'enquiert Mitraillette comme s'il causait du temps qu'il fait.

— Après, je vous ramène à Paris.

Mitraillette lui propose un verre, pour célébrer ça. L'humain hésite.

— C'est du bon ?

— Fâteau Pétruf, grand cru 2025 !

La tension descend encore d'un cran. Jusqu'ici tout va bien… Sauf que je commence à m'inquiéter… Tonneau quasiment vide, non ? Le malaise naissant se lit aussi sur les bouilles d'Enoch et Ifrit : merde, le ressort serait-il bloqué ? On a pourtant fait huit tests avec le même récipient rempli d'eau, aucun souci : au bout de trois tournées générales, le bouton s'est chaque fois soulevé. Au verre suivant, peut-être ? Chacun tend le sien. La conversation s'étire sur un ton badin… Mitraillette gazouille, l'autre lui donne du « monsieur le poète » et se laisse tenter… Allez, va pour un fond dans un grand verre… Mitraillette s'exécute sous nos yeux médusés. Le robinet ne libère plus qu'un filet tremblant.

— Un peu pluf, f'est vous le patron !

Nous autres, on transpire. Nos pupilles rétrécies oscillent entre le flingue et la balise… Le ressort est *forcément* bloqué… Ça signifie qu'il va falloir rouvrir pour ajuster manuellement… Et au préalable, neutraliser l'humain… On s'interroge du regard : qui se dévoue ?

Seul Mitraillette fredonne. Il continue de presser le petit robinet.

— Vous m'en direz des nouvelles !

Le filet s'amaigrit encore, s'interrompt… Une goutte… deux gouttes… Puis, à la septième, miracle…

Le tonneau sautille d'un demi-centimètre : *clic.*

— Clic ?

— Clic, confirme Mitraillette.

L'instant d'après vient en mandale cosmique.

Soudaine vibration de l'air, étrange acouphène froid criblé de flashs aveuglants, paralysie totale… La table s'étire à l'infini, se vrille, emporte sol et murs.

Plus rien. Un murmure, comme un froissement ténu, un souffle. Lumière… Le vent se lève, on dirait… Une rumeur, trois clapotis, j'entends tinter les drisses de navires marchands. Je suis à l'ombre du prunier tordu, port de Péluse… Tout monte lentement au ciel, feuilles séchées, vagues et embruns, sable des dunes, et ce petit voile de mousseline blanche que j'essaie d'attraper : *Maasikah ? Maasikah ?*… La Terre s'éloigne sous mes pieds, j'entends la nuit bercée d'une voix de miel, un instant, puis je pars à pleine vitesse sur une trajectoire folle…

Le soleil crépite et cogne, je traverse les vacarmes fleuris de géantes gazeuses…

Tu les aimeras, dis ? Tu les humeras pour moi ?

Et comètes, nébuleuses, supernovae éclosent à mon passage. Je te vois enfin vibrer là-bas sous une pluie d'étoiles noires… *Maasikah, brûlante Maasikah*... J'approche. Il fait si froid soudain, tout se fige un instant… L'univers feule, craque, tremble. Je tremble aussi.

Tu tends la main et tu souris quand l'obscurité nous enveloppe.

Attendons, chuchotes-tu, *attendons que ça passe*

SYNTHÈSE

Synthèse des éléments versés au RAPPORT COCCINELLE

A. «Pièces» numérotées de 1 à 21.

Analyses neurologiques du **sujet humain** (inconscient) transféré vers la Maison-Mère après activation sur Terre de la balise Oméga.

La plupart restituent des souvenirs intacts. Quelques-unes ont toutefois nécessité une reconstitution fondée sur des événements auxquels le sujet n'a pas directement assisté, mais qui lui ont été rapportés par un tiers.

B.«Sessions» numérotées de 1 à 21.

Analyses neurologiques du premier des **douze employés** affectés à la Ruche M828.
Statut : Spécialiste Maintenance, Service Spatial Universel non accompli.
Nom de code : Raphaël.

Il est porté à l'attention du Cabinet de Sécurité intérieure que les sessions des onze autres Spécialistes Maintenance apportent des informations redondantes, par conséquent écartées de ce rapport. Elles restent à disposition.

Il est porté à l'attention du Cabinet de Sécurité intérieure qu'aucun des Spécialistes n'a encore repris connaissance. Leurs corps d'accueil demeurent plongés dans un coma artificiel. Les témoignages, obtenus à leur insu après stimulations cérébrales ciblées, sont donc fidèles au déroulé perçu des événements.

Recommandations :

Attendu que le sujet humain ne possède aucune information sensible concernant la Maison-Mère, nous recommandons **un transfert rapide vers corps et biotope d'origine**.

Attendu que les douze Spécialistes détiennent des informations susceptibles de fragiliser l'ensemble du Réseau si elles venaient à être rendues publiques, nous recommandons :

- Validation de la version officielle fournie par la Ruche M828.
- Promotion des quinze Directeurs de la Ruche M828 au grade de Commandeurs.
- Réaffectation desdits Commandeurs sur des Ruches distinctes, classes E à G.
- Destruction des douze Spécialistes Maintenance.
- Destruction du rapport Coccinelle.

Fin du rapport Coccinelle.

— Entité Xilh'a ! Je viens de finir mon rapport. Pouvez-vous y jeter un œil ?

— Pas le temps, Entité Vold'u, j'ai deux explosions de planètes à 10 heures et cinq infractions temporelles à midi.

— Mais il y en a pour une minute !

— Bon, faites voir… Ouh là… C'est quoi, cette police de caractère ?

- FIN -

Composition et mise en pages
Nord Compo à Villeneuve-d'Ascq

Imprimé en Espagne par
Liberdúplex
à Sant Llorenç d'Hortons (Barcelone)
en mai 2022

POCKET - 92, avenue de France - 75013 Paris

S32411/01